続・東京ぶらり吟行日和

俳句と散歩100か所

志士の会　星野高士　編

東京四季出版

序

この度、第二百回を記念して志士の会の「続・東京ぶらり吟行日和」が出版されることになり大いに嬉しい。

俳句は題詠をして吟行などの句を作る機会を与えられているが、この一書はその吟行でありとくに都内を歩くということが基本となっているので歴史あるところや神社仏閣と同時にまだ未開拓な吟行地もあるので、最初はどうやって俳句を作ろうかと迷ったりもするが俳句の力でいろんなところにも対応することができることがわかった。

何よりこの会は東京のど真ん中の銀座界隈でも歩くのだが、みんながランチをしてからその同じ場所で俳句会をするという何と贅沢な吟行会なのか、と改めて俳句コーディネーターの正能文男さんに感謝だ。

彼は私達が知らない内にいろんなところを下見して予約をして当日に挑むわけでその俳句への愛と会員への思いに頭が下がる。

それにしても毎月のことであり百回から二百回という数字を見ても至難のことだ。

虚子は昭和初期に百回武蔵野探勝会という吟行をして名著を出版している。

その頃の交通手段などを考えるとこれも、凄い情熱の証しである。

この東京ぶらり吟行日和も二百回も出きたことはそれに参加してくれている会員の方々の熱い心を祝ってもよいだろう。

私も志士の会は自分のライフワークになっており初めての地でどんな季題、風景に出会えるか毎月楽しみである。

そして二百回全て出席した佐藤文子さんの墓前にも捧げたい一書である。

今回は、東京四季出版の西井社長にもご理解を得ていよいよ平成最後の年に出版できるのも何かの試練である。

この書は志士の会という枠を超えていろんな俳人や結社としてグルメ愛好家などのお目に触れれば幸甚でもある。

幹事の正能さんを支えてくれている会員の方々の結集がこの一書になったと思っている。

ここに感謝の念を置き更に吟行をして三百回を目指そうと思っている。

二百回、おめでとう。

星野高士

平成三十一年二月

続・東京ぶらり吟行日和＊目次

絵・装丁　北村　Q斎
さし絵（折り紙）　秋田　幸子

続・東京ぶらり吟行日和

① 錦糸公園

日時　平成二十一年八月四日(火)
場所　錦糸公園散策
集合　錦糸町駅北口交番前
　　　ＪＲ錦糸町下車三分

【錦糸公園】関東大震災の復興事業として公園が整備され、戦後は精工舎の工場があった。一帯の再開発によりオフィス街と墨田区のスポーツ施設に変貌した。

【コース】総合体育館～武道館～野球場～こども遊園地。昼食会場、句会場は、薬膳料理店「枸杞の実」。

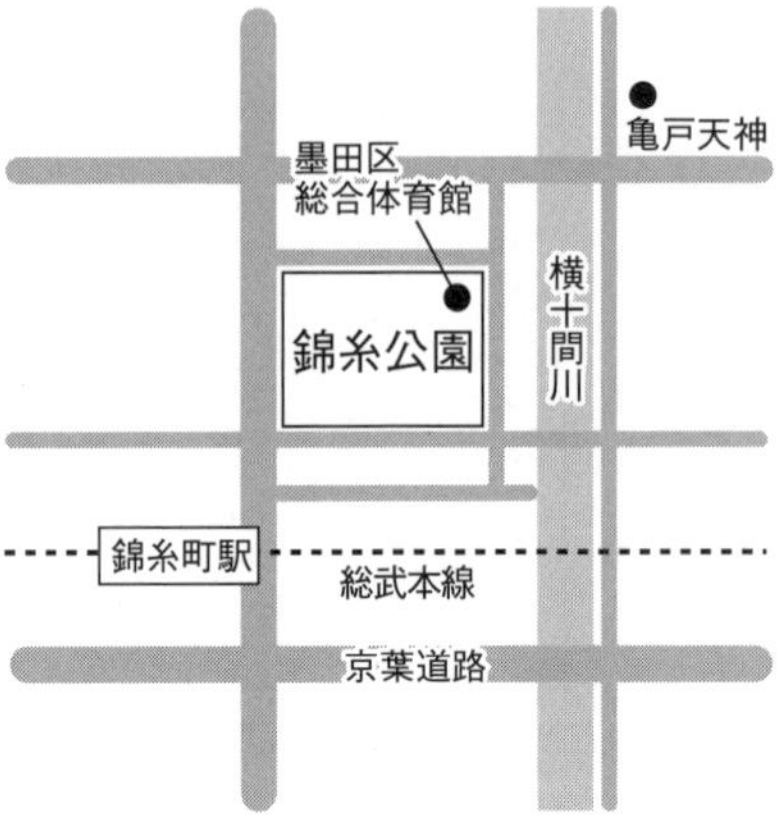

日焼顔揃ひ薬膳料理かな　中村代詩子
空蝉や朱き鳥居に背を向けて　坊野みどり
みんみんに乗りつ遅れつ街の音　坂野　たみ
病葉の吹かれて椅子に裏がへる　吉川美恵子
噴水のとまりて木々のざわめける　佐藤　信子
みんみんや北斎通り横切りぬ　寺川　芙由
強き日の千種稲荷や蝉の殻　吉川美恵子
病葉の吹き寄せられてふと哀れ　深沢　愛子
扇手に薬膳スープ味はへり　坊野みどり
この街に北斎通り落とし文　伊藤　豊子
くもり雨青空すこし園晩夏　榊原　精子
弾けない噴水の穂を見てをりぬ　奥住　士朗
玉の汗薬膳料理腹七分　正能　文男
空蝉に縋る心のありにけり　奥住　士朗
雀等に池の噴水高からず　佐藤　文子
風に舞ふ病葉追ひて鳩の群　星野　隆子
朝涼の改札口は錦糸町　中村代詩子
空蝉の産土千種稲荷にも　伊藤　豊子
正座して先生に礼夏稽古　奥住　士朗
暫くは木陰の風と蝉時雨　吉川美恵子

病葉に鳩も雀も無頓着　中村代詩子
みんみんや流るる雲の涯思ふ　坂野　たみ
薬膳に暑気を払ひてさあ旅へ　伊藤　豊子
蝉しぐれの中の人声きき分けて　星野　隆子
空蝉や手には届かぬ枝の先　深沢　愛子
みんみんの悲しきまでに木々占める　伊藤　豊子
八月のオブジェに思ふ戦かな　齋藤　博
館内に古武道の人汗拭ふ　星野　隆子
台湾へ旅の話も卓晩夏　坂野　たみ
クレーンや夏の果てなる空すくふ　橋本　洋子
白南風や昔江東楽天地　正能　文男

【選者吟】

空蝉を落とすでもなき朝の風　星野　高士
円卓や昼の街見て暑気払ふ
木椅子にも晩夏の日射し移り来て
秋近き園の入口オブジェ見て
鳩歩く先々にある夏の果て

●高士ワンポイント講評

駅から直ぐ近くの公園です。信号を渡ったら鳥居があって強い日射しの中、一面の蝉時雨であった。そして昼食が薬膳料理でしたので「日焼顔揃ひ薬膳料理かな」の句は、日焼顔と薬膳料理の健康そうな感じが出ていて良かった。薬膳で暑気払いでもするようだった。

② 正岡子規記念球場

日時　平成二十一年九月一日（火）
場所　上野公園散策
集合　JR上野駅南口下車
　　　西洋美術館前

【正岡子規記念球場】野球の語源は「野ボール」から正岡子規の造語と知られ、子規の偉業を顕彰して公園内に野球場が建設された。この日は震災忌、そして食欲・芸術の上野の秋でもあった。

【コース】国立西洋美術館～正岡子規記念野球場～旧東京音楽大学奏楽堂。昼食会場、句会場は伊豆栄「梅川亭」

考えるひとに吾もなり震災忌　中村代詩子
千羽鶴いまだ乾かぬ野分後　林　泰子
八朔やひいふうみいと数ふもの　中村代詩子
畳目に日差し斜めや野分後　永井　梨花
バイオリン持つ娘足早秋上野　榊原　精子
噴き上げて陽にゆらゆらと秋の水　星野　隆子
八朔の日の濃き日なり師の帽子　伊藤　豊子
公開の奏楽堂に小鳥来る　佐藤　信子
虚子立子しのぶ面差し秋すだれ　橋本　洋子
雲迷ひをり台風の過ぎし朝　久恒多々志
地獄門開かずがよろし震災忌　齋藤　博
のぼーるは野球の由来秋の雲　正能　文男
草の花ゆるるさまさへ偲ばるる　青木　静可
八朔の雲は上野に腰を据ゑ　奥住　士朗
露けき灯パイプオルガン閉ざすまま　中村代詩子
伊豆栄に厄日ことなく句に集ふ　伊藤　豊子
美術館臨時休業秋暑し　正能　文男
秋蝉のまだしきりなる大樹かな　青木　静可
爽やかやベースボールの話して　佐藤　信子
オノマトペとは生きること秋芝に　榊原　精子

地虫鳴く時忘れじの塔の裏　中村代詩子
球場は子規の原なり秋の蝉　青木　静可
秋の蝉上野の森のにぎはしや　橋本　洋子
秋暑き上野摺鉢山古墳　久恒多々志
この辺り上野のお山震災忌　坂野　たみ
球場を三角に飛ぶ秋の蝉　奥住　士朗
爽やかや心静かに聴く明治　星野　隆子
奏楽堂出れば現世や秋暑し　星野　隆子
仲秋の上野鴉の羽一つ　久恒多々志
秋暑しピアノ弾かずも座る人　齋藤　博
鰯雲ロダンとカミーュの影そこに　深沢　愛子

【選者吟】

楽の音に躓きのなし震災忌　星野　高士
秋声や上野のどこを歩きても
シャンデリア秋を灯して奏楽堂
垣間見る子規球場やホ句の秋
ところどころ知らぬ径あり震災忌

●高士ワンポイント講評

上野公園の中で、芸大が近いこともあって「バイオリン持つ娘足早秋上野」の句は、レッスンかリハーサルに間に合うように足早に歩いている描写だと思う。芸術の秋、しかも上野であれば尚更、「秋上野」という表現が利いていると思う。

③ 芝公園

日時　平成二十一年十月六日(火)
場所　増上寺、芝東照宮を中心の芝公園
集合　都営地下鉄「芝公園」徒歩三分

【境内に高士句碑】芝東照宮境内に星野高士師の「人にまだ触れざる風や朝桜」を含む三句の句碑が建立されている。芝大神宮の「玉藻三代句碑」と並び玉藻社にとって得難い聖地となった。

【コース】増上寺～芝東照宮～芝大神宮。

昼食会場、句会場は芝大神宮参集殿にて取り寄せ弁当。

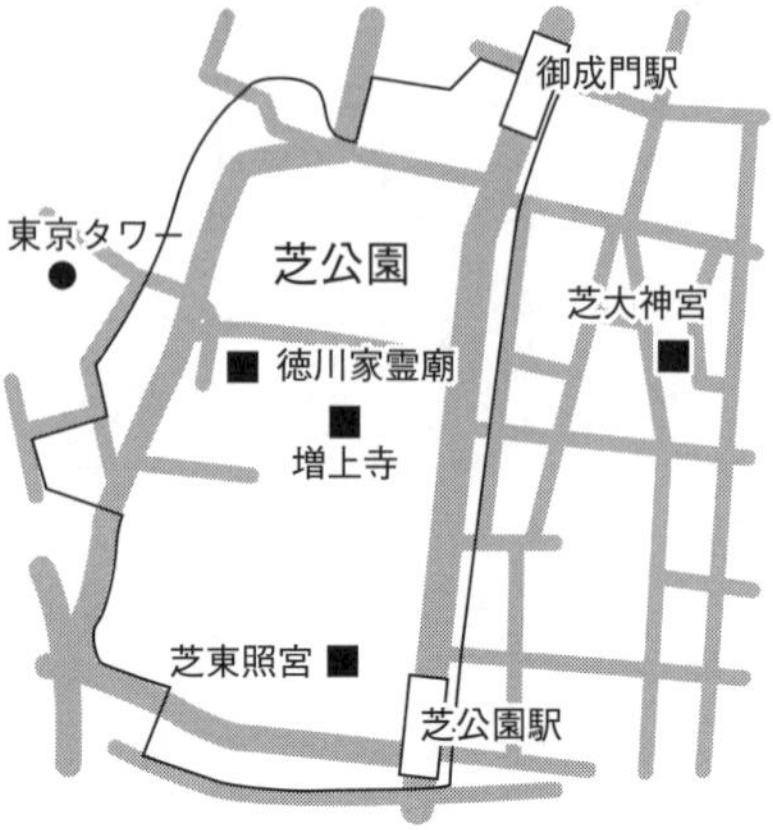

晩秋や芝の鐘見て人を待つ　佐藤　信子
楼閣の朱に紛れなき新松子　伊藤　豊子
菊月や師の句碑裏に吾の名前　齋藤　博
句碑を守る神の楓の木秋深し　坂野　たみ
秋雨や大梵鐘の眠るごと　正能　文男
御句碑の雨なれどなほ爽やかに　星野　隆子
楓の木の明るきままにさ霧行く　坊野みどり
芝二社は玉藻の聖地秋深む　正能　文男
踏み石も整へられて秋の宮　池辺　弥生
晩秋の雨となりたる増上寺　榊原　精子
行く秋や句碑に見えて大門に　橋本　洋子
師の句碑に佇ちて秋雨上るなり　吉川美恵子
傘さしてほつちやれ鮭の話し聞く　齋藤　博
東京に東照宮や鳥渡る　小島　昭子
タワー背に師の筆勢や椿の実　深沢　愛子
霊廟の金色秋の雨弾き　林　泰子
底抜けに笑ふ宮司や菌飯　奥住　士朗
霊廟の闇深めたる薄紅葉　林　泰子
金色の鴟尾に秋雨惜しみなく　星野　隆子
句碑二つ訪ひて秋思を払ひけり　池辺　弥生

芝公園郵便局の猫じやらし　中村代詩子
楓の木に触るるやかほりさやけしや　寺川　芙由
秋霖の暗み静まりめ組の碑　久恒多々志
花街の昔が残る路地の秋　吉川美恵子
雲低く七堂伽藍そぞろ寒　坂野　たみ
秋霖に献木木札滲みをり　坊野みどり
増上寺二人で抜けて万年の実　奥住　士朗
身に入むや三解脱門またくぐり　寺川　芙由
めつむれば秋の風透く木遣歌　橋本　洋子
句碑を訪ふ葵の宮の紅葉雨　坂野　たみ
雫して色さまざまに秋の薔薇　星野　隆子
秋深し阻むものなき解脱門　小島　昭子
昼餐は参集殿の秋灯下　中村代詩子
澄む秋のわけても楓の木のあたり　佐藤　信子
大宮に紅葉且つ散る雨の色　坂野　たみ
初紅葉雨のタワーの見え隠れ　正能　文男
御焦げの香まず楽しみて茸飯　林　泰子
弁柄の芝の三門秋深む　佐藤　信子
秋雨や句碑守る楓の育ちゆく　佐藤　文子

【選者吟】　星野　高士

この辺り芝神明や秋黴雨
去り難き句碑宮秋の雨降れど
句碑の宮二つ訪ねて初紅葉
楓の木の香りに気付く秋の人
弁当は歌舞伎座よりと宮の秋

●高士ワンポイント講評

芝公園の中の芝東照宮境内に芝大神宮名誉宮司・勝田勇さんのお計らいで、私の句碑を建てて頂いた。その折に関係した方の名前を入れている。「菊月や師の句碑裏に吾の名前」は、菊月という爽やかな季題が、色々な方々とを結ぶ広がりとなっている。

④ 有楽町・銀座

日時　平成二十一年十一月三日(火)
場所　有楽町・銀座界隈
集合　交通会館三階庭園

【三大新聞社の匂い】かつては朝日・毎日・読売の日本を代表する新聞社が凌ぎを削った有楽町だった。そごうデパートが家電の量販店となり東京都庁まで皇居の遥か向うに居を構えてしまった。

【コース】裕次郎の「銀恋」歌碑～「数寄屋橋ここにありき」の碑～島崎藤村の母校「泰明小」。昼食会場、句会場はニュートーキョー。

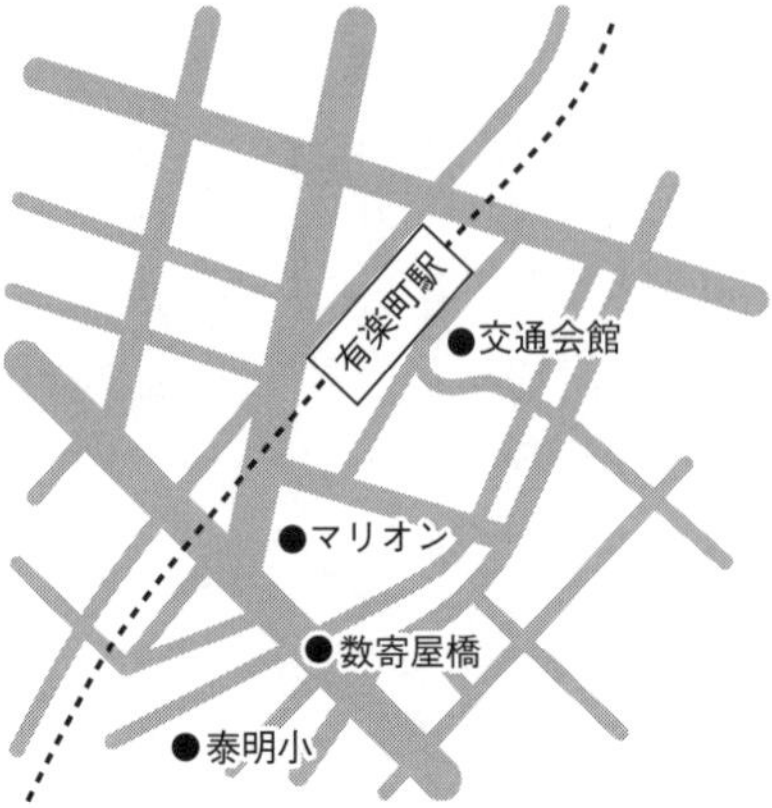

秋惜しむ歩幅に銀座裏通り　坂野　たみ
カラフルを以て銀座の冬支度　中村代詩子
鳩一羽柞紅葉を散らし翔つ　佐藤　文子
小六月みんな銀座の顔をして　奥住　士朗
励むものあるを誇りに文化の日　坂野　たみ
晩秋の翳と音ある銀座行く　永井　梨花
ビルの街十一月の空ひとつ　林　泰子
恋失せて心抱きて橋小春　高井　せつ
真青なる銀座の空や文化の日　佐藤　文子
蔦紅葉泰明小の窓錆びて　伊藤　豊子
冬隣吾には遠き保育デモ　齋藤　博
散り残る柳通りも好きな街　深沢　愛子
交番をKOBANと書く文化の日　正能　文男
人込みに十一月の風と居る　奥住　士朗
橋に佇ち真知子巻きして惜しむ秋　伊藤　豊子
銀座にも寸土のありて末枯るる　坂野　たみ
有楽町色なき風に色の旗　齋藤　博
百店の銀座の店の冬支度　佐藤　文子
晴れ渡る十一月の街の音　吉川美恵子
うそ寒やひとりよがりの街宣車　正能　文男

碑を訪ひゆく銀座冬近し　林　泰子
蔦紅葉我が史に今も泰明校　星野　隆子
明治節心に思ひ銀座歩す　高井　せつ
真砂女にも似たる仕草や温め酒　奥住　士朗
銀恋の歌碑口ずさみ秋惜しむ　齋藤　博
柳散るみゆき通りに心置く　中村代詩子
神の留守恋路を辿る数寄屋橋　深沢　愛子
日劇も銀巴里も消え暮の秋　正能　文男
記念号思案も話題温め酒　中村代詩子
昨夜の雨冬近づけて銀座にも　伊藤　豊子
学舎の円窓おほふ蔦紅葉　正能　文男
小春日の歌謡碑に見る昭和かな　林　泰子
朝寒の風が吹き込む自動ドア　久恒多々志
表みち裏みち銀座冬近し　榊原　精子

【選者吟】　星野　高士

柳散る夜の銀座を歩く昼
謂れ知るみゆき通りの神渡
冬近き風に押されて数寄屋橋
銀座とて鴉見かけず文化の日
日向へと移す一歩や秋惜しむ

●高士ワンポイント講評

晩秋の有楽町から歩き出し、丁度、文化の日であったが、都心のど真ん中の喧騒から離れて「鳩一羽柞紅葉を散らし翔つ」は、鳩の色と紅葉の色が見えてくる所が、ちゃんと写生ができている。作者はメンバーの中の最長老だが見習うべきだろう。

⑤ 浜町公園

日時　平成二十一年十二月一日(火)
場所　日本橋浜町公園
集合　水天宮境内
　　　半蔵門線「水天宮」徒歩二分

【浜町公園】師走の隅田川を行き来する荷足船や水上バスを眺め、公園内の銀杏並木も句心を誘う。中央区の図書館やスポーツ施設が備わった複合ビル。♪浮いた浮いたの浜町河岸……、この辺りの景色ではなかろうか。

【コース】水天宮～甘酒横丁～明治座～浜町公園。

昼食会場、句会場は、公園内のラウンジ。

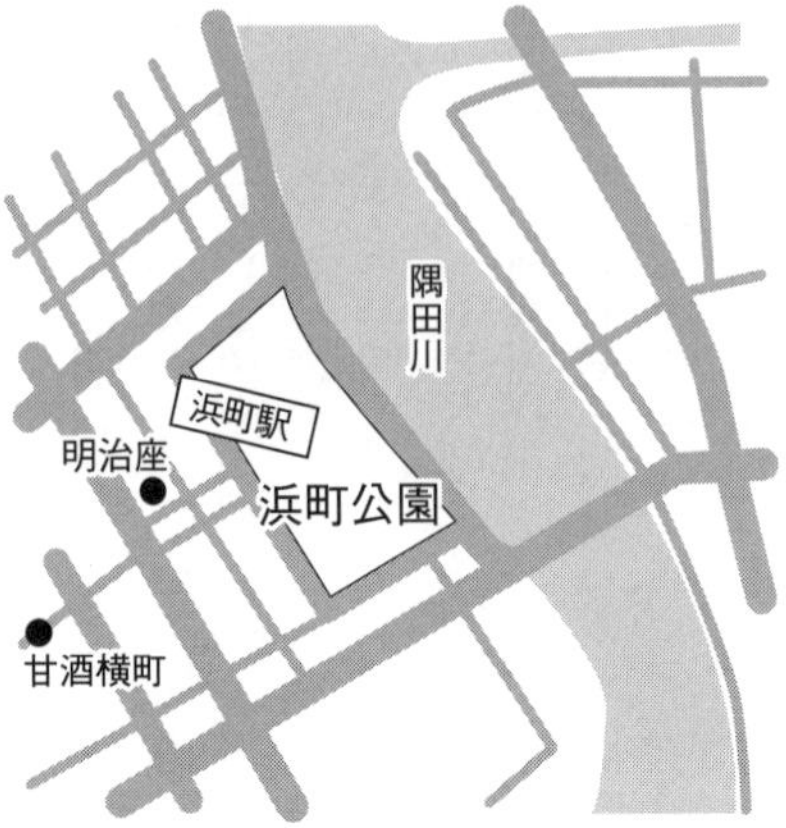

上げ潮の刻を豊かに都鳥　坂野たみ
神鈴をさらふ街音十二月　坂野たみ
大川の風通る町銀杏散る　林　泰子
初着売る水天宮に暦売　中村代詩子
枯尾花隅田の風に逆らはず　寺川芙由
麻の葉の初着の出店冬日和　伊藤豊子
旗ゆらす風はなくとも銀杏散る　坊野みどり
隅田川山茶花垣根つづく土手　佐藤文子
一斉に翔つ対岸の都鳥　吉川美恵子
健やかを願ふ初着や宮の冬　寺川芙由
戌の日に非ず水天宮師走　正能文男
大川に径つき当り十二月　榊原精子
銀杏散る人の流れのその中に　小島昭子
短日や水上バスの人まばら　正能文男
大川の冬景色見る静ごころ　佐藤信子
散る銀杏眩し明治座交差点　中村代詩子
冬紅葉湧きし言葉のまた忘れ　池辺弥生
明治座に外題看板十二月　林　泰子
大川の布団干さるる向ふ岸　永井梨花
冬芽凛と辛夷一樹に光満つ　星野隆子

ガス灯を真似て街灯銀杏散る　久恒多々志
このあたり浜町河岸や銀杏散る　佐藤　信子
撥を売る甘酒横丁枯茨　伊藤　豊子
穏やかに晴れて今日より十二月　吉川美恵子
新しき障子明りの巫女溜まり　坂野　たみ
侘助の日陰に咲ひてこその白　正能　文男
少し錆びし橋脚にもある冬日　池辺　弥生
都鳥一羽残して飛び立てり　榊原　精子
若夫婦水天宮や枇杷の花　深沢　愛子
極月にすこし淋しい話聞く　中村代詩子
銀杏散る風の眩しくなりし空　坂野　たみ

【選者吟】

極月となりし明治座隅田川　星野　高士
お芝居を観たくもなりぬ都鳥
銀杏散る振り返るとき過ぐるとき
大川の波間〳〵も師走かな
都鳥そこに安住してをるか

●高士ワンポイント講評

　甘酒横丁から明治座の前を通り、銀杏黄葉が散りかけていた。浜町公園の突き当りに隅田川が流れていた。「枯尾花隅田の風に逆らはず」の句は、枯れた尾花だが、尾花の意地みたいなものが感じられた。作者が上手く表現できたと思う。

⑥ 漱石記念館

日時　平成二十二年一月五日（火）
場所　漱石記念館
集合　穴八幡神社本殿前
　　　東西線「早稲田」徒歩五分

【穴八幡神社】冬至から節分までに授かる一陽来復のお守りが人気。徳川将軍が虫封じに参詣したのが始まりと、境内には多数の露店が立ち並んでいた。なお、漱石山房記念館は平成二十九年に再建された。

【コース】穴八幡神社～漱石生誕の地～漱石終焉の地（漱石記念館）。昼食会場、句会場は、居酒屋「二十二坪」

買初めの師の手に厚き子規の古書　榊原　精子
古町に春七草の小商ひ　坂野　たみ
小寒の日射し斜めに夏目坂　坂野　たみ
生誕地終焉の地も春隣　中村代詩子
漱石を偲ぶ青石竜の玉　伊藤　豊子
漱石の散歩径なり石蕗の花　佐藤　文子
持ち歩く古書に日の射す寒の入り　久恒多々志
早稲田には早稲田の匂ひ寒に入る　正能　文男
寒木瓜の一輪咲きて五人の目　齋藤　博
恵方へとわれも過客や穴八幡　佐藤　信子
句に集ふ昼の居酒屋鏡餅　寺川　芙由
寒ぼけの緋色漱石邸の跡　榊原　精子
古書の香もどこか清しき松の内　坂野　たみ
漱石の終焉の地や藪柑子　佐藤　信子
蒼穹へ届け神木寒の入　中村代詩子
寒木瓜や漱石の町たもとほり　寺川　芙由
凍風も萎えて渡るや夏目坂　伊藤　豊子
漱石と虚子の縁や初句会　吉川美恵子
居酒屋は二十二坪や初句会　柳内　恵子
凍土に走り根太し御神木　深沢　愛子

初詣古きがままの穴八幡　池辺　弥生
買初はたつた百円師の財布　柳内　恵子
漱石のゆかり尋ねし五日かな　佐藤　信子
牛鍋の香や漱石の生誕地　正能　文男
冬ぬくし漱石公園猫は留守　齋藤　博
予備校に昼を灯して松の内　池辺　弥生
寒日和背ナ押す句会ありにけり　伊藤　豊子
初乗りの都電の揺れも又楽し　深沢　愛子
鳥居の朱まぶしく御慶交すかな　伊藤　豊子
初詣みこし蔵見て女坂　坊野みどり
閉ざされし神輿蔵にもある淑気　池辺　弥生

【選者吟】

小寒の膝すり寄せて昼の宴　星野　高士
小寒や穴八幡の女坂
どの路地も覗ひてみたく寒の入
買初の一書重たし空青し
蒼天のゆるぎなきとき御慶のぶ

●高士ワンポイント講評

漱石の生誕の地と終焉の地が、あんなに近い所にあったとは驚きだった。「漱石を偲ぶ青石竜の玉」は、青石に漱石を偲び、漱石と青石の「石」が響き合って、しかも竜の玉が下にあったので、「石」繋がりと竜の玉が上手く並んで詠めている。

⑦ 恵比寿ガーデンプレイス

日時　平成二十二年二月二日(火)
場所　恵比寿ガーデンプレイス
集合　アトレ「恵比寿像」前
　　　ＪＲ「恵比寿」駅前

【恵比寿ガーデンプレイス】サッポロビールの工場跡地を再開発してできた街。恵比寿駅からスカイウォークで繋がれ、恵比寿三越、39階建てのタワービルがお洒落。

【コース】恵比寿像～スカイウォーク～アメリカ橋～恵比寿麦酒記念館。昼食会場、句会場は、タワービル「北海道」

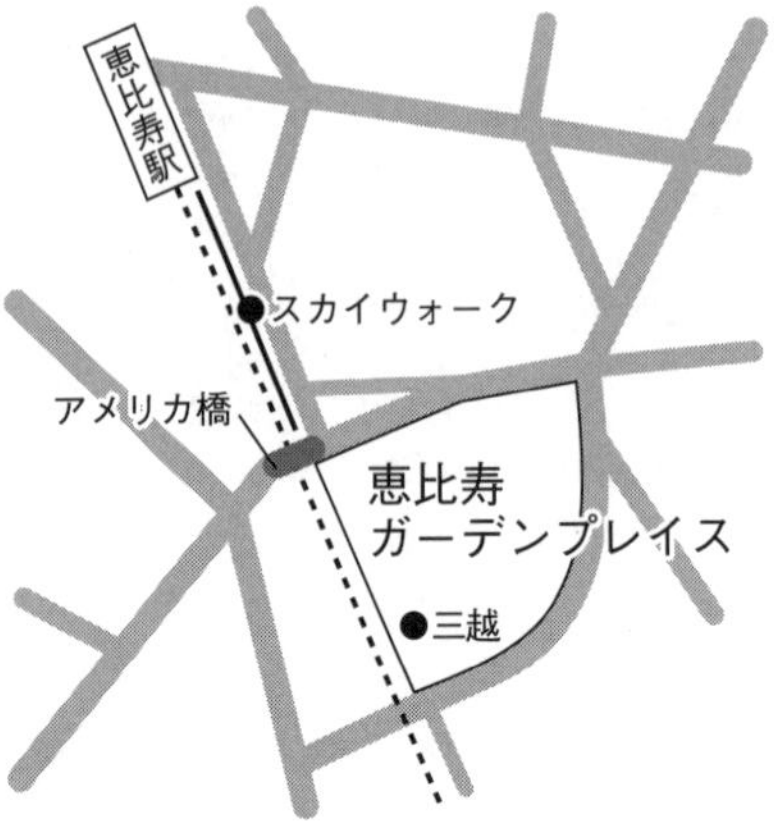

雪止んでタペストリーは蝦夷のもの　永井　梨花
雪晴の尖塔摩天楼眼下　中村代詩子
高層の窓に雪眼を怖れつつ　池辺　弥生
夜半の雪軒に別れの飛礫打ち　齋藤　博
冬苺地に触れしとき揺るるとき　池辺　弥生
見下ろして東京中の雪景色　永井　梨花
顔かたち定かならずも雪だるま　高井　せつ
モニュメント花壇に寄れば春隣　佐藤　信子
雪だるま泣かせるほどに晴れて来し　中村代詩子
風避ける丈に寸土の冬苺　寺川　芙由
雪しづり葉より滑りて音もなく　池辺　弥生
雪掻を了へて小粋な街の角　坂野　たみ
寒紅を崩すでもなく口の傷　正能　文男
動く径動かぬ窓にシクラメン　坊野みどり
恵比寿てふよき名の街や春隣　齋藤　博
さり気なく台湾旅行春近し　正能　文男
雪景色見つつ昼餉の欲しき酒　永井　梨花
雪晴や鳩の一群舞ひ上がる　齋藤　博
東京の心もとなき雪景色　正能　文男
三越はあとの楽しみ日脚伸ぶ　坂野　たみ

雪沓の人遅れなきアトレ前　正能　文男
駅繋ぐ動く歩道や春隣　深沢　愛子
春を待つ水甕の底何や彼や　佐藤　文子
雪止んで掻くほどもなく消えにけり　池辺　弥生
恵比寿駅ゑびす像にて会ふ二月　佐藤　信子
二十二年二月二日の空眩し　吉川美恵子
無機質な街に春待つ花壇かな　坂野　たみ
冬苺アメリカ橋を過ぎてより　中村代詩子
東京は二月礼者に銀世界　中村代詩子
裘《かわごろも》スカイウォーク跳ねて行く　奥住　士朗
蝦夷料理旧正月の客で混み　中村代詩子

【選者吟】

喧騒を拒みて小さき雪達磨　星野　高士
雪晴となりしアメリカ橋はここ
恵比寿にはビール工場雪も止み
街に人空に雪晴れ遥かなり
待春や思はぬ雪も消えし街

●高士ワンポイント講評

この日は、東京に雪が降った後で雪景色だった。どんな句が出来たかと言うと「高層の窓に雪眼を怖れつつ」。雪眼は雪の反射を受けて眩しい状態を言うのだが、まさか恵比寿で、しかも高層の窓から見ている句とは、その場に居合わせ共有できた句だ。

⑧ 待乳山聖天

日時　平成二十二年三月二日（火）
場所　待乳山聖天
集合　東武「浅草」駅前
　　　台東区営循環バス「めぐりん」

【待乳山聖天】夫婦円満や金運の御利益があるとされ、江戸時代から厚い民間信仰を集めた。緑濃い小高い丘、浅草七福神に数えられ毘沙門天を祀る。
【コース】「めぐりん」で「隅田公園」下車三分。昼食会場、句会場は、言問橋際・天ぷら「金泉」

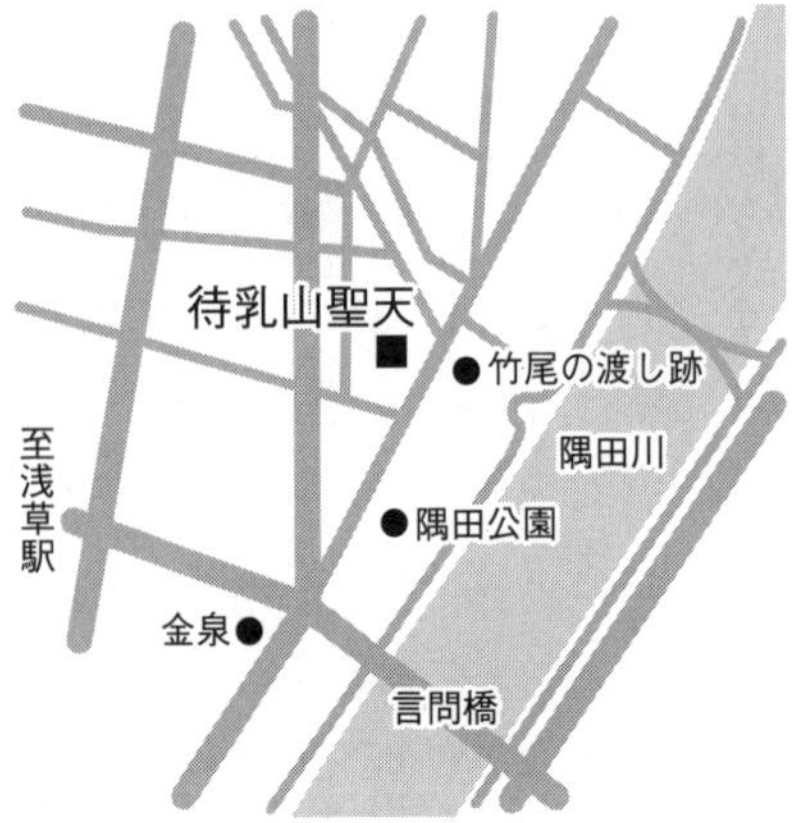

江戸情緒残る寺苑や地虫出づ　深沢　愛子
如月の大川端に上梓祝ぐ　坂野　たみ
句碑多き下町なりし青き踏む　永井　梨花
春浅しお吉の店は川向ふ　正能　文男
墨堤の千枝万枝に東風強し　寺川　芙由
春の色まだ整はず吾妻橋　柳内　恵子
強東風や去りし竹屋の渡し跡　吉川美恵子
細波は隅田の流れ春寒し　永井　梨花
木の芽風そこに心願成就の碑　中村代詩子
歌碑に佇ち口ずさみをり花はまだ　佐藤　文子
春寒のかもめ言問橋くぐる　久恒多々志
聖天様つらつら椿築地塀　榊原　精子
恋猫の昼は術なき鳩追ひて　齋藤　博
ほぐれ初む山茱萸の香に旅ばなし　寺川　芙由
春寒や浅草の街歩せる幸　深沢　愛子
ものの芽の動き竹屋の渡し跡　永井　梨花
三月や風裏返る渡し跡　寺川　芙由
院庭や緋鯉の遊ぶ春の池　坊野みどり
仲春の花鳥諷詠はじまる日　中村代詩子
冴返る磴登り来て待乳山　久恒多々志

山茱萸の花を閉ざせし今日の風　坊野みどり
雛の忌を明日に上梓の師の句集　柳内　恵子
春寒しどの道行けど風の的　吉川美恵子
高士師の第四句集あたたかし　正能　文男
待乳山の箒目凛と春寒し　坂野　たみ
いと小さき栄螺料理の真中に　久恒多々志
冴返る隅田対岸スカイツリー　深沢　愛子
下町の栄螺の胆にある苦さ　奥住　士朗
春泥をとび越へ鳩の寄りきたる　高井　せつ
聖天様春大根と巾着と　齋藤　博
顔といふ第四句集梅ふふむ　正能　文男
川に沿ふ園を彩なす紅椿　深沢　愛子
冴返る日の心願の一打かな　永井　梨花

【選者吟】

亀鳴くや竹屋の渡しスカイツリー　星野　高士
春寒の大川に沿ひ人に沿ひ
海雲食ぶここら辺りが花川戸
梅寒しけふの歩幅はこれくらい
春大根手に重くなし待乳山

●高士ワンポイント講評

待乳山聖天は、浅草の中心から少し離れて、それなりに風情があって良い場所だ。竹屋の渡し跡があったり、大根を供える慣わしがある。「春の色まだ整はず吾妻橋」は、川風が冷たく春の色が整っていない。この句は、吾妻橋が利いている。

⑨ ドームシティ

日時　平成二十二年四月六日（火）
場所　ドームシティ
集合　ＪＲ「水道橋」徒歩五分
　　　ドームシティ内宝くじ売場前

【ドームシティ】東京ドームを中心に、東京ドームホテル、東京ドームシティアトラクションズなどさまざまな施設が集まる。西側に小石川後楽園、北隣の文京シビックセンターも至近距離にある。

【コース】ドームシティ散策～礫川公園～文京シビックセンター内展望台。昼食会場、句会場は、文京シビックセンター「椿山荘」

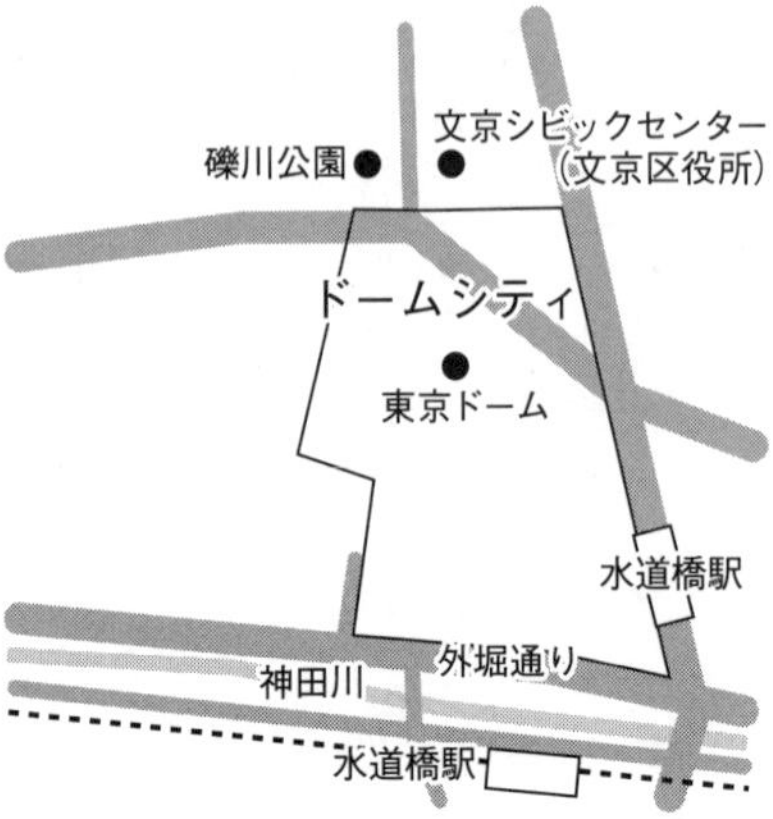

花吹雪頭に肩に旅話　佐藤　文子
ふらここや降りし人影ゆれのこり　池辺　弥生
やさしくも大東京の昼霞　坊野みどり
筑波山見ゆる筈なし遠霞　中村代詩子
少年のキャッチボールが呼ぶ落花　永井　梨花
木洩れ日の径に普き花の屑　林　泰子
ハチローのハゼの木透かす花の空　市東　晶
迷はずが嬉し四月の句会場　永井　梨花
花人の歩みこもごも昼深し　坂野　たみ
花の雲かすめる先も大都会　佐藤　信子
ひとひらの落花も飲みてベンチかな　林　泰子
少年は鉄棒少女ふらここに　中村代詩子
ひとひらの又一片の落花かな　佐藤　信子
花の雲抜け出してゆく観覧車　林　泰子
どことなくどこかが濡れて草芳し　池辺　弥生
惜春の空ゆつたりと観覧車　柳内　恵子
朝の雲かたなく失せて春闌ける　坂野　たみ
花吹雪四五歩離れてまた四五歩　寺川　芙由
来し方を忘れ佇ちゐる花の下　深沢　愛子
風誘ふ落花に鳩の歩みかな　佐藤　信子

旅話いつまで尽きず飛花落花　正能　文男
戦没者霊苑どつと花吹雪　久恒多々志
春の色離れて刻の移りけり　柳内　恵子
咲き満ちるとはいつのこと花の散る　坊野みどり
見下ろして花の上野も浅草も　永井　梨花
子雀が来て鳩が来て遊園地　奥住　士朗
知らず来てドームシティーの桜狩　正能　文男
旅疲れ無いとも云えず花人に　深沢　愛子
地下鉄が地上を走りのどけしや　久恒多々志
ふらここに男一人の世界あり　佐藤　文子
春光や馴染みの園を見下ろせり　高井　せつ
散るものと違ふ空あり蝶ひとつ　坂野　たみ

【選者吟】

蓋とれば花見弁当刻きざむ　星野　高士
観桜やジェットコースターの悲鳴
ふらここを蹴つて台湾帰りかな
わが頭上よぎる落花を追ふ心
散る花の風に魂持たぬまま

●高士ワンポイント講評

花時のドームシティは、ジェットコースターの楽しそうな音がしていた。「花の雲かすめる先も大都会」は、文京区役所が入っている展望台からの景でしょう。花の雲という季題と、「先に大都会」という東京の広がりを上手く捉えている。

志士の会様 台湾俳句ツアー　台北 忠烈祠　2010. 3.29

⑩ 雑司ヶ谷霊園

日時　平成二十二年五月四日（火）
場所　雑司ヶ谷霊園
集合　都電荒川線「雑司ヶ谷」徒歩二分

【雑司ヶ谷霊園】明治七年、当時の東京府が雑司ヶ谷墓地として開設。明治期以降の作家、文化人の墓地が多く、夏目漱石、永井荷風、竹久夢二など。近くの雑司ヶ谷旧宣教師館にも立ち寄った。
【コース】雑司ヶ谷霊園～雑司ヶ谷旧宣教師館
昼食会場、句会場は、「酉松」

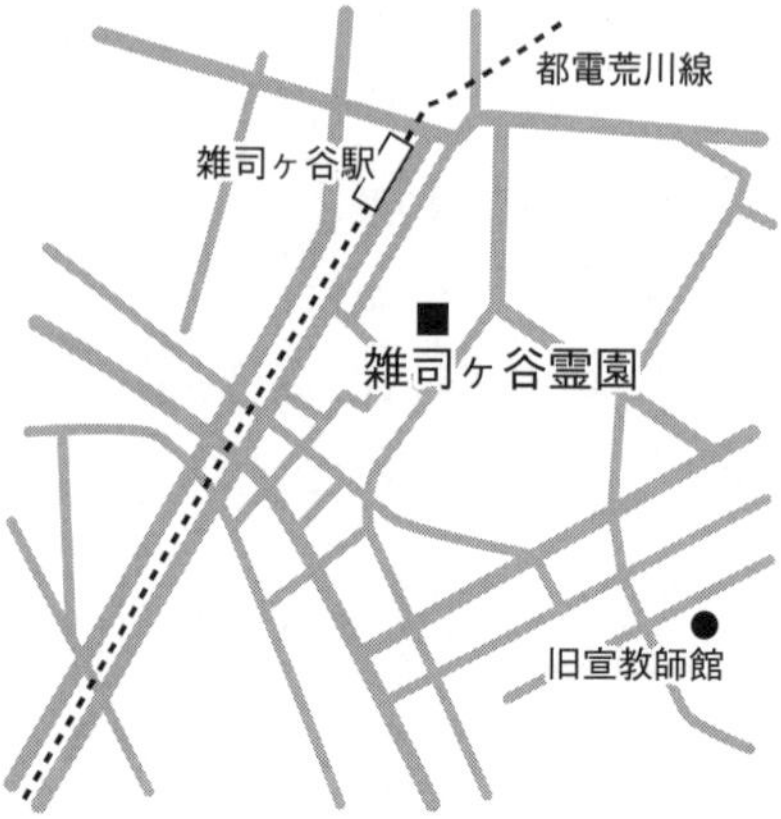

行春の一つの墓は漱石よ　佐藤　信子
惜春や夢二埋むとあるところ　中村代詩子
みどりの日雑木林の墓苑歩す　佐藤　文子
揺り椅子の窓に石楠花明りかな　中村代詩子
荷風集墓に返してある日永　齋藤　博
すかんぽや路面電車の通る町　坂野　たみ
墓地の墓次々訪ひて揚羽蝶　久恒多々志
墓所めぐる道にとび交ふ蝶二つ　吉川美恵子
墓原に名のみ遺して春の果て　坂野　たみ
霊園の空一枚に夏隣　中村代詩子
永き日の漱石墓碑に長く佇つ　中村代詩子
九春の終の一と日を都電乗る　高井　せつ
撫で肩の夢二の墓の暮春かな　秋田　幸子
白陶器昔のノブや夏近し　榊原　精子
雑司ヶ谷風に応えて柳絮飛ぶ　柳内　恵子
平和守る少女の像や春深し　吉川美恵子
花すみれ八雲の墓の正面に　中村代詩子
庭に咲く石楠花牧師館古りて　久恒多々志
文豪の墓古るままに五月来し　坂野　たみ
春日傘夢二の墓に傾げ差し　正能　文男

奥つ城の白き館や松毟鳥　齋藤　博
吟子像凛と春光浴びて立つ　秋田　幸子
読みきかせ絵本も並び春暖炉　榊原　精子
漱石の墓堂々と夏近し　正能　文男
惜春の心を石に雑司ヶ谷　坂野　たみ
満天星の咲く碑を天に仰ぎけり　榊原　精子
花芍薬宣教師館今昔　佐藤　文子
洋館に大王松の緑立つ　佐藤　信子
古墓にきりしまつつじ寄り添ひて　久恒多々志
雑司ヶ谷墓地の向ふの鯉のぼり　柳内　恵子
夏隣る影を啄む寺鴉　坂野　たみ
行き当たる荷風の墓の香袋　高井　せつ
もうちよつと食べたき蛍いか酢味噌　吉川美恵子
今日の空欅古木に風光る　深沢　愛子

【選者吟】　星野　高士

行春や荷風の墓の四囲軽し
漱石の墓は暮春の刻止めて
その先は八雲の墓よ草若葉
絵タイルも宣教師館夏隣
墓原を抜け一蝶の深空まで

●高士ワンポイント講評

雑司ヶ谷霊園は、著名人の墓が色々とある。荷風、漱石、八雲などの墓所を見て回り、「撫で肩の夢二の墓の暮春かな」の句は、夢二の墓石の形状を「撫で肩」と見事に言い当てた所が良い。また、立夏直前の「暮春」が利いている。

⑪ 学習院大学

日時　平成二十二年六月一日(火)
場所　学習院大学正門
　　　ＪＲ「目白」徒歩三分

【学習院大学】宮内省所轄の官立学校が戦後になって私立大学に。第十代院長・乃木希典が学生と寝食をともにした乃木館、芭蕉句碑、堀部安兵衛ゆかりの血洗の池がある。
【コース】大学構内散策
昼食会場は学食。句会場は、大学内会議室。

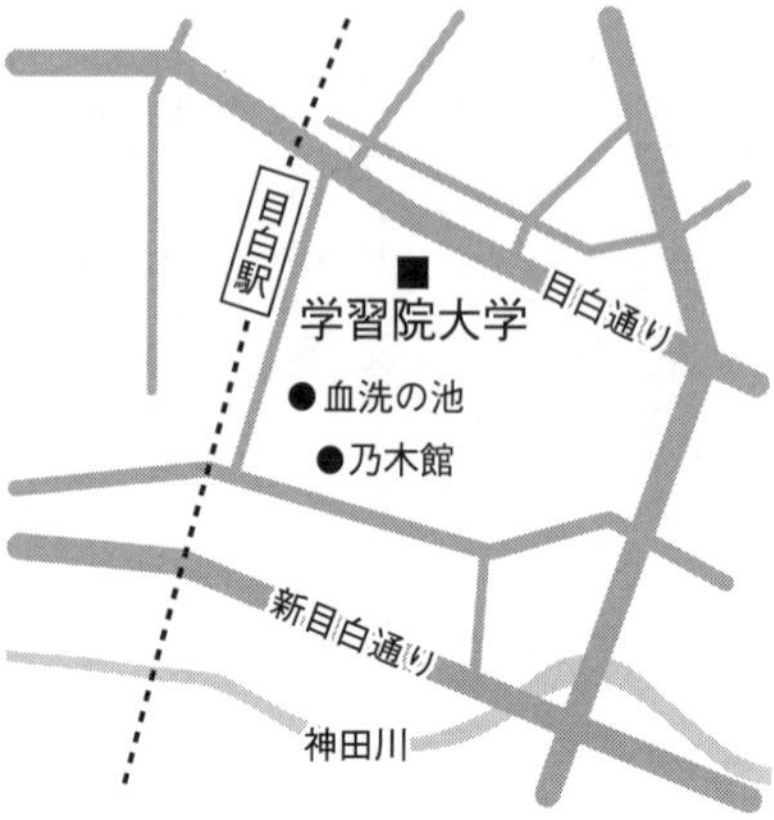

学習院細き蚊の声坐禅堂　齋藤　博
青葉闇学徒出陣歌碑ひそと　秋田　幸子
六月や学食に誕生歌沸き　寺川　芙由
大茂り乃木希典を知る巨木　中村代詩子
十薬の隠しきれざる別れ径　永井　梨花
緑陰を出でて校舎の白眩し　坊野みどり
青葉風学食はもう込み始め　林　泰子
万緑の底学院の坐禅堂　市東　晶
乃木様は何を覗きし網戸かな　深沢　愛子
緑陰の木椅子に開く学園紙　坂野　たみ
女学生こころごころの夏衣　柳内　恵子
木洩れ日の血洗ひの池茂りたる　榊原　精子
鬼灯の花キャンパスの果つ辺り　中村代詩子
榊檀柵に囲まれ大茂り　佐藤　文子
てんとむし女子学生の肩が好き　林　泰子
竹落葉踏みつつ遠き馬場の道　池辺　弥生
門に来て門に入る子等夏の空　佐藤　信子
乃木館の屋根には少し夏落葉　正能　文男
大緑陰今富士見えぬ芭蕉句碑　佐藤　文子
桑の実に郷愁深む池ほとり　市東　晶

万緑や学ぶ心を涸らすまじ　坂野　たみ

キャンパスを闊歩日傘の女子大生　秋田　幸子

血洗ひの池に十薬香を放つ　中村代詩子

学習院杜鵑花の門に人を待つ　佐藤　信子

血洗ひの池六月の陽を沈め　坊野みどり

学舎の問はず語りの夏木立　伊藤　豊子

木下闇暗さなかりし乃木館　池辺　弥生

池の上六月の空円くあり　佐藤　文子

大緑陰走り根太し坂の道　深沢　愛子

院長は撃剣が好き麦のめし　奥住　士朗

学食のカレーに外すサングラス　中村代詩子

校舎越えヒマラヤ杉の大夏木　坊野みどり

剣道の稽古着干さるる日の盛り　寺川　芙由

六月や坐禅部募集中のビラ　久恒多々志

走り根の迷路抜ければ蛇苺　柳内　恵子

六月のキャンパス何もかも眩し　坊野みどり

風薫る皇族寮に靴のまま　齋藤　博

旧館は明治の香り蜻蛉生る　市東　晶

青春の一と日を置ける大緑陰　寺川　芙由

キャンパスの池六月の始まる日　正能　文男

【選者吟】　星野　高士

襟正す学習院の門薄暑

青春の甘酸つぱさの桑の実も

六月一日学食カレー甘し

血洗ひの池とは云へど蜻蛉生る

キャンパスを狭く夏服眩しけれ

●高士ワンポイント講評

高校時代の私の母校なので余計に思い入れがあった。懐かしんで学食を食べ、句会場は会議室でした。「万緑の底学院の坐禅堂」は、血洗いの池と繋がった坐禅堂と万緑が響き合って、場所もしっかり特定された所も良い。

⑫ 八芳園

日時　平成二十二年七月六日(火)
場所　八芳園
集合　八芳園エントランス
　　　南北線「白金台」徒歩五分

【八芳園】現在はレストラン、結婚式場、パーティー会場に使われているが、江戸時代前期の旗本・大久保彦左衛門の屋敷であった。その後、実業家などに渡ったが、昭和二十五年に「八芳園」が開業された。
【コース】「四方八方どこから見ても美しい」と称される庭園散策。昼食会場、句会場は園内「槐樹」

庭園に径開きおく夏館　坊野みどり
石橋の奥の闇より滝の音　中村代詩子
松原の起伏に侍る梅雨茸　坂野　たみ
八方の風を一つに園涼し　坊野みどり
作り滝音を引き連れ池に入る　池辺　弥生
水亭や色を乱して鯉の群　中村代詩子
彦左ヱ門屋敷跡とや夏暖簾　寺川　芙由
あるなしの風に巻き上げ古簾　市東　晶
病葉を美しとし抱く木立かな　深沢　愛子
四阿を出てすぐに作り滝かな　坂野　たみ
白金の栄華のままの泉殿　伊藤　豊子
旗本の屋敷に拾ふ落し文　正能　文男
庭石の打水要らぬほどに濡れ　久恒多々志
広々と芝生や小さき梅雨茸　佐藤　文子
芝庭に見ればあるある梅雨菌　坂野　たみ
白靴やシロガネーゼとなる歩幅　深沢　愛子
久し振り八芳園の夏料理　坂野　たみ
園奥の風を遊ばせ造り滝　秋田　幸子
チャペルへと続く石段梅雨茸　佐藤　文子
水亭の影もうつさぬ一と日かな

蜻蛉生る風と遊ぶをもう知りて　池辺　弥生
暑気払ひ彦左ヱ門の屋敷跡　正能　文男
五百年余の盆栽も梅雨の庭　榊原　精子
ロビーにも願ひの糸のまつ直ぐに　寺川　芙由
一水の風より高く蜻蛉生る　坂野　たみ
集合は七夕飾りあるホール　榊原　精子
水亭の丸窓よりの金の鯉　中村代詩子
湧水の音幽かなる青葉闇　林　泰子

【選者吟】

梅天や鯉散つてゆく色となり　星野　高士
蜻蛉生る一水どこも翳りなき
庭滝の音溢るるを振り返り
七夕やホールロビーに早く着き
盆栽の樹齢に梅雨の湿りなし

●高士ワンポイント講評

梅雨最中の八芳園だが、結婚式やパーティーで華やぐ会場。シロガネーゼと言う雰囲気がある。「広々と芝生や小さき梅雨菌」の句は、広々と手入れの行き届いた芝生の中の「梅雨菌」で、この菌も品があるようで面白い。

⑬ 鳩森神社

日時　平成二十二年八月三日（火）
場所　鳩森神社
集合　ＪＲ千駄ヶ谷駅
　　　千駄ヶ谷徒歩十分

【鳩森神社】千駄ヶ谷駅から東京都体育館沿いに歩き、鎮守の森に突き当る。都内では珍しい富士塚と、すぐ裏手にある日本棋院ゆかりの「将棋塚」がある。

【コース】鳩森神社から程なく歩き国立能楽堂を見学。昼食会場、句会場は、能楽堂内の「はせがわ」

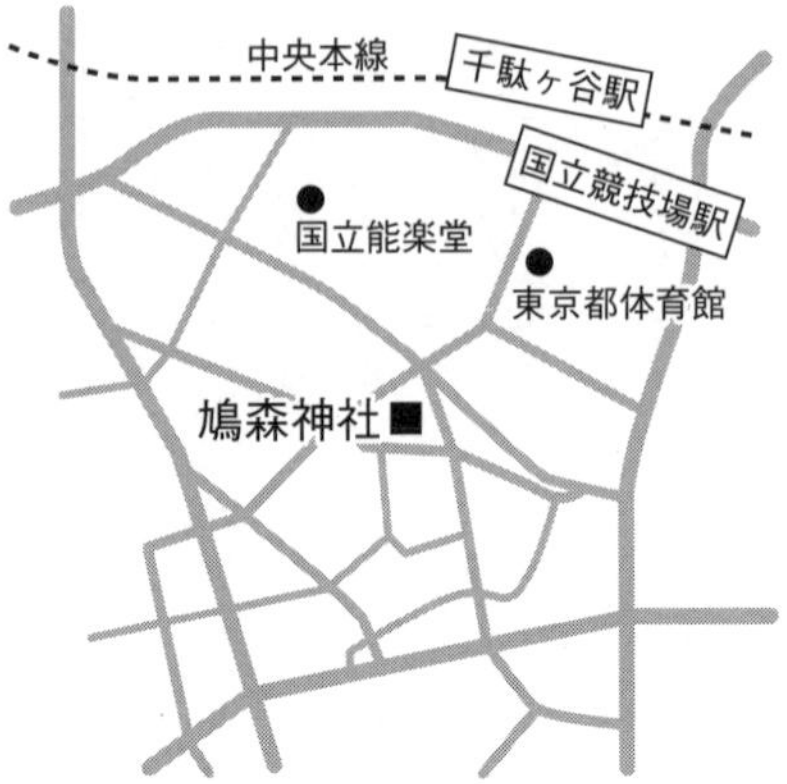

能楽堂楽屋裏まで晩夏かな　中村代詩子
掛香や能楽堂に入りしより　市東　晶
富士塚へ吹き上ぐ風の秋近し　深沢　愛子
蟬の声富士塚あたりよりはじむ　佐藤　文子
束の間の小諸の話日の盛り　正能　文男
能楽堂晩夏の光り包みたり　高井　せつ
師の声の透く神苑や蟬時雨　寺川　芙由
神輿蔵ずらと並びて鳩の森　中村代詩子
灯涼し御簾の内より見る舞台　市東　晶
富士塚や晩夏の風の中にあり　正能　文男
富士塚は登山と云へるほどでなし　佐藤　信子
能衣装用の立派な衣紋竹　榊原　精子
掌に二つ空蟬のせて見せくれし　佐藤　文子
空蟬の重さや鳩森神社　吉川美恵子
金亀子置ひて行くには忍びなく　正能　文男
空蟬の今朝のぬくもり伝はり来　坂野　たみ
秋近し雲は毬藻の如く浮く　久恒多々志
夏雲の立ち上りたる能舞台　佐藤　文子
富士塚の階の一歩に蟻地獄　中村代詩子
能楽堂裏の裏まで見て涼し　佐藤　文子

パナマ帽被り直して森を出る　中村代詩子
王将を祀り涼しき将棋堂　佐藤　信子
将棋会館豆棋士らしき白き服　齋藤　博
秋近し楽屋に匂ふ畳かな　榊原　精子
翼殿へ枝さし伸べて百日紅　中村代詩子
落とし文将棋相手の次なる手　深沢　愛子
翳たたむ晩夏の樟の大樹かな　坂野　たみ
黄金虫とんで地に落つ鳩の森　太田　邦子

【選者吟】

空蝉の心離れてをらざりし　星野　高士
富嶽ゆく都内にもある登山口
千駄ヶ谷谷の辺りの涼しさよ
将棋塚能楽堂やまだ暑き
秋近き能楽堂の楽屋口

●**高士ワンポイント講評**

千駄ヶ谷駅から炎天下の鳩森神社まで歩き、富士塚、将棋塚へ行く。神社のすぐ裏に日本棋院があった。「能楽堂晩夏の光り包みたり」は、能楽堂を見学したが、外側から見た景。休演中だった為、尚更、晩夏の光り包みたり、が的確な表現だ。

国立能楽堂

⑭ 合羽橋道具街

日時　平成二十二年九月七日（火）
場所　合羽橋道具街
集合　台東区役所循環バス「めぐりん」乗り場
　　　曹源寺下車

【合羽橋道具街】料理屋、飲食店向けの調理道具店が並ぶ。循環バスを降り、かっぱ寺の曹源寺、道具街の散策は様々なサンプルの進化に驚く。外国人客の垂涎の的である。その後、東京本願寺の木陰で句作。
【コース】台東区役所発の「東西めぐりん」三停留所目。昼食会場、句会場は、浅草ビューホテル「梨花」

店先の刃物とらへる日差し秋　坊野みどり
金風や朝の六区の角に待つ　榊原　精子
爽やかやぶらり吟行日和の書　正能　文男
本願寺拝してよりの扇置く　中村代詩子
界隈は浅草六区去ぬ燕　中村代詩子
大庇反らせて残る暑さかな　林　泰子
本願寺町の軒端に新松子　伊藤　豊子
山門を出て四つ角に新松子　秋田　幸子
爽やかに六区は笑ひ醸しけり　坂野　たみ
爽やかや師の句の道を聞くひと日　坊野みどり
はじめての浅草六区秋暑し　吉川美恵子
鉢に水供へ残暑のかつぱ像　秋田　幸子
浅草に秋の騒めきありにけり　柳内　恵子
秋日傘日向に出ればまた広げ　林　泰子
本願寺お参り背ナに風は秋　坊野みどり
大木戸を出るや今めき秋の風　寺川　芙由
天高しスカイツリーの見ゆる窓　佐藤　信子
爽涼の木陰を求め法の庭　佐藤　文子
街残暑包丁砥石整然と　秋田　幸子
今日もまた類なき残暑合羽橋　齋藤　博

遠き日の六区を偲ぶ踊唄　齋藤　博
サンプルのケーキに映る街の秋　寺川　芙由
天高し顔の看板合羽橋　深沢　愛子
東本願寺いまだ白帝帰らざり　齋藤　博
秋日傘影少しゆる石畳　坊野みどり
折り返す秋風抜ける問屋街　坂野　たみ
秋の蠅ふらりと交番前に落つ　柳内　恵子
水澄むやかつぱの像の供え盤　齋藤　博
西方に台風ありて今日の空　坊野みどり
抜けてゆく浅草の路地草の花　吉川美恵子
どの路地もスカイツリーの見える秋　正能　文男
街騒をそれてその奥秋の風　深沢　愛子
浮世絵ののれん九月の合羽橋　久恒多々志
鰯雲仰ぎてかつぱ河太郎　中村代詩子

【選者吟】　星野　高士

合羽橋抜け秋涼の本願寺
上梓祝ぐ心持ち寄り天高し
浅草六区交番前の残暑かな
下町の残暑の楽し合羽橋
金風に出刃包丁の角光る

●高士ワンポイント講評

合羽橋に道具を買いに行く訳ではないが、道具街を吟行するというのも、志士の会の良い所だ。「はじめての浅草六区秋暑し」は、それぞれがいろいろの物を見ているが、少し奥まった浅草六区を特定し、見たままから「秋暑し」に呼応している。

⑮ 聖路加タワー

日時　平成二十二年十月五日（火）
場所　聖路加タワー
集合　築地本願寺
　　　日比谷線「築地」徒歩四分

【聖路加タワー】御年白寿に近い名誉院長を頂くツインタワーは、壮絶な医療の現場。足元には蘭学始めの碑や慶大・立大の創立の土地柄でもあった。龍之介の生誕の地が路傍に認められた。

【コース】築地本願寺～聖ルカ通り～看護大学～隅田川テラス～勝鬨橋、昼食会場、句会場は、サンシティー銀座。

句縁ありてこそ松茸土瓶蒸　中村代詩子
三十階より秋天を一掴み　市東　晶
大川は越せぬ幅なり赤蜻蛉　奥住　士朗
川風に旅せむ心鳥渡る　坂野　たみ
川風が香りと共に金木犀　深沢　愛子
水門を入り来る潮に散る柳　林　泰子
菊日和大川端に祝ひ膳　坊野みどり
金色の香りまとひし秋日和　北野　蓮香
爽やかや師のあと従ひて百名所　高井　せつ
一誌祝ぐ松茸薫る昼御膳　吉川美恵子
木犀の香に迷ひけり遊歩道　柳内　恵子
水澄むや対岸の人小さく見ゆ　深沢　愛子
龍之介の紅葉且つ散る生誕地　市東　晶
聖路加の看護学校鵙高音　齋藤　博
追ひかける香に木犀をまた仰ぐ　市東　晶
十字架の高き聖路加鳥渡る　齋藤　博
聖ルカの庭にとりどり秋の蝶　北野　蓮香
祝の膳桜紅葉の一葉添へ　林　泰子
秋の潮遡上し軋む船着場　久恒多々志
菊月や百寿の院長在せしや　高井　せつ

実柘榴や聖ルカ通り空真青　秋田　幸子
雲払ふ十字の塔や秋深し　池辺　弥生
爽やかや婚儀つかさの寺に来て　齋藤　　博
金銀につなぐ木犀日和かな　坂野　たみ
秋高しぶらり吟行日和かな　柳内　恵子
秋の日を背なに大橋渡りゆく　深沢　愛子
天高し婚の華やぐ本願寺　秋田　幸子
糸瓜棚桶に育てて船溜り　奥住　士朗
水門をくぐるともなく小鳥たち　北野　蓮香
移り箸慎しみ秋の祝膳　伊藤　豊子
金風や立大慶大創立地　榊原　精子
実柘榴の割れて月日を零しけり　奥住　士朗
蘭学の泉にありし秋の声　北野　蓮香
大川の低き波影秋日濃し　坊野みどり
木犀の香より翔び立つ群雀　久恒多々志
秋風がなぞる解體新書の図　秋田　幸子
菊月の吟行日和みな笑顔　中村代詩子

【選者吟】　星野　高士

柳散る大川の風ここまでも
木犀の香は新しく未来継ぐ
栗飯にかにの切り身の入りし幸
松茸や祝ふ心を分け合ひて
秋風や我鬼生誕の地は歩道

●高士ワンポイント講評

聖路加タワーでは、日野原重明先生のご健在の頃だが、あの辺りは文明開化の様々な史跡がある土地柄。「蘭学の泉にありし秋の声」は、聖路加という土地を踏まえて、蘭学と秋の声が響き合っている。「秋の声」は、正に作者が感じたもの。

⑯ 赤坂サカス

日時　平成二十二年十一月二日(火)
場所　赤坂サカス
集合　千代田線「赤坂」徒歩三分

【赤坂サカス】ＴＢＳ社屋前の広場。坂の多い地形と花を咲かすの造語とある。樹脂製のスケートリンクがあり、早くも冬支度。ハロウインからクリスマスツリーも散見された。

【コース】赤坂の賑わいを離れ、登り坂を十五分して赤坂氷川神社へ。昼食会場、句会場は、洋食の「津つ井」

多羅葉の葉に言霊を宿す秋　市東　晶
空蒼し十一月の坂の町　池辺　弥生
何もなくサカス広場の冬支度　正能　文男
参道の木洩れ日桜紅葉より　坊野みどり
小鳥来て氷川の杜を喜びぬ　寺川　芙由
秋風を背に神官の声太し　高井　せつ
うつすらと赤坂桜紅葉して　柳内　恵子
昔より坂多き街秋惜しむ　林　泰子
神鈴のひびく静寂や小六月　太田　邦子
拝殿の鈴音高き暮の秋　池辺　弥生
晩秋の日と翳分かつ広場かな　寺川　芙由
里芋がフライとなりて洋食屋　中村代詩子
清貧の杜に木の実を拾ひけり　北野　蓮香
秋天やサカスタワーのその先に　高井　せつ
につぽんの洋食旨し馬肥ゆる　奥住　士朗
享保の大公孫樹より秋の声　市東　晶
秋惜しむ歩幅それぞれ坂の町　坂野　たみ
多羅葉の一葉に寄りて秋惜しむ　寺川　芙由
神の留守青年深く祈りをり　坊野みどり
ビルの影うつすビル街秋深し　佐藤　文子

晩秋の境内までの坂の道　深沢　愛子
氷川坂にて一息の暮の秋　中村代詩子
神木の洞に十一月の風　坂野　たみ
氷川社の黄葉樹齢に戦禍跡　伊藤　豊子
走り根に音の重なる木の実かな　深沢　愛子
紅葉且つ散るものも無き石畳　林　泰子
佇めば梢の風や冬隣　吉川美恵子
客を待つ刈りし土賊を壺に活けて　中村代詩子
ころころとどんぐりを踏み氷川さま　榊原　精子
薄紅葉まだその色になりきれず　池辺　弥生
葵紋錆びて大前小鳥来る　伊藤　豊子
神苑の底まで晴れて小鳥来る　坂野　たみ
阿吽の阿晩秋の陽を吸うてをり　北野　蓮香
行秋やサカステラスの朝のティー　高井　せつ
大銀杏十一月の空伸びる　柳内　恵子
おばしまに水は動かず冬近し　坂野　たみ
神の留守道草したき日和かな　深沢　愛子

【選者吟】　星野　高士

行秋を見下してゐる氷川坂
秋惜しむサカス広場に街の風
大前の日裏日表神の留守
赤坂の昼の華やぎ薄紅葉
椎拾ふたたび大鳥居遠くなり

●高士ワンポイント講評

赤坂サカスから赤坂氷川神社までの間に洋食屋の「津つ井」があった。「にっぽんの洋食旨し馬肥ゆる」は、作者も現役時代利用した店なのであろう。「にっぽんの洋食」と、看板が出ていた。軽い挨拶句のようでいて「馬肥ゆる」が大変に良い。

⑰ 東京大学

日時　平成二十二年十二月七日(火)
場所　東京大学
集合　赤門前
　　丸ノ内線「本郷三丁目」徒歩十分

【三四郎池】安田講堂と相対峙するかのような、夏目漱石の小説「三四郎」の舞台でもある。池畔に「銀杏散る真只中を法学部」の句碑を探し当てる。
【コース】赤門〜三四郎池〜青邨句碑〜安田講堂〜正門
昼食会場、句会場＝喫茶「ボンアート」

きりもなく天与の銀杏散る学府　市東　晶
鴨一度集まりてより皆勝手　久恒多々志
銀杏散る無言の曲を刻みつつ　奥住　士朗
冬ざれや東大前の赤信号　永井　梨花
極月の学生街にカレー食ぶ　寺川　芙由
講堂の攻防跡や冬紅葉　林　泰子
東大の銀杏落葉を土産とす　越田はづき
冬帽を椅子に放りて客となる　池辺　弥生
散り止まぬ銀杏黄葉に戯るる　柳内　恵子
散る銀杏金輪際と思ひ踏む　中村代詩子
葉脈の一筋ごとの冬日かな　北野　蓮香
背景は安田講堂冬紅葉　深沢　愛子
大雪や安田講堂厳と黙　奥住　士朗
東大や二つの句碑に銀杏散る　佐藤　信子
知る人に知らざる人に銀杏散る　永井　梨花
志秘めて学徒ら落葉踏む　高井　せつ
校塔に放水の過去冬木の芽　正能　文男
いちよう落葉を蹴りながら話しつつ　榊原　精子
卒論も関心無しや浮寝鳥　深沢　愛子
皆触れて残して去りし竜の玉　久恒多々志

冬あたたか拾ひし杖や磴を行く　池辺　弥生
三四郎池鴨の陣とはならずあり　佐藤　文子
東大は門数多なり銀杏散る　北野　蓮香
大雪の日差しうすうす句碑二つ　佐藤　文子
散る柳けふの高さに晴るるかな　池辺　弥生
誰彼に開く赤門銀杏散る　寺川　芙由
テンプラの学生もゐて日短　奥住　士朗
赤門をくぐれば天地いちよう散る　榊原　精子
臆せずに曲り具合ひも見せ冬木　太田　邦子
マフラーをはらりと外し北の人　永井　梨花
冬晴や赤門に表札はなく　吉川美恵子
笹鳴や遅速にあらぬ東大生　深沢　愛子
大雪や赤門前に北の人　高井　せつ

【選者吟】

極月の何を語るか師弟句碑　星野　高士
赤門をくぐる師走の頭かな
大雪や函館の友会へるとは
三四郎池に幾何学鴨の水尾
赤門の色より濃ゆし冬紅葉

●高士ワンポイント講評

赤門は普段なかなか入れない所だが、丁度、この日は函館からゲスト参加の越田はづきさんが「東大の銀杏落葉を土産とす」と詠み、この時期の銀杏落葉だから大事にされたのだろう。句帳にでも挟んだのかも知れないが作者がこの場所にいたから出来た句だ。

⑱ 花園神社

日時　平成二十三年一月四日（火）
場所　花園神社
集合　新宿区役所ロビー
　　　ＪＲ「新宿」徒歩七分

【花園神社】新宿の粋筋や芸能にもご利益があるとされ、内藤新宿の古社として親しまれてきた。神社の裏手のゴールデン街は、戦後の闇市がそのままタイムスリップしたような感がある。
【コース】新宿区役所～花園神社～花園饅頭～ゴールデン街
昼食会場、句会場＝金燕酒家

富士を背に来し新宿の初句会　太田　邦子
のつけから熊食ふ話師の破顔　齋藤　博
楪や酒場は夜を繰り返し　奥住　士朗
初笑ひ師の聲いつも近くあり　寺川　芙由
扉に飾りゴールデン街眠りをり　高井　せつ
路地裏を研ぐ風凛と注連の内　坂野　たみ
早梅に詣での列の和みけり　寺川　芙由
なかなかに佳句は生まれず去年今年　吉川美恵子
掃初やゴールデン街朝戸開け　榊原　精子
御慶のぶ役所ロビーを借り申す　伊藤　豊子
新宿の裏の昼見る松の内　永井　梨花
日の解く花園神社梅早し　市東　晶
街騒も心もしずめ初詣　池辺　弥生
買初は花園饅頭師の先導　秋田　幸子
座にひとり正月小袖似合ふ人　佐藤　信子
はや四日酒場は夜の支度かな　奥住　士朗
看板の立て込む路地の四日かな　寺川　芙由
晴れやかに仕事始めの背に光り　坂野　たみ
集合は仕事始めの区役所に　佐藤　文子
読初はぶらり吟行日和の書　秋田　幸子

すれ違ふ人らに御用始めかな　吉川美恵子
乗り初めは何時ものバスの同じ席　高井　せつ
食積に倦みて四川の辛さかな　市東　晶
琴の音の流るる駅や初電車　秋田　幸子
前厄に早し師の手の破魔矢かな　伊藤　豊子
本当に今日はほんとの初句会　太田　邦子
初句会青島麦酒杯高く　榊原　精子
初写真新聞記事の師の笑顔　齋藤　博
初詣して花園の銘菓にも　坂野　たみ
三ヶ日過ぎ五七五正念場　中村代詩子
初句会端緒は月の輪熊なり　北野　蓮香
師の鞄はみ出す破魔矢鈴ならず　佐藤　文子
雑踏を抜け早梅の社かな　吉川美恵子
箸紙の金燕酒家にけふの宴　中村代詩子
人波や磴を上りて初詣　深沢　愛子
買初は兎饅頭なりしかな　高井　せつ
花街の二尺五寸に松飾　伊藤　豊子
脇宮の小振りなれども松飾　正能　文男

【選者吟】

新宿は早く歩いて初詣　星野　高士
花園饅頭買初にして重し
日差しなき掛け蓬来や歌舞伎町
蒼穹に破魔矢の先を近づける
輪飾に塵ゴールデン街なれば

●高士ワンポイント講評

花園神社を初詣して昼のゴールデン街を覗き歩いたが、「のつけから熊食ふ話師の破顔」は、私が年末に熊料理を食べた事を話した途端に、この句が出てきた。新年に相応しい挨拶句が返って来た。「のつけから」「師の破顔」が小気味良い。

⑲ 毛利庭園

日時　平成二十三年二月一日(火)
場所　毛利庭園
集合　日比谷線「六本木」徒歩七分

【毛利庭園】六本木ヒルズ森タワーを核とした再開発に伴い、旧毛利邸跡地の池、緑地を生かした日本庭園。テレビ朝日のお膝元、天気予報の中継地として放映される。

昼食会場、句会場＝六本木「時代屋」

晴るる日も少し濡れをり実万両　池辺　弥生
二ン月や池に遊ぶは我等のみ　池辺　弥生
摩天楼底に春待つ心字池　坂野　たみ
寒風も日差しも池面受けしまま　坊野みどり
この坂を下れば麻布春近し　正能　文男
厳寒の続く朝の空一つ　柳内　恵子
園丁の地下足袋にある春隣　永井　梨花
ビルの底冬日の巡る早さあり　林　泰子
遠くより庭師の背や春近し　秋田　幸子
掛け頃の石に蠟梅香る風　中村代詩子
早や二月いつもの事であるけれど　池辺　弥生
六本木ヒルズ住ひの寒鴉　齋藤　博
池心なる氷の厚さ測れ得ず　中村代詩子
青山も麻布も近き冬の庭　永井　梨花
寒明に少し間のある尖る風　深沢　愛子
六本木街の明るさ寒早　佐藤　信子
日溜りの毛利庭園実万両　秋田　幸子
空真青疎林をわたる寒雀　佐藤　文子
万蕾の光りを弾く春隣　坂野　たみ
池の面の氷に日差し動きあり　佐藤　文子

待春や宇宙めだかの文字を見て　清水　初香
六本木あるかなきかの氷張る　正能　文男
六本木ヒルズ見上げて春を待つ　柳内　恵子
六本木ヒルズの傾ぐ氷面鏡　坂野　たみ
池凍る宇宙メダカの命秘め　寺川　芙由
凍土や庭師の箒弾きたる　林　泰子
初参加二月礼者として彼女　中村代詩子
山茶花の日当たる紅と走る紅　寺川　芙由
六本木笑顔集ひし春隣　齋藤　博
水音や春待つ心拡げつつ　清水　初香
蝋梅の香る辺りの日向ゐて　佐藤　文子
水音も毛利庭園春近く　清水　初香
碧梧桐忌の時代屋で俳句会　中村代詩子
毛利池ビルの狭間に氷結す　秋田　幸子
水仙や昔日ヶ窪今ヒルズ　清水　初香
春を待つ音をこぼして池の水　奥住　士朗

【選者吟】

碧梧桐忌なり素直な句も大事　星野　高士
探梅や毛利庭園見渡せど
テレビ局六本木ヒルズ待春
寒晴の午後へと移る水の音
日表に寒の滝音ありにけり

●高士ワンポイント講評

テレビ朝日の前庭のような所にあるが毛利家の由緒ある庭園。「水音も毛利庭園春近く」は、作者もこの事を踏まえて作っている。助詞の「も」が毛利庭園の「も」と響き合い、六本木のど真ん中にあって、水音と取り合わせた事がお手柄だ。

⑳ 葛西臨海公園

日時　平成二十三年三月一日(火)
場所　葛西臨海公園
集合　ＪＲ京葉線「葛西」駅前

【葛西臨海公園】緑と水と人のふれあいをテーマに平成元年にオープンした。葛西臨海水族園、ダイヤと花の観覧車、人工海浜も併設。
【コース】園内をめぐるトロッコ列車〜梅林〜なぎさ橋
昼食会場、句会場は、江戸川シーサイドホテルのランチ

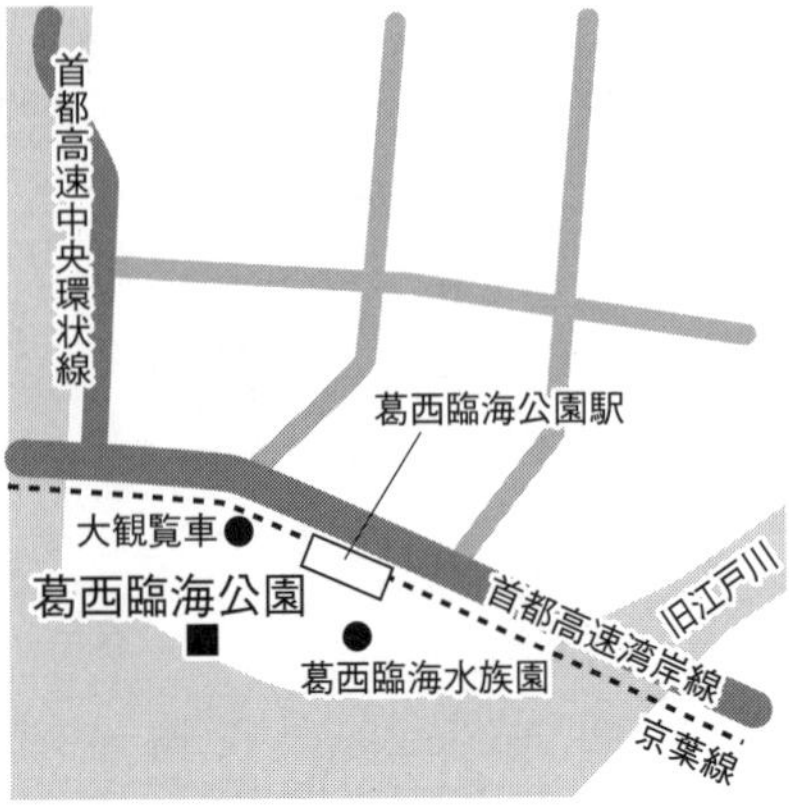

ちらと見ゆ薄紅梅の香は追へず　正能　文男
人もその中のひと色花菜畑　池辺　弥生
遠足の列に手を振り別れけり　久恒多々志
海苔粗朶やこれぞまことの江戸前と　太田　邦子
春暖炉床は寄せ木の贅沢さ　清水　初香
曇天の園を彩る花菜畑　吉川美恵子
山茱萸の花は光れる黄を零す　永井　梨花
三月や天日のなき海の模糊　市東　晶
見てをりし干潟より鳥雲に入る　高井　せつ
突堤の先の海坂鳥曇　中村代詩子
つかの間のウオッチングや残り鴨　佐藤　信子
梅東風や一園巡る箱電車　坂野　たみ
如月や潮の香まとふ観覧車　深沢　愛子
平凡も時には淋し春の野に　池辺　弥生
辛夷の芽あちこち向ひて語りかけ　柳内　恵子
三月来潮に動かぬ鳥の群　寺川　芙由
曇天に観覧車あり花菜畑　佐藤　信子
春めくやその先の海じつと見る　清水　初香
余震なほ続く国あり沖霞む　秋田　幸子
野遊びに川を二つも越して来し　永井　梨花

松籟の中に一輪紅椿　佐藤　文子
展望に入江の波と花菜畑　中村代詩子
うかうかと出でし地虫に浜冷ゆる　坂野　たみ
ものの芽の天に上げたる鬨の声　奥住　士朗
春入江なぎさにかかる渚橋　佐藤　信子
ディズニーランド向ふに春の海　榊原　精子
下萌を踏みつつ空を見上げつつ　寺川　芙由
臨海の波如月の匂ひかな　正能　文男
なぎさばしまで行かぬとも春の潮　奥住　士朗
遠足の子らと海浜公園を　坂野　たみ
湾のぞみ夜来の雨に木々芽吹く　秋田　幸子
あたたかやみんなでのろう汽車ポッポ　奥住　士朗
人声の途切れし辺り青き踏む　正能　文男
近寄りてなほさびしかり山茱萸黄　高井　せつ
春愁を乗せて海辺の観覧車　市東　晶
春寒や海の果て空へと溶けて　寺川　芙由

【選者吟】

山茱萸の花に海光逃げ易く　星野　高士
観覧車眠りし如き鳥曇
如月のパーク列車の汽笛揺れ
海苔篊に曇天の波明りかな
遠足の子に意地悪な空ばかり

●高士ワンポイント講評

葛西臨海公園は東京の郊外にあるが、東京湾の海苔栽培は昔から続けられてきた。「海苔粗朶やこれぞまことの江戸前と」の句は勢いのある句だ。眼前の景色というより少し離れているから、大所高所から俯瞰的に把握している。

㉑ 谷中霊園

日時　平成二十三年四月五日（火）
場所　谷中霊園
集合　天王寺
　　　ＪＲ日暮里南口徒歩五分

【谷中霊園】東日本大震災の後、余震や自粛ムードが列島を覆った。霊園の墓石の倒壊がそのまま放置され、それでも久しぶりの句友との再会の時を得た。花時の谷中霊園は独特の余情がある。
【コース】谷中霊園散策～夕焼けだんだん～谷中銀座
昼食会場、句会場＝谷中「吉里」

大地震以来の出会ひ花衣　中村代詩子
天台の花下に自粛を少し解く　市東　晶
知らぬ路地曲れば花の谷中かな　永井　梨花
走り根に足を取られて花見かな　正能　文男
三味の音に花見弁当運ばるる　佐藤　信子
路地で買ふ谷中コーヒー花の昼　市東　晶
花影に人翳のせて歩す谷中　寺川　芙由
銃痕に触るる山門花辛夷　永井　梨花
花烏賊を前菜にして青畳　中村代詩子
余震など花下にてしばし忘れをり　中村勢津子
花榲かの名優のご命日　中村代詩子
あの奥はやや紅の濃き糸桜　清水　初香
露伴邸跡の垣より玉椿　吉川美恵子
谷中墓地命惜しみて花に歩す　池辺　弥生
春昼や語らぬ墓と語る墓　太田　邦子
右千駄木左谷中や春の町　久恒多々志
春昼の谷中銀座に名札買ふ　深沢　愛子
枝垂るるや風の先々桜咲く　柳内　恵子
志ん生の声に押さるる谷中春　永井　梨花
春昼の猫になりたき心もち　中村勢津子

大黒天甍のそりや春の空　佐藤　文子
春愁や矢弾の跡の志　奥住　士朗
おのづから集ふは枝垂桜かな　佐藤　文子
幹事さん読みぴったりの桜かな　太田　邦子
老幹に簪のごと蘖ゆる　坂野　たみ
花の昼昭和を灯す谷中墓地　柳内　恵子
花衣けふは和服にならぬ人　正能　文男
憂き心はるる青空花の下　吉川美恵子
寺屋根の反りゆつたりと蝶の昼　柳内　恵子
結界に枝を預けて花馬酔木　齋藤　博
日を浴びて人も桜も華やげり　深沢　愛子
塔跡を鴉見下す春の風　清水　初香
霊園のなんと明るき花の昼　中村勢津子
風光る谷中銀座に無尽蔵　坊野みどり
霾れる五重の塔の跡は此処　中村代詩子
花人になりても心なりきれず　正能　文男
夕焼けも富士も見えねど磴日永　高井　せつ
人のこゑ日射しの声や花しきみ　柳内　恵子
地震あと墓の修理や花の下　久恒多々志
だんだんの遅日の夕日見て帰ろ　坂野　たみ

【選者吟】　星野　高士

古墓に走り根太く花の昼
花人としてまた逢へる志士の連
観桜の谷中銀座にまた出でし
人もまだ影を持たざり朝桜
箸で食ぶローストビーフ花見膳

●高士ワンポイント講評

あの東日本大震災があった翌月の会だった。谷中霊園の花時で久しぶりの顔合わせだった。「余震など花下にてしばし忘れをり」は、実感だろう。私も句会の殆どが中止になったり、なかなか平常には戻れなかった。永久に失業するかと思ったぐらいだ。

㉒ 草加松原

日時　平成二十三年五月三日（火）
場所　草加松原
集合　東武伊勢崎線「松原団地」
　　　駅前よりタクシー・綾瀬川「芭蕉像」

【草加百代橋】綾瀬川沿いに松原並木が植えられ、遊歩道が約1キロも続く。この橋は川を跨がず車道の上にある「歩道橋」だが、奥の細道に由来して乙な名がつけられた。駅名が「獨協大学前」に変更になった。
【コース】江戸を触り返る「芭蕉像」～火の見櫓～百代橋
昼食会場、句会場＝「栄寿司」

先を行く人のその先若緑　市東　晶
緑立つ松千本の曲りやう　寺川　芙由
勢ひある草加の松や五月来る　永井　梨花
望楼の屋根より高く緑立つ　中村代詩子
閉めて良し開けてなほ良し春障子　正能　文男
エッセーを聴くや五月の草加宿　永井　梨花
大牡丹ゆさりゆさりと矢立橋　柳内　恵子
行春や奥の細道一寸たどる　榊原　精子
春惜しむ昔とどめぬ草加宿　佐藤　文子
蒲公英の絮とんでくる矢立橋　中村代詩子
松原の虚子の句碑背ナ白牡丹　齋藤　博
千住からはせをの草加春惜しむ　佐藤　信子
それとなく松の雌花を探す吾　久恒多々志
白ぼたん寄り添ふ如く虚子の句碑　深沢　愛子
百代の過客の心地松の花　齋藤　博
帰りには草加煎餅買ふ暮春　吉川美恵子
川端を行つたり来り風暮春　佐藤　文子
綾瀬川見れば酸葉の生ふ所　清水　初香
錠前を掛けて暮春の河岸の柵　久恒多々志
五月来る話題次々師の周り　正能　文男

キーン氏の植樹輝く萩若葉　齋藤　博
志士の会憲法記念日を歩く　中村代詩子
石畳続く街道松の芯　柳内　恵子
松原に透けて岸辺の芝桜　坂野　たみ
草若葉門堅き舟着場　市東　晶
牡丹のひとひらづつを起こす風　寺川　芙由
芭蕉子規虚子の句碑見て牡丹見て　柳内　恵子
行春の雲に松籟乗り切れず　坂野　たみ
水鶏笛聞くまで行けず綾瀬川　齋藤　博
葉桜の被さる河岸の常夜灯　市東　晶

【選者吟】

曇天をもつとも支へ松の芯　星野　高士
憲法記念日未完の短詩型
天婦羅のまづ海老食べて春惜しむ
行春の河畔親しき草加かな
春闌くや芭蕉子規虚子逢へる街

●高士ワンポイント講評

　草加松原とは少し遠出した。地元の草加市が奥の細道ゆかりの街並みの整備に力を入れていて、松並木、百代橋や芭蕉・子規・虚子の句碑もあった。「緑立つ松千本の曲りやう」は、千本の松それぞれに曲がり方が違う。そんな感じがあった。

㉓ 浅草見番

日時　平成二十三年六月七日㈫
場所　浅草見番
集合　浅草神社・万太郎句碑の前
　　　仲見世は紫陽花の飾りつけ

【観音裏・花の辻】辻々に季節の花を咲かせ、奥の細道を辿る俳句板が掲示。一帯を「花の辻」とした。見番の人の出入りはあるが芸妓は見当たらない。

昼食会場、句会場＝「川風」

手斧目《ちょうなめ》の光りし床や金魚見る　清水　初香
吊るし売る祭半纏裏がへり　佐藤　文子
六区には六区の色やアロハシャツ　奥住　士朗
六月の風の湿りや浅草寺　吉川美恵子
風鈴の音学生は振り向かず　正能　文男
梅天に薄日の差して来る十時　中村勢津子
梅天やいのち秘めたる扇塚　高井　せつ
ストローにラムネ飲む師の笑顔呼ぶ　柳内　恵子
人間の真似してふて寝する金魚　奥住　士朗
見番の格子にちらと梅雨灯　榊原　精子
左手に伝法院の夏木立　久恒多々志
六月の見番目指す交差点　中村代詩子
風鈴や見番奥に芸者さん　深沢　愛子
界隈に香煙匂ふ梅雨曇　太田　邦子
ラムネ持つ師の挨拶も短かめに　佐藤　信子
黒南風の昼の花街投句箱　秋田　幸子
団扇絵のおかめひよつとこそつぽ向く　寺川　芙由
神の田を我が家としてめだか棲む　林　泰子
夏服に替えて浅草歩く吾　久恒多々志
雷門まだ日焼けせぬ女俥夫　齋藤　博

巡らせし幣の柱を天道虫　中村代詩子
梅雨寒や人形焼が匂ひ来る　深沢　愛子
緑蔭に句碑の静謐あふれしむ　坂野　たみ
幣ゆらす風も守りし御田植　坊野みどり
夏料理地元生まれの案内人　高井　せつ
薫風と大提灯をまた潜る　池辺　弥生
塔頭の屋根より高く枇杷熟るる　佐藤　文子
浅草寺抜けて花街七変化　秋田　幸子
飲み終へしラムネの瓶を持て余し　北野　蓮花
宝前のお田植神事あとの稲　佐藤　文子
水槽をまの辺りにし夏料理　中村代詩子
見番の浴衣素顔はお稽古か　齋藤　　博
どの枝となく揺れ交はす山法師　池辺　弥生
集合に少し間のあり氷菓子　寺川　芙由
月並な句は許さじと師のラムネ　正能　文男
神の田に余り苗さへなかりけり　中村代詩子
道にはみ出して梅雨傘売る店よ　久恒多々志

【選者吟】　星野　高士

見番に遊女の札や梅雨曇
浅草の空は気儘よラムネ飲む
仲見世を上から囃し梅雨鴉
山車倉の横に御田の幣揺るる
神木に付かず離れず五月闇

●高士ワンポイント講評

浅草寺のすぐ裏に見番通りや花の辻があった。花街に紫陽花が咲き、風情があった。「風鈴や見番奥に芸者さん」の句は良い所を見ている。おめかしして風鈴の奥に順番待ちの芸者さんが居たのだろう。いかにも浅草らしい。

㉔ 有明ビッグサイト

日時　平成二十三年七月五日（火）
場所　有明ビックサイト
集合　ゆりかもめ「青海」駅前

【無人の観覧車】夜のお台場を演出する観覧車は誰もいない。梅雨明け近い炎天下では無理からぬことか。木陰の少ない未来都市の油照りにお手上げの態。

【コース】青海～橋二つ渡る～昼食会場、句会場＝ワシントンホテル「マダムシェンロン」

絵タイルに写楽描かれ油照　中村代詩子
潮じめり葉裏にたたむ茂りかな　坂野　たみ
水無月の雲白々と混み合へり　寺川　芙由
追ひつけぬほど遥かなり日からかさ　寺川　芙由
二十階冷やし麦茶に見る埠頭　佐藤　信子
白南風や鳩と雀と海と町　市東　晶
海風の吹いてお台場駅涼し　久恒多々志
海展けターンテーブル夏料理　永井　梨花
大南風吹き抜く駅に訃報聞く　林　泰子
雲の峰円卓囲む二十階　清水　初香
腕時計きらりと光り夏帽子　榊原　精子
炎天をビッグサイトの夢の島　佐藤　信子
新都市を炎天見のがしてくれず　太田　邦子
涼風と橋まで一歩一歩かな　坊野みどり
お台場の空の明るさサングラス　吉川美恵子
おしるしの緑蔭もあり未来都市　奥住　士朗
初蝉や台場木陰の風騒ぐ　清水　初香
白南風のかなたに沖ノ鳥島と　秋田　幸子
人ひとり乗らぬ暑さや観覧車　正能　文男
林立のビル街沈め雲の峰　中村代詩子

橋暑しここは深川標あり　坊野みどり
絵タイルを見ては涼しく話すひま　清水　初香
梅雨鴉影を落としてビルに消ゆ　榊原　精子
一湾の風筋騒ぎ青芒　永井　梨花
松葉菊またこの辺り一と休み　中村代詩子
雲の峰徒手空拳の観覧車　林　泰子
潮風や急ぐ額に光る汗　深沢　愛子
海坂や梅雨明け近き雲の色　坂野　たみ
パナマ帽よく似合ふ人似合ふ街　正能　文男
日面の松葉菊こそけなげなる　高井　せつ
七月の川風に聞く句友の訃　佐藤　文子
大玻璃に東京の空夏料理　柳内　恵子
乾坤の力に湧くや雲の峰　坂野　たみ
夏霞吾の住む街遠くせり　高井　せつ
橋二つただただ歩く炎天下　佐藤　文子
夏行待つ心に安房はあのあたり　坂野　たみ
海風に松葉菊なる高さかな　坊野みどり

【選者吟】

海望むとき忽ちに汗引きぬ　星野　高士
臨海のどの万緑も空へ揺る
蟻動きそめし港の石畳
白南風や足早になる橋の果て
塩あめのほどよき甘さ五月晴

●高士ワンポイント講評

ゆりかもめの一駅を暑い中を歩いた。緑蔭らしい緑蔭もなく「絵タイルに写楽描かれ油照」は、橋の上に絵タイルがあった。油照が利いていて、写楽のひん曲った顔が連想される。「炎天」では、面白くない。季題の斡旋が見事。

㉕ 須田町老舗街

日時　平成二十三年八月二日(火)
場所　須田町老舗街
集合　万世橋警察署ロビー
　　　ＪＲ「秋葉原」徒歩五分

【須田町老舗街】林立の高層ビルに囲まれ、タイムスリップしたかのように「藪そば」「ぼたん」「神田まつや」「竹むら」「いせ源」の老舗が軒を連ねる。

【コース】老舗街の稲荷神社～名曲喫茶「ショパン」

昼食会場、句会場＝「いせ源」の鰻重。

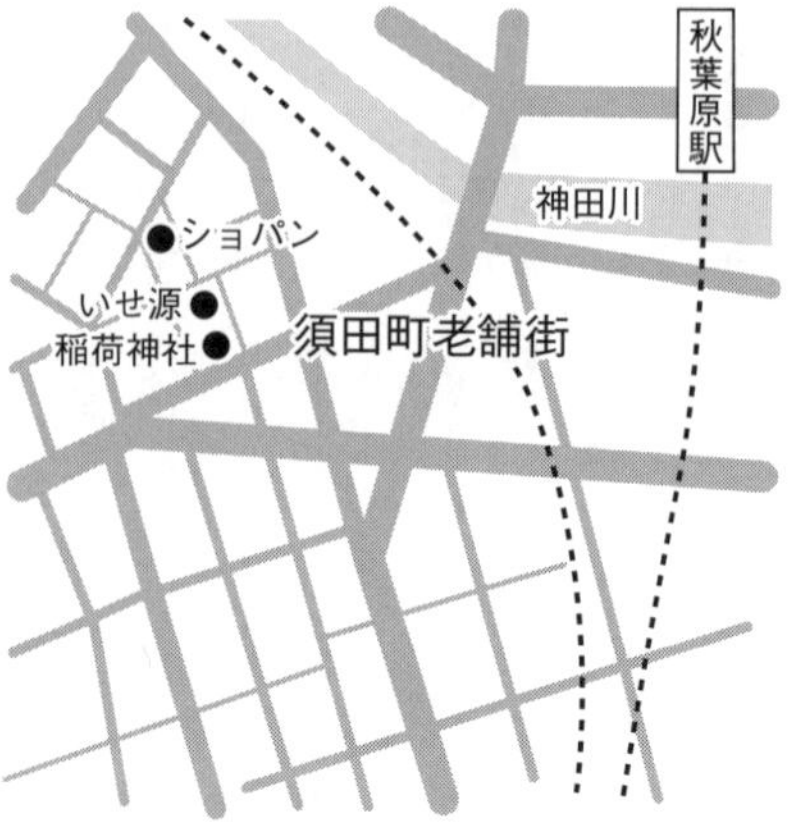

六代目女将の笑顔鰻の日　齋藤　博
打水や老舗そば屋に父母の影　太田　邦子
一篇の詩を編む万苦鰻の日　寺川　芙由
いせ源の路地を曲れば秋近し　柳内　恵子
名曲の背ナに流れてソーダ水　高井　せつ
鰻重や昔話をひとくさり　奥住　士朗
打水や風呼ぶ老舗準備中　秋田　幸子
いせ源の土用鰻に正念場　中村代詩子
電気街通りに向けて扇風機　久恒多々志
秋近し老舗の町にショパンの名　太田　邦子
病葉も彩りとして神田川　高井　せつ
秋近き路地裏風の急ぎ足　坂野　たみ
長旅の前養生や鰻食ぶ　正能　文男
黒々と土用うなぎの文字太し　秋田　幸子
表具屋と貼り紙もあり路地晩夏　柳内　恵子
晴れきらぬ雲を流して川晩夏　坂野　たみ
老舗街晩夏の風にゆつくりと　佐藤　文子
八月の電気屋ＬＥＤランプ　久恒多々志
病葉の風を捉えぬ川面かな　深沢　愛子
表具師の窓の一幅秋近し　坂野　たみ

一徹を通す老舗の青簾　坂野　たみ
先生の冗句も楽しソーダ水　中村代詩子
夏果つる節電中の秋葉原　正能　文男
今昔の流るる晩夏神田歩す　寺川　芙由
創業は天保ぞ土用鰻食ぶ　市東　晶
画像で見し師は真向ひに光る汗　齋藤　博
神田川舟影見えぬ晩夏かな　深沢　愛子
八月や四方に電車の見ゆる橋　市東　晶
連雀に出世稲荷や秋隣　奥住　士朗
病葉の末路は海か神田川　齋藤　博
八月の出世稲荷に我等のみ　中村代詩子

【選者吟】
神田川流れゆつくり鰻の日　星野　高士
秋葉原神田淡路町晩夏
いせ源の土用鰻や女将微笑
秋近しショパン聞かせる喫茶店
考えるとき椅子深くソーダ水

●高士ワンポイント講評

須田町老舗街は良く通うところ。「土用鰻」の句があるように、この時は「いせ源」で鰻を食べた。「名曲の背ナに流れてソーダ水」の句は、界隈を歩いた後に「ショパン」という喫茶店に寄った。クラシックが流れていて、あの街並みとソーダ水が絶妙。

㉖ 林芙美子記念館

日時　平成二十三年九月六日（火）
場所　林芙美子記念館
集合　最勝寺
　　　東西線「中井」徒歩五分

【妙正寺川】西武新宿線に沿い滔々と流れ、川上は哲学堂公園の裾野へも通じる。武蔵野のハケを集めて流れる。芙美子記念館は、崖の中腹にある。
【コース】最勝寺～妙正寺川～林芙美子記念館
昼食会場、句会場＝落合「木曽路」

三の坂四の坂みな秋の蝉　林　泰子
色草の芙美子の彩に咲きにけり　奥住　士朗
露けしや光子は芙美子演じ老ゆ　寺川　芙由
二十人足止まりけり酔芙蓉　太田　邦子
放浪の果ての棲家や秋の蝉　高井　せつ
実柘榴に寄ってたかつて空仰ぐ　寺川　芙由
甘露かな松茸めしの焦げ具合　奥住　士朗
指さされ仰ぐ葉陰の青榠樝　佐藤　文子
遺跡守忘れ扇を配りくれ　中村代詩子
開け放つ芙美子の館秋の蝶　秋田　幸子
落合とは川の合流台風禍　太田　邦子
生涯の短き芙美子榠樝の実　永井　梨花
書斎より小庭の露の光りかな　佐藤　信子
印刷機回る家まで草の花　坊野みどり
身に入むや若き芙美子の近視眼　齋藤　博
一碗の汁粉松茸飯のあと　中村代詩子
秋風に背を押されつつ四の坂　深沢　愛子
主居る如くに書斎秋灯　吉川美恵子
そこここに秋の団扇の芙美子邸　高井　せつ
箸の先細きまつたけ探りあて　林　泰子

木洩れ日の飛石づたひ竹の春　佐藤　文子
潺潺《せんせん》と妙正寺川水澄めり　清水　初香
木洩れ日に色の艶めく椿の実　深沢　愛子
白木槿上落合の三丁目　久恒多々志
庭石は苔蒸すままに菌生ふ　中村代詩子
秋扇忘れてしまふ今朝の風　坊野みどり
名作の生まれし書斎秋すだれ　太田　邦子
秋風や放浪癖の俳諧師　齋藤　博
時折の郊外電車秋の蝉　林　泰子
ゆつくりと松茸飯の香りまで　永井　梨花
秋日傘たたみ芙美子の庭巡る　柳内　恵子
秋灯芙美子書斎と寝室と　正能　文男
街川の光り集めてねこじやらし　林　泰子
露けしや芙美子の幸に触れひと日　坊野みどり
放浪の旅の終りや女郎花　奥住　士朗
四の坂上り芙美子の庭残暑　秋田　幸子

【選者吟】　星野　高士

物書きに我儘多し秋の蚊も
さやけしや林芙美子の風呂場小間
実柘榴の虚空楽しむ放浪記
秋蝉のこゑは放浪してをらず
蝶のいろ川のいろ颱風一過

●高士ワンポイント講評

林芙美子記念館は、新宿の落合にあり近くに妙正寺川が流れていて住宅街の奥まった場所にあった。「色草の芙美子の彩に咲きにけり」は、色草と芙美子を上手く入れて一句に仕立てた。大変に静かで良い記念館だった。

㉗ 皇居参観

日時　平成二十三年十月四日（火）
場所　皇居一般参観
集合　二重橋「桔梗門」
　　　千代田線「二重橋前」徒歩十分

【菊月の皇居】桔梗門前には係員が団体名を点呼、待合室も想像以上の混みよう。二列になって見学コースを回る。要所に全国から駆け付けた清掃の奉仕員に出合う。
【コース】富士見櫓～宮内庁～長和殿～二重橋
昼食会場、句会場＝大手町「鳥よし」

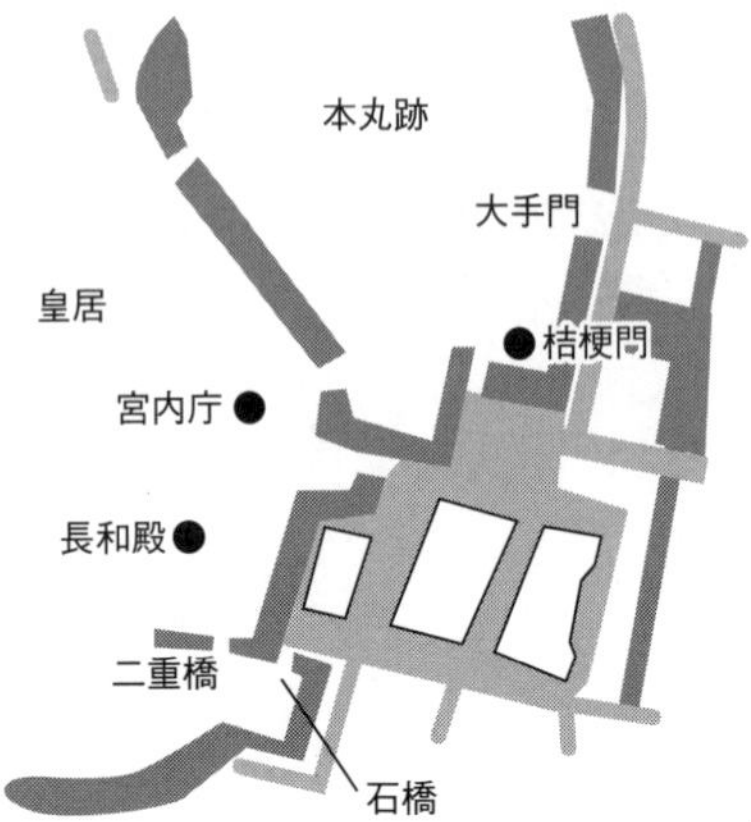

十月の皇居の日ざし身に余る　池辺　弥生
秋天に松青々と桔梗門　市東　晶
碧落に大内山の新松子　中村代詩子
内壕に色ゆれてゐる曼珠沙華　佐藤　文子
赤とんぼ富士見櫓といふ高さ　齋藤　博
爽やかに足どり続く二重橋　佐藤　文子
接見の大使見送る秋の晴　吉川美恵子
日章旗揺らす金風御所の庭　秋田　幸子
金風に透けて国賓送りけり　寺川　芙由
江戸城の跡粛々と秋の行く　永井　梨花
鶏料理障子貼り替へありし部屋　中村代詩子
奥宮の銅板屋根や紅葉づれる　深沢　愛子
皇居なる蜻蛉微風をよしとする　久恒多々志
風に乗りきれず秋蝶色保つ　池辺　弥生
小鳥来て皇居の森を意の儘に　寺川　芙由
敗荷や富士見櫓は十歩先　中村代詩子
紺碧の空そのままに曼珠沙華　柳内　恵子
椎の実を踏みて皇居の日陰かな　寺川　芙由
松籟は秋声なりし二重橋　坂野　たみ
帯留の細き鋳朱や秋袷　市東　晶

千代田区の一丁目なり天高し　中村勢津子
破荷に皇居の風の裏返る　寺川　芙由
東庭の甍の反りに降る秋日　永井　梨花
色鳥の松籟松を離れ来る　佐藤　信子
仰ぎ見る富士見櫓や新松子　深沢　愛子
門鋲に触れたる時の秋の冷　永井　梨花
金風やふと身のひきしまる心地　中村勢津子
天高しお壕の水も煌めきて　深沢　愛子
八千歩皇居参観菊日和　榊原　精子
菊月や皇居へまかる志士の会　坂野　たみ
四列のすぐに乱るる菊日和　寺川　芙由
金木犀の香に包まれて奉仕団　秋田　幸子
自ずから畏む御所の薄紅葉　市東　　晶
石垣に外様の家紋秋の蝶　市東　　晶
すめらぎの在はすあたりや秋の声　高井　せつ

【選者吟】　星野　高士

木犀の香にほどほどの緩みあり
東庭や破荷といふ雅あり
秋晴に富士見櫓の石の黙
瑞雲に秋風届く皇居かな
宮城の空は平らか秋の蝶

●高士ワンポイント講評

一般参観で桔梗門から入ったが、待合室なども相当な混みようだった。幹事には毎回有難い思いだ。「内壕に色ゆれてゐる曼珠沙華」は、曼珠沙華がゆれてゐると言わずに、色がゆれてゐると詠んだ所が良い。作者は写生の名手だ。

㉘ 戸越銀座

日時　平成二十三年十一月一日(火)
場所　戸越銀座商店街
集合　東急池上線「戸越」駅前

【戸越公園】細川藩の下屋敷跡地が品川区立公園になった。医薬門は往時を思わせる佇まいがあり、大池には水鳥が群れをなし、小春日を背に画架に絵筆を走らせる一団も。
【コース】戸越銀座商店街～八幡神社～戸越公園
昼食会場、句会場＝百番

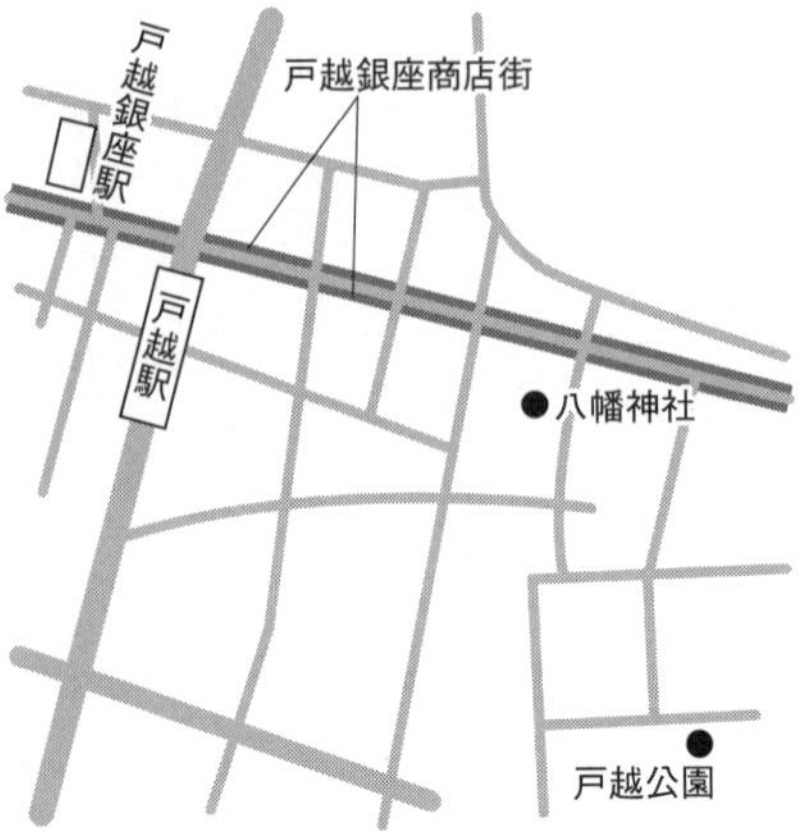

気配りを懇ろにして神の留守　中村代詩子
力石触るるのみなり暮の秋　齋藤　博
羽搏きは光の中に鴨来る　林　泰子
行く秋を追ひかけて来る日差しかな　柳内　恵子
蒼天の池辺の柵や赤とんぼ　深沢　愛子
初鴨の日向日陰の混み合へり　吉川美恵子
食卓に十一月の大笑ひ　寺川　芙由
武家屋敷跡に見送る神の留守　市東　晶
冬近し一面識もなき緋鯉　奥住　士朗
碧天や仰ぐところの神渡　清水　初香
行秋や池上線の小さき駅　坂野　たみ
この街の十一月の洋食屋　市東　晶
秋あかね浮島ゆるり動きけり　林　泰子
戸越歩す秋も終りや古格子　永井　梨花
うす雲の形さまざま秋日和　吉川美恵子
枝折戸に十一月の日差しかな　柳内　恵子
ひつそりと豆腐屋開く神無月　久恒多々志
凛々と十一月のはじまれり　中村代詩子
垂乳根の太き社の露の燭　市東　晶
海贏打ちし路地に小さなコーヒー屋　奥住　士朗

屋敷跡秋日燦々冠木門　吉川美恵子
医薬門謂れを問へば残る虫　正能　文男
肌寒も戸越銀座もまたたのし　佐藤　信子
江戸越えの八幡坂の薄紅葉　秋田　幸子
吊し売る戸越銀座の冬支度　坂野　たみ
天を突く銀杏黄葉や宮日和　深沢　愛子
東京に銀座のいくつ秋惜しむ　寺川　芙由
実柘榴の幹の捩りも坂の家　市東　晶
カステラに名前を入れて七五三　奥住　士朗
品川の空ゆつたりと小六月　柳内　恵子
来し鴨に浅き池あり屋敷跡　佐藤　信子
初鴨の気負ひ羽搏くことやめず　久恒多々志
神留守の脇宮なれど詣人　正能　文男
神殿の庇煌めく秋の晴　吉川美恵子
秋深しときに眼差し遠く置き　池辺　弥生
来し鴨の数多に金の鯉一尾　中村代詩子
初鴨も旅の疲れを癒しけり　柳内　恵子

【選者吟】

どこまでが戸越銀座や神の旅　星野　高士
行秋やそろばん塾のある小路
秋深き賽銭箱の木の匂ひ
医薬門くぐりて秋を惜しむ池
箸で食ふ麻婆豆腐や神の留守

●高士ワンポイント講評

戸越銀座は、何処から何処までが商店街なのか兎に角長い。商店街を抜け八幡神社、細川藩の下屋敷だった戸越公園まで足を運んだ。「戸越歩す秋も終りや古格子」の句は、町中を歩いている時に出合ったのだろう。立冬が間近い感じが出ている。

㉙ 不忍池

日時　平成二十三年十二月六日(火)
場所　めぐりん「不忍池」
集合　台東区役所「めぐりん」乗り場
　　　ＪＲ「上野」徒歩五分

【小さなバスの旅】十一時に集合して約九十分のうち三十分をめぐりんに揺られる。歩くより効率的で、しかも寒さ対策になる。目的地までの楽な助走と言えなくもない。

【コース】下車後、弁天堂～不忍池～包丁塚～昼食会場、句会場＝東天紅。

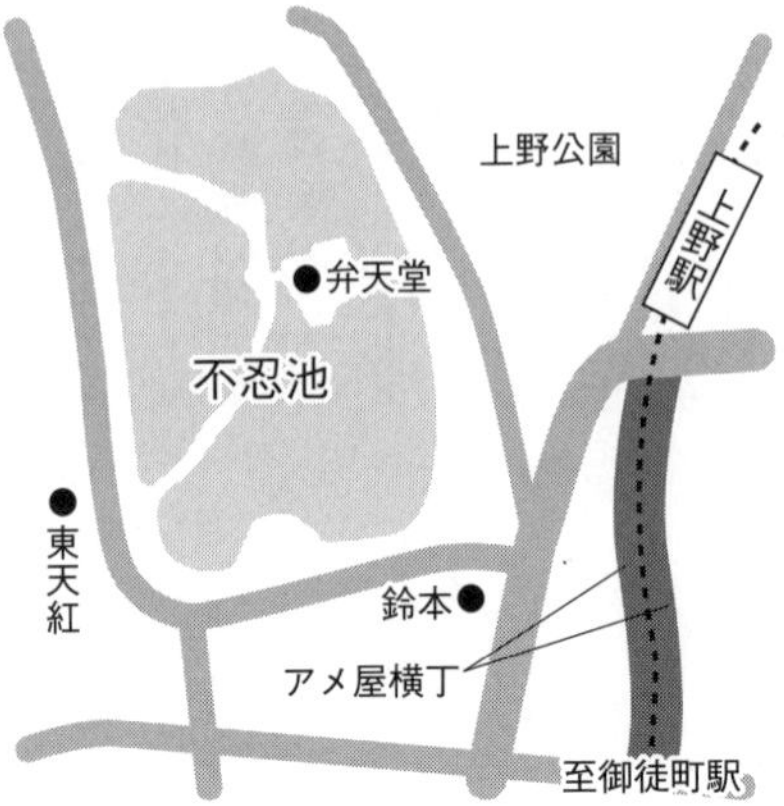

曇天の水辺に軽き冬の音　池辺　弥生
鳥塚の上に鳩ゐて十二月　正能　文男
池の辺の寒さ押しやる雀どち　永井　梨花
水底の力は見せず枯蓮　市東　晶
枯蓮にいやおう無しの水の黙　清水　初香
寺町に師走のせめぎなかりけり　中村代詩子
冬の朝我もあそびたや群雀　吉川美恵子
一行はめぐりんバスに著ぶくれて　中村代詩子
すれ違ふバスに師の影冬紅葉　太田　邦子
下町のカフェに冬日の届かざる　永井　梨花
枯蓮の池尻にある風の道　林　泰子
弁天堂角の枯木に結び文　坊野みどり
塀越しに谷中の墓地やバス師走　久恒多々志
曇り日を引き立て銀杏黄葉散る　吉川美恵子
極月に得し恋みくじ大吉に　柳内　恵子
恵子さんの手造りケーキクリスマス　榊原　精子
不忍の池の中道枯柳　佐藤　信子
極月や上野谷中を巡るバス　正能　文男
再びの谷中銀座や冬ぐもり　永井　梨花
落葉降る風に言葉のある小径　太田　邦子

池ほとり黄色に染めて落葉散る　佐藤　信子
句心と霜月の池巡りをり　坊野みどり
路地路地を巡るミニバス冬もみぢ　寺川　芙由
二十四人上野に集ふ納め句座　榊原　精子
芸大の奏楽堂に散る黄葉　中村代詩子
枯蓮の紆余曲折が水の面　中村勢津子
極月や心耳に澄ます音のあり　池辺　弥生
ミニバスで巡る谷中の路地師走　吉川美恵子
人去りし冷たきベンチ忘れ傘　坊野みどり
枯れることためらふ蓮のありにけり　久恒多々志
杉玉のまだ茶色なる冬の町　寺川　芙由
由来なき芭蕉碑ひとつ冬ざるる　奥住　士朗
おさめ句座虚子を語りて見えしもの　坊野みどり
こんな日は流行でなくも毛皮着て　深沢　愛子
わが友の墓ある寺の紅葉散る　久恒多々志
枯蓮阿鼻叫喚と言ふべきか　寺川　芙由
不忍池人憚らず鴨雀　齋藤　博
枯蓮の数万本と云ふ墓標　正能　文男
畳替はじまる店の人出入り　中村代詩子
極月の古刹名刹素通りす　坂野　たみ
冬帝は不忍池の雲の上　榊原　精子
降りさうな師走の街へ二十四人　清水　初香
北吹きて飛礫のさまに散る雀　齋藤　博

【選者吟】

枯蓮のどこも正面なりしかな　星野　高士
円卓の上座の話年忘
鳥塚に包丁塚に寒さなく
著ぶくれて上野を小さきバスの旅
芸大を過る車窓に大冬木

●高士ワンポイント講評

十二月の不忍池といえば枯蓮であろう。ミニバスを降りて包丁塚、筆塚、鳥塚が弁天堂に並んでいた。「鳥塚の上に鳩ゐて十二月」は、鳥塚の上に本物の鳩が居て日向ぼこでもしているかのようだが、十二月という季題を上手く句にしている。

㉚ 初詣・芝大神宮

日時　平成二十四年一月三日(火)
場所　増上寺・芝東照宮
集合　芝東照宮
　　　都営地下鉄「芝公園」徒歩三分

【箱根駅伝・復路】東京・大手町から箱根折り返し十区は増上寺門前を通過する。この付近は芝三社の初詣客でもごった返す。芝大神宮では「志士の会」の諸願成就の御護摩を頂いた。

昼食会場、句会場＝パークホテル

韋駄天と云ふ神々の三日かな　正能　文男
芝神明羽子つく音もなかりけり　奥住　士朗
腹底に響く神鼓も三日かな　寺川　芙由
行先は芝東照宮初電車　中村代詩子
昭和てふ揺るがぬタワー初写真　正能　文男
晴れて来し芝界隈や初句会　吉川美恵子
それぞれの荷に破魔矢挿し志士の会　寺川　芙由
この齢句のありてこそ去年今年　深沢　愛子
年明けて楓に守られ高士句碑　柳内　恵子
淑気満つ祝詞待つ間の雅楽の音　中村代詩子
ありがたき祝詞を拝す三日朝　池辺　弥生
句の席へ破魔矢の鈴を鳴らしつつ　久恒多々志
遠拝みして近付きぬ猿回し　柳内　恵子
朗らかな宮司と師居て初笑　秋田　幸子
函館の人も過客や初句会　深沢　愛子
師の句碑に集ふ宮司の淑気かな　吉川美恵子
初手水生命線までくつきりと　齋藤　博
初写真明るき声も重なりて　池辺　弥生
大前の光る師の句碑お正月　太田　邦子
淑気満つ三代句碑のあたりにも　柳内　恵子

楓の木の冬芽膨らむ高士句碑　高橋　邦夫
師の句碑を囲む笑顔の三日かな　深沢　愛子
師の句碑に日の当たりだすお正月　太田　邦子
伸びやかな師の墨蹟に淑気満つ　寺川　芙由
知りつくす句碑への階や風冴ゆる　池辺　弥生
年頭の所感を述べて箸をとる　中村代詩子
地下鉄で句友と会ひし三日かな　久恒多々志
駅伝の通過脳裏に聴く祝詞　高橋　邦夫
花街の面影に満つ淑気かな　越田はづき
高士句碑日差しも少し冬桜　奥住　士朗
楓香脂採るには早し冬木の芽　齋藤　博
志士の会絆深まる初句会　深沢　愛子
天を指し楓樹にしかと春待つ芽　中村代詩子
師にシャッター押してもらつて初写真　秋田　幸子
冬に咲く家康公の宮桜　高橋　邦夫
四代の御名正月祈願にも　太田　邦子
年男いよよ快活副主宰　正能　文男
やる気ない猿を叱咤の猿回し　越田はづき
初詣玉藻贔屓の宮司かな　正能　文男
初写真虚子の曾孫に撮られけり　高橋　邦夫

【選者吟】　星野　高士

破魔矢手に靴音消へてゆきし路地
乗初の芝公園に逢へし人
花街の名残の門に淑気満つ
函館の雪の話も初句会
楓の木に句碑に三日の人等かな

●高士ワンポイント講評

　芝東照宮が集合場所で御慶を述べ合った。芝の二社一寺に初詣したが、この日は三日だった。「韋駄天と云ふ神々の三日かな」は、箱根駅伝の復路のコースで熱気があった。韋駄天はインドの神で選手にも山登りの神がいた。臨場感ある一句。

㉛ 哲学堂公園

日時　平成二十四年二月七日（火）
場所　哲学堂公園
集合　哲学堂公園管理事務所前
　　　ＪＲ「中野」路線バス「哲学堂」

【哲学堂公園】哲学者で東洋大学の創始者・井上円了によって哲学や社会教育の場として創設された。孔子・釈迦・ソクラテス・カントの四聖を祀る。
【コース】哲学門～四聖堂～六賢台～唯物園～無尽蔵
昼食会場、句会場＝ロイスダール

木の芽雨しとど哲学堂の屋根　正能　文男
春寒や街川の音雨の音　林　泰子
蕾より雨粒多し梅二月　林　泰子
春泥に悩みつ無尽蔵の前　坂野　たみ
哲学の心に遠き春の泥　寺川　芙由
春寒し固く閉ざせし無尽蔵　佐藤　文子
もののけの哲学門を入る余寒　榊原　精子
早春の雨に明るさある少し　中村勢津子
春雨に木肌黒々枝先も　深沢　愛子
この庭の老子も釈迦も下萌に　永井　梨花
哲学もまた春泥を飛びこえて　林　泰子
八つ橋に直角いくつ柳の芽　市東　晶
哲学にかかはり薄き猫の恋　坂野　たみ
妖怪門くぐりて一歩余寒なほ　佐藤　文子
難しき事はさて置き梅仰ぐ　正能　文男
心してゆく春雨の理想橋　吉川美恵子
まだそこに白鳩一羽春寒し　吉川美恵子
大巨木走り根強く草青む　坊野みどり
哲学に疲れて仰ぐ梅の花　坂野　たみ
ささ濁るとも東風の波勢ひあり　中村代詩子

紅梅にふれ雨粒のひかり出し　奥住　士朗
料峭や意味のあるらし池の石　正能　文男
梅が香や哲学堂の雨しきり　清水　初香
哲学の道果てしなく水菜食ぶ　永井　梨花
池隔て芽柳の色ほのかなり　吉川美恵子
あらまほし愚者の一得浅き春　寺川　芙由
万雷に時得つつあり春の雨　坂野　たみ
賢人に時空を超えし春の雨　市東　　晶
春泥や思考停止の庭に雨　正能　文男
暖かな雨なり心はれやかに　吉川美恵子
これも亦哲学なれと春の泥　高井　せつ
春泥を跨ぎ幽霊門覗く　中村代詩子
雨煙る彩に芽柳枝垂れをり　中村代詩子
考える楽しき睦月ひと日かな　坊野みどり

【選者吟】

浅春の光りとなりて雨の粒　星野　高士
春泥に止まり哲学には悩み
ほんの少し梅ヶ香に人多し
春めくや雨の水輪の重ならず
早春や無尽蔵なる雨あがる

●高士ワンポイント講評

中野から路線バスで辿り着いたのが哲学堂公園。難しい固有名詞が色々と付いていて、これをどう詠み込むかが一つのポイント。「哲学もまた春泥を飛びこえて」の句は、春泥の力強さと固有名詞（哲学）を上手く処理した。

㉜ 舎人公園

日時　平成二十四年三月六日（火）
場所　舎人公園
集合　日暮里駅・舎人ライナー乗り場

【舎人公園】舎人ライナーは東京の北東部エリアをカバーする跨線型電車。池を抱えるように公園があり、ポトマック河畔から里帰りの元アメリカ大統領の「レーガン桜」がポイントだが、開花には間がありそう。
【コース】開催中の陶器市の幟がはためく中、公園内を散策。昼食会場、句会場＝中華「天府楼」

ものの芽を抱く水辺や晴れて来し　清水　初香
春寒や咫尺《しせき》の鴉目が合ひて　齋藤　博
陶器市椿を挿して客を待つ　佐藤　文子
挿木には打つて付けなる土の色　深沢　愛子
その先の水辺に揃ふ蘆の角　永井　梨花
浮島の先に隠れし残り鴨　永井　梨花
木の芽雨幟を濡らす陶器市　林　泰子
小皿ひとつ買ひて舎人の木の芽雨　秋田　幸子
薄日射しくる紅梅の枝こまか　吉川美恵子
仲春の野面に生ふるあれやこれ　寺川　芙由
ライナーや舎人の里は遠霞　奥住　士朗
この丘に四ッ葉のクローバーを摘む　榊原　精子
東京の外れの池畔菖蒲の芽　市東　晶
浅瀬には何かある筈残る鴨　太田　邦子
残る鴨漂ひて又集りて　佐藤　文子
紅梅の香を連れ戻す風の裾　永井　梨花
日ざし来る度に即ち春の町　林　泰子
蓬まだ小さきままに匂ひ立つ　吉川美恵子
芽柳の揺るる池畔に陶器市　秋田　幸子
舎人ライナー渡る春の川二つ　榊原　精子

隅田川渡り荒川渡る春　久恒多々志
山鳩の群るる木立や風光る　市東　晶
小流れに息をひそめて菖蒲の芽　秋田　幸子
二三歩の木橋をくぐる芹の水　坂野　たみ
穴を出る地虫居ないか鳩歩く　久恒多々志
備前焼は男前なり東風の園　太田　邦子
東京の果てのひと日や野に遊ぶ　永井　梨花
芽柳を膨らます風とはならず　寺川　芙由
青き踏む舎人の丘に日の戻り　坂野　たみ
春愁の無人電車の行方かな　中村代詩子
対岸の芽吹ける大樹目指しけり　林　泰子
舎人ライナー西も東も春霞　榊原　精子
春雨に煙りし街や川を越ゆ　清水　初香
幸せは人に隠れて苜蓿　奥住　士朗
仲春の霽れ来し曠野そぞろ歩す　中村代詩子
八ッ橋のまた曲りては囀れり　正能　文男

【選者吟】

大池にさ迷ふ風と残る鴨　星野　高士
いぬふぐりだらけ人声風にとぶ
野遊の日差しを探す歩みにも
三月の池の半ばの水の丈
砥部焼のまだ整はぬ春の色

●高士ワンポイント講評

　舎人ライナーという新しい路線に乗り、公園もただ広く掴みどころがなかったように記憶している。「浅瀬には何かある筈残り鴨」の句は、大池に残る鴨がいて、何かある筈とは、謎かけのようでいて面白い。詠み手に委ねる軽さが利いている。

㉝ 洗足池

日時　平成二十四年四月三日（火）
場所　洗足池公園
集合　洗足池公園管理事務所前
　　　東急池上線「洗足池」徒歩三分

【洗足池公園】沿線随一の桜の名所。勝海舟夫妻の墓所や徳富蘇峰の詩碑があり、花時の池畔は春の嵐の様相となった。俳人は、たとえ嵐であろうと、そこに句材がある限り前向きになる。
【コース】ボート池～太鼓橋～勝海舟の墓所
昼食会場、句会場＝インド料理

さくらどき遠出楽しむ電車かな　佐藤　信子
日蓮の袈裟懸松や鳥交る　坂野　たみ
満席の春の嵐のシシカバブー　永井　梨花
南洲も海舟も志士雪柳　奥住　士朗
囀りの森をそびらに池の鯉　中村代詩子
気を尽し風に抗へ初櫻　寺川　芙由
海舟の連理の墓所に緑立つ　中村代詩子
御墓前に咲き乱れたる雪柳　久恒多々志
千束の光陰にあり初桜　市東　晶
陸橋のだらだら坂に糸柳　中村代詩子
初花の深空昏めて風雨急　坂野　たみ
教科書を首から吊し新入生　奥住　士朗
春愁や身延へ向ふ僧の影　深沢　愛子
はぐれ鳩春の嵐にふくれをり　北野　蓮香
水に浮く胸しろじろと春の鴨　高井　せつ
集合に少し間のあり朝桜　正能　文男
花三分シシカバブーの昼餉かな　齋藤　博
吹き荒ぶ風に空断ち若柳　寺川　芙由
大池に花の嵐となる予兆　市東　晶
海舟の花の別邸跡の苑　榊原　精子

初花に胸の奥まで和みけり　深沢　愛子
都心抜け池上線の初桜　正能　文男
朱の宮の神鈴揺れる春の嵐　高井　せつ
袈裟懸の松の古巣に沸く話　寺川　芙由
疾風に初花透かす空はなき　伊藤　豊子
名馬池月の像見上げる四月　久恒多々志
春疾風走り抜けゆく池面かな　林　泰子
武装して春の嵐に備える日　永井　梨花
葦芽吹く洗足池は雨催ひ　清水　初香
碑文読むこともかなはず亀鳴けり　寺川　芙由
鳥の巣や袈裟懸の松天辺に　市東　晶
嵐くる予報にも来し桜狩　榊原　精子
菖蒲の芽鯉の沈みていつまでも　池辺　弥生
雲迅し捨頭巾とはなりきれず　坂野　たみ
太鼓橋園児と渡る春ショール　正能　文男
観桜の洗足池といふところ　佐藤　信子
ふらここや曇天に色飛ばしをり　高井　せつ

【選者吟】

ふらここの風に抗ふすべもなく　星野　高士
海舟の墓にときをり春疾風
春嵐篭を飛び出すナンの耳
疾風の池波よそに春の鴨
初花の洗足池に靴の音

●高士ワンポイント講評

花時の洗足池だったが、花三分から五分咲きでかなり強い風があった。「南洲も海舟も志士雪柳」は、西郷隆盛の顕彰碑と勝海舟の墓所を詠んだものだが、幕末に活躍の志士に寄り添い、志士への配慮があった。季題の雪柳も見事。

㉞ 明治神宮・北池

日時　平成二十四年五月一日(火)
場所　明治神宮・北池
集合　東京乗馬倶楽部
　　　小田急「参宮橋」徒歩十分

【至誠館・宝物殿】至誠館は武学をはじめ総合武道館として柔道・剣道・弓道および合気道・古流武術からなり、小学生以上の男女の入門が許される。宝物殿は、ご神祭ゆかりの品々を展示。
【コース】西参道より至誠館～第二弓道場～宝物殿～北池～北参道
昼食会場、句会場＝代々木「土風炉」

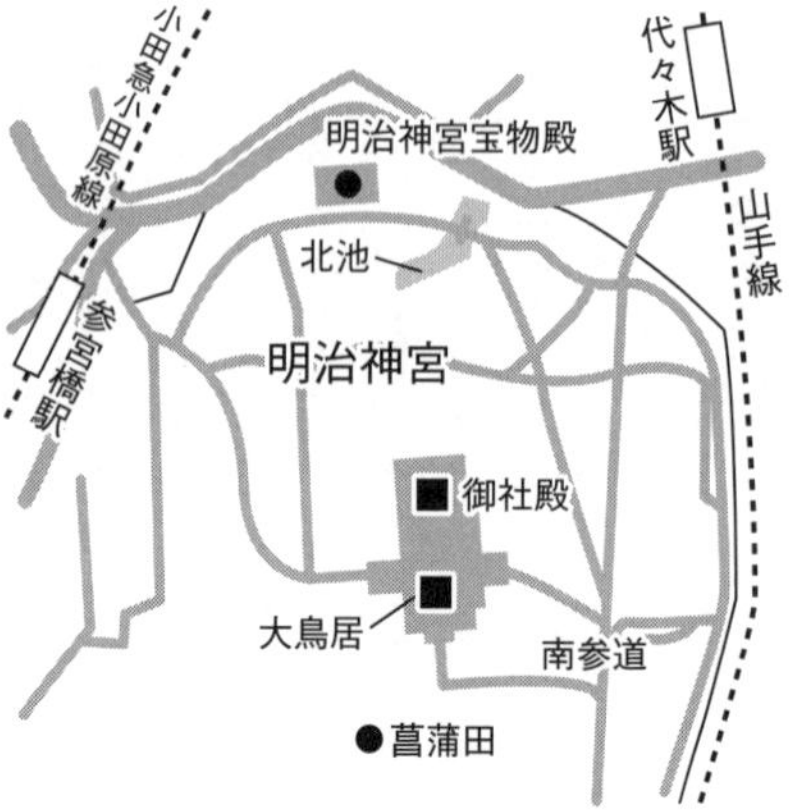

さゝ濁る池は黙して夏近し　佐藤　文子
メーデーに遠く寝ころぶ芝生かな　林　泰子
この丘に向ふの丘に春惜しむ　榊原　精子
森の先五月の日射し待つてをり　坊野みどり
子雀の転げるほどの屋根の反り　齋藤　博
北池の空さはがしや百千鳥　伊藤　豊子
風渡る芝の花穂や夏隣　林　泰子
メーデーや風に応へてゐる国旗　池辺　弥生
広芝に暮春の風の湿りをり　市東　晶
池の辺の触れてみんとて松の花　永井　梨花
北池の緋鯉はねをり夏近し　坊野みどり
神宮の大樹まとめて囀れり　柳内　恵子
弓を持つ凛々しきひとと会ふ五月　久恒多々志
神木の幹艶やかに五月来る　坂野　たみ
颯颯と風渡りゆく森五月　深沢　愛子
メーデーや神の庭とは静と寂　北野　蓮香
みんなみんな髪に花蘂神の庭　太田　邦子
結界の域を侵して草若葉　永井　梨花
蒲公英の全き絮は崩したく　寺川　芙由
校倉風宝物館や雀の子　久恒多々志

畑疲れ八十八夜の大欠伸　齋藤　博
五月来るさらり紬を着こなされ　市東　晶
翔てば野の光となりて揚羽蝶　池辺　弥生
山吹や神武とありし武道館　佐藤　信子
濃く淡く暮春の森のふくらめり　寺川　芙由
行春や芝に座すれば街の音　清水　初香
神の亀千歳を重ね鳴くばかり　寺川　芙由
雀らの輪唱巡り夏隣る　北野　蓮香
北池に色は流さぬ草若葉　市東　晶
とみこうみ松の緑の神の森　中村代詩子
蜂出入り忙しき刻や薄日差す　佐藤　文子
姫女苑おぼえてをらぬ姉のゐし　太田　邦子
校倉の大屋根零れ雀の子　高橋　邦夫
神宮の高き梢や鳥交る　林　泰子
メーデーや代々木と云へば党本部　正能　文男
神宮に玉藻の人と春惜しむ　高橋　邦夫
北池を囲む木立や百千鳥　深沢　愛子
どこゆくも旅心なり暮の春　佐藤　信子
鯉幟ロープ張られてゐて揚げず　榊原　精子

【選者吟】　星野　高士

北池のそばに大石あたゝかし
行春や遥拝の手に薄日差す
まごころの栞は軽き五月かな
若芝に座りて空を人を見る
メーデーの雀よぎりし国旗かな

●高士ワンポイント講評

明治神宮の北池は、原宿から大鳥居を潜った南池がポピュラーだが、小田急「参宮橋」から歩きました。「メーデーや風に応えてゐる国旗」の句は、メーデーの風に応えて、空しい感じが出ている。メーデーでは赤旗だが、「国旗」が皮肉っぽい。

㉟ 浅草・津軽三味線

日時　平成二十四年六月五日(火)
場所　浅草・津軽三味線「吉幸」
集合　浅草神社
　　　東武「浅草」十分

【津軽三味線・吉幸】浅草寺宝蔵門の仲見世裏通りに津軽三味線のライブ専門店。昼の興業を前倒しにして席を用意して貰った。出席者に津軽出身者が居合わせ、お国訛りのサービスもあった。
【コース】万太郎句碑～浅草寺参拝～鐘撞堂
昼食会場、句会場＝「吉幸」

よさこいと津軽三味の音葭簀茶屋　中村代詩子
六月の梁に轟く津軽三味　伊藤　豊子
津軽富士恋ふ人も居て夏料理　正能　文男
浅草寺梅雨入り近し時の鐘　齋藤　　博
六月の風に押されて六区まで　中村勢津子
旧五重之塔薫風に凛と立つ　池辺　弥生
神木の槐の揺れて植田風　寺川　芙由
宝蔵門入り本堂へ朝涼し　佐藤　信子
冷房のききすぎメトロ出で街へ　太田　邦子
羅と云へばうすもの相集ひ　正能　文男
万太郎句碑と六月色の空　永井　梨花
昼灯し蓴菜啜る小皿かな　林　　泰子
仲見世や音を添へ売る風鈴屋　齋藤　　博
夏木立上野へ響く鐘見上ぐ　伊藤　豊子
跨線橋外れて見ゆる百合の花　太田　邦子
夏料理士朗いづこに居るのやら　正能　文男
六月の観音通り風と歩す　中村代詩子
吉野窓より六月の草見えて　永井　梨花
薄日射すラムネ呑み干すその時に　久恒多々志
上堂傘白無垢裾に南風吹く　深沢　愛子

黒南風や太棹聞けば国訛　秋田　幸子
松太郎万太郎句碑青葉かな　佐藤　信子
十薬の花に那智黒放つ茶屋　伊藤　豊子
時の鐘風のたゆたふ木下闇　林　泰子
茶屋暖簾津軽三味線花南天　太田　邦子
六月の湿りを払ふ三味の音　坂野　たみ
黒南風や山門の背に大わらじ　秋田　幸子
緋目高や水満ちみちて御神田　高井　せつ
三味の音や祭提灯燈を入れて　坂野　たみ
打水もされて吉幸仕度中　清水　初香
木下闇扇塚とや古り古りて　佐藤　文子
夏服の学生ばかり仲見世は　久恒多々志
散り易き未央柳も浅草寺　中村勢津子
扇塚寿輔句碑とも緑蔭に　秋田　幸子
明易や月蝕見えず浅草へ　清水　初香
太棹や脳裏に津軽植田風　秋田　幸子
二人展終えて涼しき師の俳話　坂野　たみ
六月の津軽三味線名ライブ　清水　初香

【選者吟】

塔仰ぎ未央柳に足を止め　星野　高士
黒南風に万太郎句碑立ち向ふ
浅草に津軽三味線梅雨近し
涼しさや津軽を想ふ撥捌き
原宿に逢ひ浅草に会ひ薄暑

●高士ワンポイント講評

浅草観音近くの津軽三味線のライブ、こういう場所にあるとは驚き。演奏を聴きながら、しかも貸し切りだった。「六月の梁に轟く津軽三味」は、津軽三味線の勢いと六月のゆったり感が出ている。六と三の数字も上手く利いている。

㊱ 小伝馬町

日時　平成二十四年七月三日(火)
場所　小伝馬町十思公園
集合　十思公園
　　　日比谷線「小伝馬町」徒歩五分

【吉田松陰終焉の地】江戸時代の小伝馬町牢屋敷跡や大安寺がある。その隣には、集合場所の十思公園内に吉田松陰終焉の地。辞世の歌が刻まれ線香の煙が絶えない。

【コース】時の鐘～松陰終焉の碑～宝田恵比寿神社（べったら市）昼食会場、句会場＝ル・プティヴィラージュ

小伝馬町
十思公園　●吉田松陰終焉の地
　　　　●大安寺

廃校となりて都心の青葉闇　　　　　　　　林　　泰子
白南風や市のなき日の恵比寿さま　　　　市東　　晶
歩道橋より見えし富士山開　　　　　　　太田　邦子
音なくも鐘におびえてゐる金魚　　　　　太田　邦子
お清めもチョコもある七月の句座　　　　清水　初香
町騒の路地に漂ふ濃紫陽花　　　　　　　佐藤　文子
日焼して配る欧州旅土産　　　　　　　　中村代詩子
妙法の古刹の一歩梅雨涼し　　　　　　　坂野　たみ
七月の女囚ゆうれい語る僧　　　　　　　榊原　精子
尺蠖や刑場跡の時の鐘　　　　　　　　　市東　　晶
漂へる雨意ひき寄せて額の花　　　　　　池辺　弥生
隠り沼の緑陰を出てイタリアン　　　　　柳内　恵子
大黒に油かけたり梅雨晴間　　　　　　　奥住　士朗
幽霊の出さうな茂り抜けて来し　　　　　中村勢津子
梅雨晴間十思の馬に師の破顔　　　　　　北野　蓮香
水無月の赤き遊具や処刑場　　　　　　　林　　泰子
下闇はサラリーマンの喫煙場　　　　　　中村勢津子
真言の梵字艶めく半夏生　　　　　　　　北野　蓮香
貸切のイタリア料理暑気払ひ　　　　　　中村代詩子
説法の身延別院涼しかり　　　　　　　　永井　梨花

松陰のことづてかとも落し文　坂野　たみ
梅雨曇突きて明るき忠魂碑　林　泰子
梅雨空に元勲の筆忠魂碑　永井　梨花
句を作りながらほおばる夏野菜　久恒多々志
一間を甘藷焼酎が埋めてり　北野　蓮香
幕末の時を預けし日の盛り　池辺　弥生
魂はいまだ眠らず半夏生　高井　せつ
処刑場跡萱草の花朱し　榊原　精子
伊佐美見る路地を夏行の話など　清水　初香
御僧の汗に信心深まりし　池辺　弥生
額の花映して池の水動く　中村勢津子
夏休めく廃校の小学校　中村代詩子
古ビルのゴーヤ簾も伝馬町　高橋　邦夫
水無月に鳴らしてみたき時の鐘　柳内　恵子
日除なきビルの谷間の社かな　深沢　愛子
江戸名残史跡巡りて暑気払ひ　坂野　たみ
白靴や帰りは近き銀座まで　深沢　愛子
横丁の冷し中華に並ぶ客　奥住　士朗
七月や相場気になる茅場町　深沢　愛子
梅天や集合場所に時の鐘　正能　文男
久に逢ふ君と涼しき立話　池辺　弥生
羅の若僧弁も歯切れ良く　寺川　芙由
夏風邪をひきずる我に清め塩　坂野　たみ

【選者吟】

紫陽花の色に魂ふるびゆく　星野　高士
七月の油まみれの辻地蔵
南風も刑場跡に生ぬるき
日蓮は常に親しき梅雨の寺
日傘さし小伝馬町の裏の裏

●高士ワンポイント講評

小伝馬町の牢屋敷跡は、吟行で滅多に行く所ではないかも知れない。吉田松陰の終焉の地に辞世の歌があった。「松陰のことづてかとも落し文」の句は、落し文があって、作者が松陰のことづてと感じたのであろう。固有名詞も良い。

㊲ 代官山・旧朝倉家

日時　平成二十四年八月七日（火）
場所　代官山・旧朝倉家
集合　東横線「代官山」駅前オープンカフェ前

【旧朝倉家住宅】東京府議会議長などを務めた朝倉虎次郎氏によって、大正八年に建てられた。重要文化財指定。その後、渋谷区に寄贈され一般に開放された。お洒落な街のスポットでもある。

【コース】駅から商店街を抜け、木立の中の旧家。屋敷内を散策。昼食会場、句会場＝中華料理「海苑」

立秋の寝不足オリンピックかな　柳内　恵子
秋扇手に衣ずれの音のして　榊原　精子
なるほどと思ふ風あり今日の秋　中村勢津子
秋風を入れて柾目の長廊下　市東　晶
白帝のためらはずをる屋敷林　寺川　芙由
八月の影長く引く館かな　柳内　恵子
縁ひろし黙せば秋の蝉しぐれ　伊藤　豊子
天帝を恨む他なしこの残暑　中村代詩子
なでしこの朗報に湧く今朝の秋　高井　せつ
秋暑し猿楽塚へ参る道　奥住　士朗
つくばいに遊ぶ日の斑も秋立ちぬ　中村勢津子
奥の間の土蔵の扉秋の影　秋田　幸子
八月の空が好きなり生れ月　深沢　愛子
文月や旧居の案内手にとりて　坊野みどり
景石に立秋の蝶翅たたむ　伊藤　豊子
秋蝶や猿楽塚はひそと在り　伊藤　豊子
旧邸の木洩日つなぐ秋の蝶　坂野　たみ
秋暑しすぐ見つからぬ下足札　秋田　幸子
縁側に腰して忙し秋扇　市東　晶
今朝秋や代官山のカフェの椅子　清水　初香

秋袷代官山の路地に入り　正能　文男
虎治郎遺影に会ひし今日の秋　中村代詩子
新涼の館は洋間一つだけ　柳内　恵子
眩しさを撒き散らしては秋の蝉　奥住　士朗
新涼や飛び石づたひよきお庭　佐藤　文子
秋蝉や網代づくりの深庇　高井　せつ
赤石の照り返す日も残暑かな　太田　邦子
段毎に踏み板ひびく捨て扇　高井　せつ
句ごころの整はぬまま秋に入る　寺川　芙由
秋立つや還暦の師を祝はねば　正能　文男
金風や虎一頭の板戸の絵　齋藤　博
一幅の絵となる和服秋の蝉　市東　晶
庭園の立秋の風吹きあぐる　榊原　精子

【選者吟】

庭石のひとつひとつにある残暑　星野　高士
秋蝉を四方に広げて旧家あり
立秋のもの音すこしづつ違ふ
新涼や歪み硝子に透けるもの
走り根に苔の色濃く今日の秋

●高士ワンポイント講評

代官山のお洒落な街のスポットで一般公開されていて庭園、邸宅は見るべきものがあった。この日は立秋でもあった。「秋蝉や網代づくりの深庇」は、重文指定の旧朝倉家の佇まいが生き生きと的確に表現されている。

㊳ 茅場町

日時　平成二十四年九月四日(火)
場所　茅場町・兜町
集合　日比谷線「茅場町」徒歩三分
「其角旧居跡」

【東京証券取引所】世界の金融市場の一角に上げられ、地盤沈下したとは言え、まだその存在感は十分。市場内の見学が叶わなかったが、電光掲示板の動きは、やや強含み。
【コース】其角旧居跡〜摂社日枝神社〜東京証券取引所〜兜神社
昼食会場、句会場＝人形町リストランテ

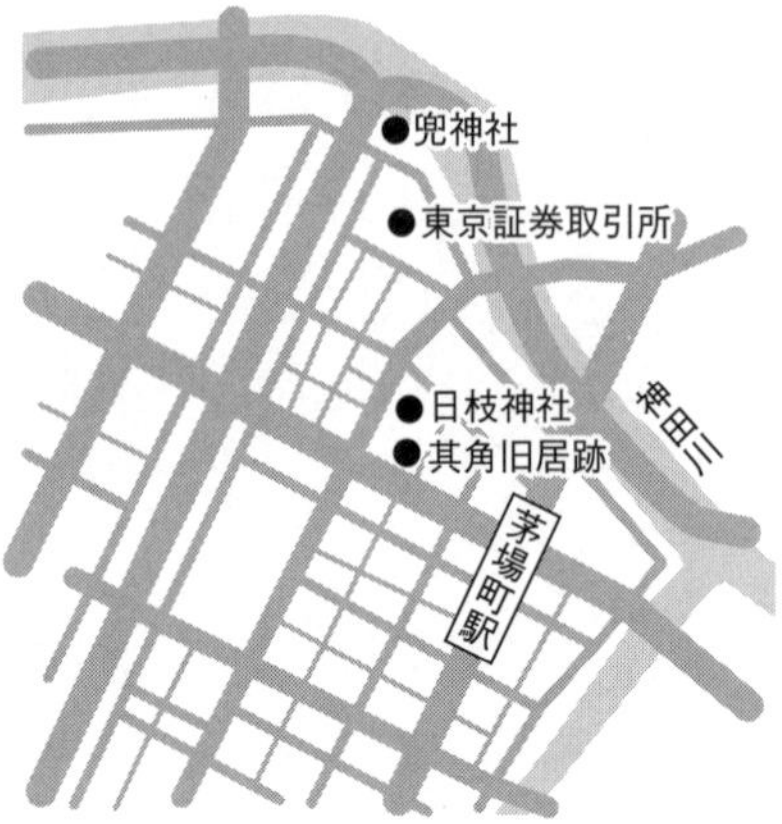

瀏みつつ秋を流しつ神田川　柳内　恵子
天高し其角旧居は摩天楼　坊野みどり
ビル街は残暑や其角住居跡　林　泰子
鈴の緒の秋冷しかと町祠　市東　晶
露の世に出合ふ街角其角の碑　清水　初香
仲秋や鎧が淵に空はなく　北野　蓮香
其角の句一つ覚えて秋扇　坊野みどり
頭取某死して碑残り秋の風　奥住　士朗
須弥壇の灯のゆらめきも露けしや　中村代詩子
秋日差し流れ急がぬ神田川　永井　梨花
鎧橋秋思の地蔵川を守る　佐藤　文子
街路樹も残暑疲れの兜町　齋藤　博
秋高し高速真下兜岩　高井　せつ
地蔵尊おはす魚河岸跡九月　久恒多々志
秋雲や前場の引ける兜町　正能　文男
裏口は風の入り口宮残暑　奥住　士朗
兜町来てフレンチの新さんま　市東　晶
兜町界隈も秋前場後場　永井　梨花
神田川都映して水澄まず　坂野　たみ
神官の住ひに古き秋簾　榊原　精子

さわやかや証券マンの朝参り　秋田　幸子
其角にも芭蕉の在りし天高し　寺川　芙由
秋日傘其角石碑に傾けむ　深沢　愛子
鎧橋兜岩へと秋暑し　坂野　たみ
縁うすき株価この街露けしや　清水　初香
昼の席先ずはマリネの新秋刀魚　伊藤　豊子
街騒に消され神鈴秋暑し　正能　文男
兜岩小さき空に秋の風　北野　蓮香
茅場町下車してよりの秋日傘　中村代詩子
秋澄むや誰も信心の鈴を振り　寺川　芙由
路地裏の摂社露草色深む　秋田　幸子
天高し頭取建てし其角の碑　齋藤　博
豆腐屋のビルの谷間の秋すだれ　中村勢津子
さざれ石敷き兜岩木の実赤　伊藤　豊子
こうせつは遠し残暑の神田川　林　泰子
秋扇を胸に其角を語りけり　永井　梨花
仲秋や見る人もなき其角の碑　市東　晶
鎧橋とは渡し跡風は秋　榊原　精子
秋の風吹いて証券取引所　柳内　恵子
経済を担ふ株式秋の蠅　深沢　愛子
秋の川水に浮くもの沈むもの　奥住　士朗
秋風や恋も怨みも兜町　齋藤　博
秋の蝉そろそろ声のかすれをり　北野　蓮香
秋風や此処に其角の生ありし　寺川　芙由
株安は世界的なり鬼芒　太田　邦子

【選者吟】

新さんま蠣殻町のフレンチに　星野　高士
残暑きびしくも証券取引所
其角碑を通り過ぎたる秋の風
秋めくも神頼みなる兜町
秋蝉の声を絞りて兜岩

●高士ワンポイント講評

東京証券取引所や兜神社を巡ったが、集合場所の其角旧居跡は見過ごされてしまいそうな小さな碑があっただけ。「其角の句一つ覚えて秋扇」は、さらっと出来ている。宝井其角は芭蕉の高弟で忠臣蔵にも登場する俳諧師という設定になっている。

㊴ 教育自然の森公園

日時　平成二十四年十月二日(火)
場所　丸ノ内線「茗荷谷」
集合　教育自然の森公園入口
　　　茗荷谷駅徒歩五分

【教育自然の森公園】旧東京教育大学（現・筑波大学）の跡地を公園にした。文京区のスポーツ施設や自然のままの景観を残し、柔道の嘉納治五郎翁の銅像、曼珠沙華、金木犀が散見できた。
【コース】観察池～自然林～嘉納治五郎像
昼食会場、句会場＝茗溪会館会議室

烏瓜治五郎像へ色を添へ　正能　文男
この先はけものみちめく曼珠沙華　市東　晶
秋冷や石それぞれに謂れ秘め　坂野　たみ
秋袷ゆく日と翳の石畳　市東　晶
魚影なき池の澱みや台風過　高井　せつ
烏瓜二つ樹間をほしいまま　市東　晶
木洩れ日に自ずと揺るる烏瓜　柳内　恵子
散るものに乾きし音に深む秋　池辺　弥生
森の奥白彼岸花わかれ径　榊原　精子
秋天の下に文教地区と森　佐藤　信子
青みどろ観察池に秋の声　正能　文男
菊月に入りしばかりの池と森　中村代詩子
岩陰に終の彩あり曼珠沙華　高井　せつ
野分過ぎ西に東に寝る野草　太田　邦子
曼珠沙華見て引き返す心あり　林　泰子
杖で指す金木犀の高からず　正能　文男
自然林抜けて高きに登りけり　深沢　愛子
朴の実の森のベンチの上にかな　榊原　精子
曼珠沙華白はさみしき学ぶ径　柳内　恵子
銀杏の落つ走り根のたくましき　高井　せつ

秋の蚊に茗荷谷なる森深し　佐藤　信子
小鳥来る筈の樹下にて飴舐める　中村代詩子
露の池底には何か動くもの　柳内　恵子
大勢で金木犀の香の下を　永井　梨花
隠沼を覆ふ古木の薄紅葉　伊藤　豊子
森中の秋の蚊襲ふ池畔まで　中村代詩子
碑文読む手元足元秋の蚊に　秋田　幸子
台風の爪痕桜紅葉にも　久恒多々志
秋声やピカソめくこの石畳　深沢　愛子
空色の三輪車漕ぎ秋の晴　林　泰子
藩邸の名残る巨岩を木の実打つ　伊藤　豊子
隠沼の彩とはならず曼珠沙華　奥住　士朗
十月や都心の森の鴉呵あ　市東　晶
先生の手の中三つある木の実　太田　邦子
捨扇かばんの底に有りにけり　伊藤　豊子
木洩れ日に色先に赤曼珠沙華　坊野みどり

【選者吟】

朴の実のまだ天日を抱きけり　星野　高士
校庭に人居ぬ広さ秋の声
秋の蚊や血液型は選ばずに

白曼珠沙華一本に風数多
中華より洋食が良し馬肥ゆる

●高士ワンポイント講評

教育自然の森公園は、鬱蒼とした自然林の中を歩き、嘉納治五郎の銅像が突如と現れた。旧東京教育大学のキャンパスの跡地を公園にした。「魚影なき池の澱みや台風過」の句は、台風が過ぎた後のどんよりとした季節感が出ている。「魚影なき」が発見。

㊵ 夢の島熱帯植物園

日時　平成二十四年十一月六日(火)
場所　夢の島熱帯植物園
集合　京葉線「新木場」駅前交番前
新木場駅より徒歩十五分

【夢の島熱帯植物館】小笠原諸島の植物をはじめ、熱帯・亜熱帯の植物を集め1988年に開場した。ドーム型の大温室などは、隣接の新江東清掃工場の余熱を利用して賄われている。
【コース】江東区スポーツ施設～マリーナ～植物園
昼食会場、句会場＝園内のレストラン

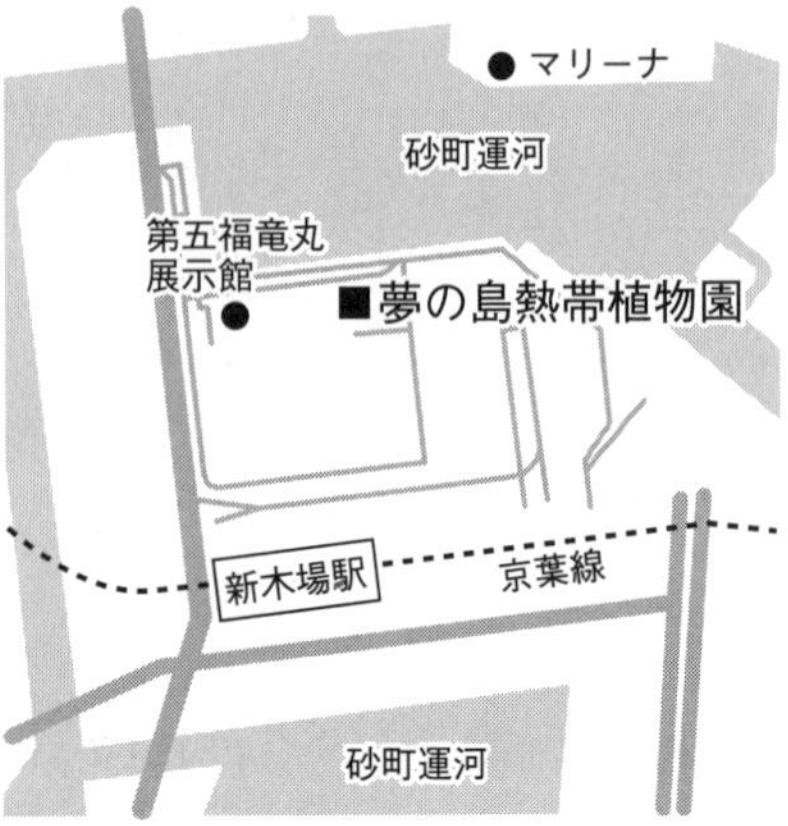

菊月の果つる日に会ふ雨なれば　中村代詩子
夢の島雁の通ひ路雲閉ざす　齋藤　博
箒草雨も時折り彩を持ち　奥住　士朗
ゾウタケと云ふ名の竹の春なりし　正能　文男
雨音を秋逝く音と聞きゐたり　市東　晶
句友待つ十一月の雨の駅　坊野みどり
行秋や目つむり触れてみる樹肌　中村代詩子
海風に花野の彩のうねりかな　池辺　弥生
ハワイめく園の一と日を秋果つる　高井　せつ
雨ごめの外はマリーナ冬隣　市東　晶
秋霖の濡らすホームや木場の町　永井　梨花
晩秋や一先ず巡る夢の島　深沢　愛子
木戸の闇夢の光りのごと菌　清水　初香
行秋や雨のグランドに潦　久恒多々志
梁に竹翁椰子の葉葺きの避難小屋　榊原　精子
カトレアに魅入り昼餉はロコモコを　伊藤　豊子
人工の島に雨聴く神無月　寺川　芙由
秋惜しむ南国風の四阿に　坊野みどり
箒草風のないのにもう傾ぎ　池辺　弥生
ロコモコと十一月の夢の島　永井　梨花

埋立ての町に十一月の雨　市東　晶
熱帯園入れば秋愁忘れ去り　高井　せつ
雨脚を見せて秋行く夢の島　坂野　たみ
浅からぬ縁の島や暮の秋　深沢　愛子
水音をそびらに競ふ蘭の秋　坂野　たみ
物好きねと言はれ吟行秋の雨　太田　邦子
箒草紅葉し虚子の句を教へ　坊野みどり
身に入むやタコの木の足切らるまま　正能　文男
師の後に付けば現るるや胡蝶蘭　太田　邦子
冬近き雨の一と日を夢の島　清水　初香
鬼すすき威厳も何も無きて濡れ　正能　文男
草木の影も立てずに秋の逝く　寺川　芙由
箒草風のふれゆく海の色　池辺　弥生
夢の島運河と海と秋霖と　市東　晶
晩秋の雨正能さんまだ来ない　久恒多々志
ははきぎの紅葉に滂沱夢の島　清水　初香
そつと見る光るキノコの青白し　榊原　精子
水澄むやまだまだ馳せる旅心　深沢　愛子
南国の樹々の底なる秋の水　林　泰子
十一月耳にやさしき雨の音　池辺　弥生

【選者吟】　星野　高士

ゴムの木を押せば戻りて冬隣
晩秋のそぼ降る雨の木椅子かな
四阿に魔除けの仮面神の留守
帚木に虚子の俤ありにけり
マリーナに人影見えず秋黴雨

●高士ワンポイント講評

新木場から歩き、マリーナを見たりして植物園でロコモコを食べた。立冬直前だったが熱帯植物園の中は季節感を出すのが難しい。「水澄むやまだまだ馳せる旅心」は、船を見たりマリーナに寄って旅心を誘われたという心情が出ている。

㊶ 須田町・いせ源

日時　平成二十四年十二月四日(火)
場所　須田町・いせ源
集合　万世橋警察署
　　　JR「秋葉原」徒歩五分

【万世橋の眺望】　秋葉原電気街を抜け、万世橋からの眺めは東西南北がすべて線路に囲まれている。山手線・中央線・総武線が望める。神田川の上流方向に沿って旧鉄道博物館のレンガ塀が残る。
【コース】　万世橋警察署～万世橋～出世稲荷～いせ源
昼食会場、句会場＝いせ源

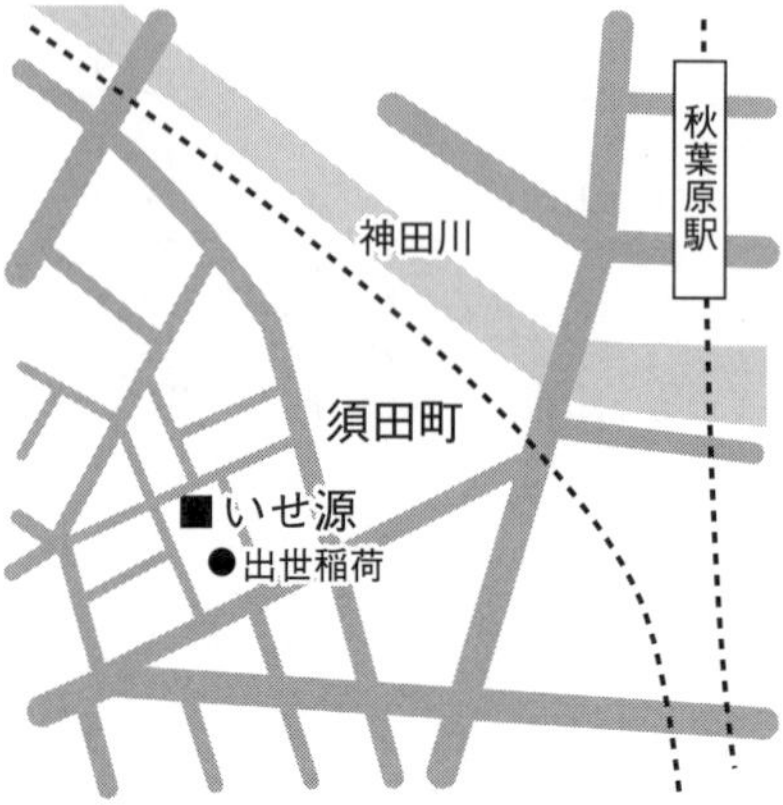

海底はどんなところか鮟鱇よ　柳内　恵子
路地折れて出世稲荷や花八ッ手　秋田　幸子
鮟鱇鍋気取つてみてもはじまらぬ　太田　邦子
いせ源と聞けば北風なんのその　正能　文男
極月の風に絡むや街の音　坂野　たみ
いせ源のよく磨かれて冬の土間　永井　梨花
猫舌を悟られぬやう鮟鱇鍋　池辺　弥生
鮟鱇鍋悲喜こもごもをぐつぐつと　秋田　幸子
ポインセチア飾る老舗のそば処　佐藤　文子
おほかたは昔のままに街は冬　池辺　弥生
相寄りて湯気立つ鍋の向ふ側　永井　梨花
師と弟子とふつふつ囲む鮟鱇鍋　市東　晶
鮟鱇の仕上雑炊焦げさらふ　清水　初香
鮟鱇の眼は吊るし切り覚悟の眼　中村代詩子
口福や鮟鱇鍋に心足る　深沢　愛子
舟舫ふ色なき川の都鳥　市東　晶
縁なくも出世稲荷や芽水仙　寺川　芙由
大川の近し飛びゆく都鳥　佐藤　信子
ゆずり合ふ事も忘れて食ぶ鮟鱇　越田はづき
歳末の警戒中の万世署　正能　文男

いせ源に師走心を遠くして　坂野　たみ
恙なく鮟鱇鍋を囲む縁　佐藤　文子
日本の師走背負ひて電気街　柳内　恵子
真贋に本物ですとこの鮟鱇　清水　初香
鮟鱇に主人笑顔の暖簾出し　坊野みどり
界隈になき落葉のせ神田川　寺川　芙由
花八ッ手見ていせ源に急く心　太田　邦子
鬼平もくぐりし暖簾冬帽子　奥住　士朗
函館の佳人を迎へ鮟鱇鍋　坂野　たみ
水鳥の潮に流れて神田川　柳内　恵子
ゆつくりとポンポン舟や都鳥　深沢　愛子
師走めく鉄路の音も秋葉原　清水　初香
鮟鱇のお肌十才若返る　榊原　精子
大き口開けて鮟鱇出迎へる　秋田　幸子
函館の人と鮟鱇食ぶる縁　中村代詩子
どちらにも流れぬ川に時雨落つ　太田　邦子
電気街こんなところに冬の蝿　柳内　恵子
鮟鱇のあわれ大口氷づめ　高井　せつ
着ぶくれて出世稲荷に鈴鳴らす　伊藤　豊子
いせ源の簀の子框や鮟鱇鍋　齋藤　博
神田川師走の荷足船艀　中村代詩子
震災の五浦を想ふ鮟鱇鍋　坂野　たみ
函館の人に初雪問ふてみる　正能　文男
分かたずに七つ道具や鮟鱇鍋　清水　初香
志士の会ではいせ源で年忘　中村代詩子
鮟鱇鍋皆賑やかに若返る　伊藤　豊子
冷たくも老舗の手すり自然木　坊野みどり
浮く落葉流れ行く先隅田川　坊野みどり

【選者吟】

いせ源の女将の声も師走かな　星野　高士
鮟鱇の大口にして思案顔
礼深く出世稲荷や花八ッ手
極月の街音うつす神田川
人永遠に鮟鱇鍋の底探る

●高士ワンポイント講評

そろそろ鮟鱇鍋の時期に入ったが、「いせ源」には何度も行っている。「鮟鱇鍋気取つてみてもはじまらぬ」は、食べることが目的でもあるので、その通りだろう。詠い振りが良い。作者は情景描写そして人事句にも精通している。

㊷ 初詣・湯島天神

日時　平成二十五年一月四日（金）
場所　湯島天神
集合　湯島天神社務所前
　　　千代田線「湯島」徒歩五分

【初詣・湯島天神】初詣の湯島天神は絵に描いたような晴天に恵まれた。絵馬に願いを込める受験生と家族連れの姿も。春日通りを渡り不忍池に出ると枯蓮ばかりが目につく。
【コース】湯島天神境内〜女坂〜天神下〜不忍池
昼食会場、句会場＝東天紅

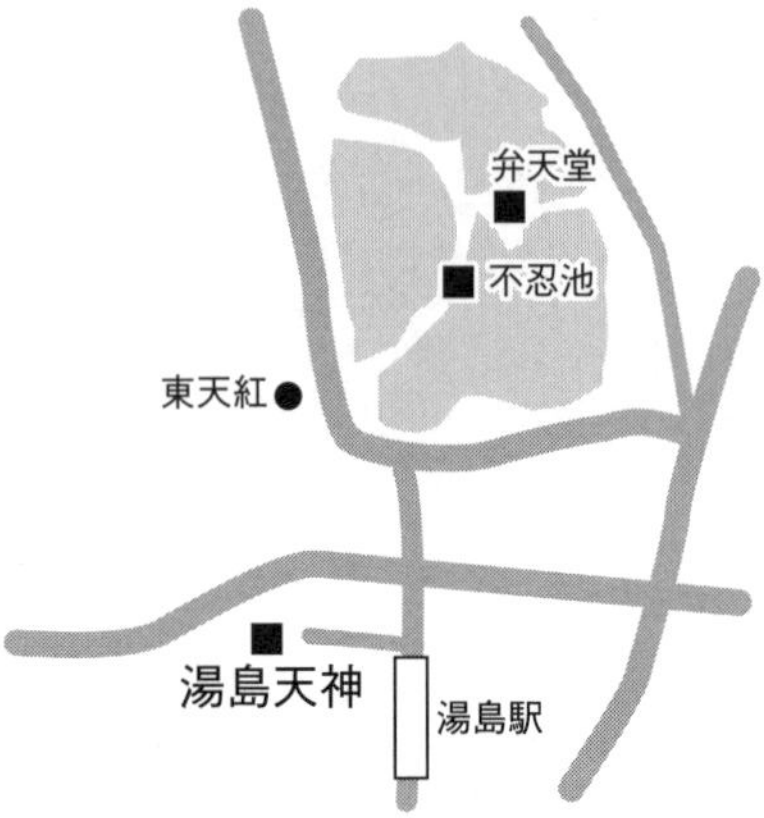

絵馬鳴らす湯島の風も四日かな　市東　晶
一月や踏み出す一歩焦らずに　深沢　愛子
手相見の仕事始や女坂　坂野　たみ
不忍池に真向ふ松飾　永井　梨花
蒼穹の深さに蓮の枯れ尽くす　坂野　たみ
初句会空一枚の蒼続く　佐藤　文子
枯蓮に浮き立つ弁天堂甍　中村代詩子
拍手に宿る言霊初詣　坂野　たみ
初詣お蔦の涙尊びて　池辺　弥生
枯蓮に来て風音の変はりゆく　坊野みどり
吾が肩に触れず破魔矢の鈴の音　齋藤　博
筆塚の裾は日溜り初みくじ　永井　梨花
淑気満つ東天紅の志士の会　柳内　恵子
はや四日湯島天神句に目覚む　佐藤　信子
韋駄天の代詩子間に合ふ四日かな　正能　文男
初句会スカイツリーの見える窓　奥住　士朗
裏口に置かれし葱や味噌漬物屋　柳内　恵子
遅れ来し人に御慶の拍手湧く　伊藤　豊子
志士の会女礼者の遅れ着く　坂野　たみ
牛撫でて天神さまの梅探る　市東　晶

本殿を横切るのみの初詣　正能　文男
師のかかぐ破魔矢の守る記念館　坂野　たみ
枯蓮のふところ深き日射しかな　池辺　弥生
ほねつぎの看板ながめ初詣　柳内　恵子
故郷の匂ひも乗せて空つ風　奥住　士朗
四日はやいざ天神へ志士の会　正能　文男
大樟の瘤もめでたき初詣　市東　晶
春日通り天神下も松の内　中村代詩子
淑気満つ弁天堂の金の鴟尾　深沢　愛子
悴みし手にて絵馬書く母のをり　坊野みどり
矍鑠と笑顔の遅刻初句会　寺川　芙由
枯蓮の乱れもなくて風の哭く　永井　梨花
女坂恵方路とし占ひ師　齋藤　博
着水をためらひ岸の都鳥　久恒多々志
天神へ地下に乗り継ぐ初電車　市東　晶
女坂下りて四日の味噌漬物屋　市東　晶
千号の座に存りたきとホ句はじめ　伊藤　豊子
吟行の昼の煮こごり喉すべる　深沢　愛子

【選者吟】　星野　高士

女坂下にほねつぎ初笑
人波のここは湯島や初詣
門松や東天紅に池の風
遅れ着く女礼者に情濃く
どれだけの幸を抱ける破魔矢かな

●高士ワンポイント講評

湯島天神の初詣だが、ハプニングもあって、当然来るべき人が来ていない。携帯に電話しても繋がらず家に電話すると出て、急いでタクシーで駆け付けた。大した俳句根性だ。「手相見の仕事始や女坂」は、手相見も仕事始めと言った所が面白い。

㊸ 目黒不動尊

日時　平成二十五年二月五日（火）
場所　目黒不動尊
集合　東急目黒線「不動前」駅前集合

【目黒不動尊】八〇八年創建の天台宗の寺院。見どころの水かけ不動明王は願い事が成就するよう身代わりになり水を浴びてくださる不動様。また、独鈷の滝・垢離堂にもご利益がある。
【コース】不動前駅～成就院～目黒不動尊～五百羅漢～句会場
昼食会場、句会場＝目黒雅叙園

御佛の五指にとどまる春日かな　寺川　芙由
青石へお不動様の梅枝垂る　伊藤　豊子
春陰をなすお不動の礎は急　市東　晶
初東風や届け水掛け不動まで　伊藤　豊子
やはらかき日差しに梅の観世音　市東　晶
不動尊まで緩やかや木の芽風　永井　梨花
なんとまあもう咲き誇る枝垂れ梅　中村勢津子
料峭や不動尊への階のぼる　中村代詩子
幹に受く日差し二月のプラタナス　市東　晶
洗心の龍の口より春の水　市東　晶
人に死し芸に生れて冴返る　佐藤　信子
梅ふふむ仁王門より合掌す　深沢　愛子
春陽さす独鈷の瀧や水の影　伊藤　豊子
木の芽山より百條の水の音　中村代詩子
いにしへを綴る御不動梅二月　寺川　芙由
早春の境内に影鳩と吾　佐藤　文子
如月の発表待たる立子賞　深沢　愛子
受験絵馬金釘流の美術品　齋藤　博
観音の風にほぐるる梅の花　坂野　たみ
洗心の水かけ不動余寒あり　深沢　愛子

浅春の風を高きに不動尊　坂野　たみ
願かけて春の水かけ不動尊　奥住　士朗
早春の水音誘ふ女坂　深沢　愛子
好日に参り御堂のしだれ梅　坊野みどり
御不動の五体光らせ春の水　寺川　芙由
紅梅の枝垂れて影の色持たず　市東　晶
春の風義理を欠かねば生きられぬ　太田　邦子
寺軒の樋に菜の花五六本　齋藤　博
龍が吐く水のしぶきの春めける　正能　文男
御所雛飾るロビーに佇つ漢　中村代詩子
裏手には大日如来冴返る　清水　初香
水甕の薄氷とけて淀む底　佐藤　文子
三三五五二月礼者に自動ドアー　中村代詩子
ものの芽のはや動きをり目黒川　永井　梨花
早春の光り返して不動尊　佐藤　信子
下萌につまづく我の齢かな　太田　邦子
雅叙園に旧正月の国旗立つ　中村代詩子

【選者吟】

お不動の辺りより凍ゆるみ初む　星野　高士
春めくや水かけ不動とは親し
アメリカンコーヒー志士の会二月
女坂下りて下萌つづく道
紅梅や定まりやすき空の色

●高士ワンポイント講評

立春を過ぎたばかりの目黒不動尊。三大不動尊の一つに数えられるが春めき、梅が綻んできた。「早春の光り返して不動尊」の句は、早春の喜びが出ていて、風光ると言わずに「光り返して」としてワンクッション置いたことが成功した。

㊹ 東京スカイツリー

日時　平成二十五年三月五日(火)
場所　東京スカイツリー
集合　東武「浅草」二階・待合室

【東京スカイツリー】平成二十四年春に開業したスカイツリーの高さは634m。第二展望台が450m。プラネタリウム、水族館、ショッピングと一日中遊んでも遊び足りない、そうなのだ。
【コース】第一展望台～第二展望台～浅草松屋
昼食会場、句会場＝浅草松屋レストラン

啓蟄の虫かタクシー見下せば　久恒多々志
天空へ光を返す東風の塔　坂野　たみ
地上より少し日永のタワーかな　齋藤　博
アルプスを隠しそこねてゐる霞　太田　邦子
関八州一巻のごと棚霞　坂野　たみ
浅草や春日定まる塔六三四　佐藤　信子
春一日空に遊びて向島　奥住　士朗
天望に遅日の街を眼下にす　中村代詩子
かげろひて海のすぐそことは遠し　池辺　弥生
春の風武蔵野望むスカイツリー　新井　久子
大東京総嘗めに見て遠霞　新井　久子
展望台下りて春めく風の街　林　泰子
スカイツリー一気に春の空にまで　池辺　弥生
つばくろも展望回廊までは来ず　中村代詩子
揚雲雀同じ高さの空に来て　齋藤　博
向かひ合ふ高さに遊ぶ春の雲　坊野みどり
懐かしき南アルプス遠霞　深沢　愛子
春野菜頬ばりレストランすてき　久恒多々志
新参のあいさつ小声あたたかし　萩尾　浩
駅名を変へ下町や三月来　永井　梨花

啓蟄の土を離れて展望台　佐藤　文子
行く舟は陽炎ひ摩天楼まぶし　伊藤　豊子
ソラマチの霞は富士も隠しをり　柳内　恵子
暖かや川の東京見下して　正能　文男
啓蟄の片道切符買つてみる　奥住　士朗
見えるもの見えぬものみな昼霞　坊野みどり
春昼の眼下ジオラマめくばかり　中村代詩子
地虫出づ吾も這ひ出でスカイツリー　高井　せつ
鰆東風あれは上総か下総か　奥住　士朗
うららかや武蔵下総安房上総　正能　文男
スカイツリー底に遅日の街の黙　坂野　たみ
春昼や今日のパスタは漁師風　清水　初香
啓蟄の空へ秒速スカイツリー　萩尾　浩
存へて夢の六三四や昼霞　深沢　愛子
春の航川に水脈ひくものを見し　佐藤　信子
春昼の聳える塔や鉄美人　深沢　愛子
海見せて富士を隠せる遠霞　市東　晶

【選者吟】

会ふてすぐスカイツリーへ風光る　星野　高士
あたたかや身を預けたる鉄骨美
啓蟄や四五一メートルも
春めくを秒速で連れ昇降機
春コート六三四の塔の上で脱ぎ

●高士ワンポイント講評

スカイツリー人気で沸いていた最中だった。この時、飛び入り参加の人の句に「啓蟄の空へ秒速スカイツリー」は、あっと言う間に展望台に着いたスカイツリー。しかも、「啓蟄」の地中とスカイツリーの高さ、下と上を上手く言えている。

㊺ 春日部・古利根川

日時　平成二十五年四月二日(火)
場所　春日部・古利根川
集合　春日部駅東口駅前よりマイクロバス

【拡大志士の会】　志士の会メンバーと星野椿主宰を含む玉藻社及びむさし野大宮の合計四十二人の拡大句会となった。マイクロバス二台で古利根川畔の俳句板などをめぐった。
【コース】　東陽寺〜古利根公園橋〜ゆりのき橋〜エンゼルドーム
昼食会場、句会場＝商工振興センター

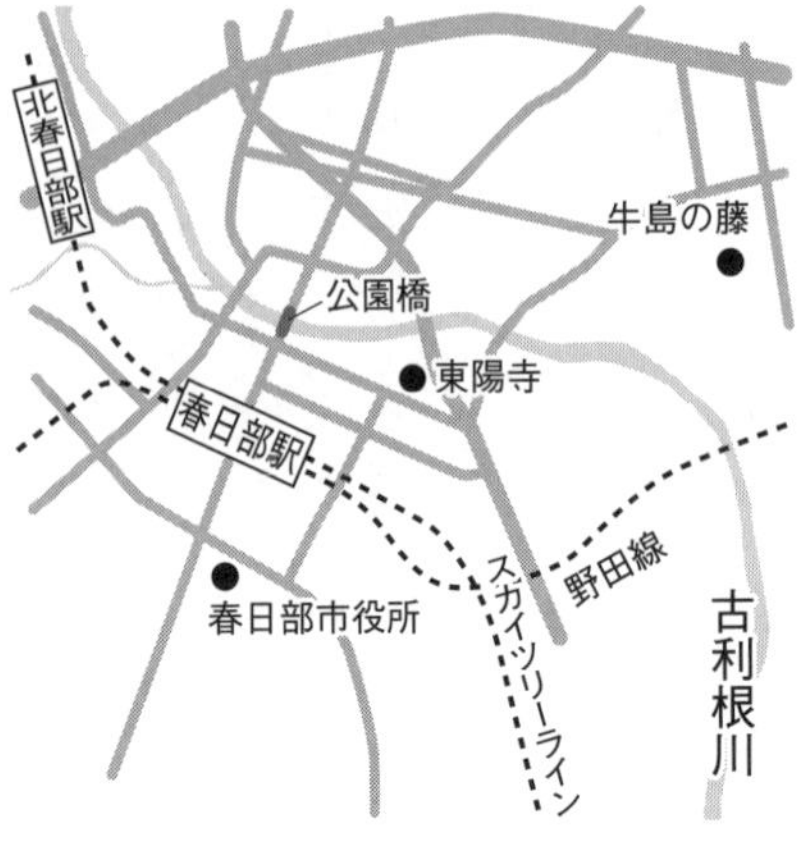

星野　高士　選

花筏千の水輪の従きゆけり　鈴木　允子
花満ちていそぐなよの句思ひ出す　小泉　恵子
春昼や語部のごと利根の水　白田　壽子
立子句板前を春水流れゆく　西川　阿舟
きのう雨けふは鎮めの花の雨　鈴木　允子
古利根に虚子一門の花の句座　齋藤　博
古利根に老鴨一羽残りをり　西川　阿舟
古利根に抱かれし町飛花落花　小林　靖子
花筏とはならず川に漂ふ　佐藤　文子
渡し舟あればと思ふ春の川　星野　椿
花人の囲みし真中立子の句　永井　梨花
俳聖の粕壁宿り春ごころ　橋本　洋子
お迎への花はしとどに濡れ染みて　岩崎　好
虚子立子踏みし古利根花堤　秋田　幸子
傘のうちより見上げたる桜かな　奥住　士朗
古利根の花また花の土手なりし　林　備後
舟運の名残りの河岸や花筏　秋田　幸子
春の雨宿場の里の先師の句　小山　愛子
お江戸より九里余の寺に春の雨　林　備後

俳縁の濃き粕壁や春惜しむ　正能　文男
花冷の集ひいつしか笑み洩るる　岩崎　好
古利根の川は平らか花筏　橋本　洋子
東陽寺曽良の涙か花の雨　奥住　士朗
古利根が好きと淋しき残り鴨　前　和子
虚子立子句板を洗ふ花の雨　正能　文男
先導もしんがりもなく花流る　荒井　亨
晩学の世界は広し春の雨　岩崎　好
花冷えの粕壁宿に玉藻衆　秋田　幸子
古利根に賜はる縁蘆の角　岩崎　好
先頭は椿先生花衣　藤野　俊子
踏青や虚子と立子を偲びつつ　齋藤　博
花万朶しばし憂き世の外にゐる　禰津　時男
花の土手往時語りし木馬車かな　池辺　弥生
花堤虚子四代の句碑の夢　齋藤　博
つばくろや水の匂ひの宿場町　坂野　たみ
古利根へ心馳せゆく花衣　坂野　たみ
花の下看取りの日々を忘れ居て　加瀬　京子
句板読む菜の花明り続く土手　市東　晶
菅笠や翁を偲ぶ花の雨　深沢　愛子
緑立つ枝のびやかに東陽寺　清水　初香
古利根の博選句や花の雨　柳内　恵子
擦乱の桜千本利根堤　星野　椿
じよさい無き先生二人花の雨　藤野　俊子
新人と古参混じりて花の句座　齋藤　博
粕壁の人情に酔ひ花に酔ひ　榊原　精子
春日部の俳人元気花下に佇つ　高井　せつ
バス降りてすぐ花人となりにけり　柳内　恵子
花の雨絆深まる一会かな　深沢　愛子

【選者吟】

古利根の花の雨なら濡れたくて　星野　高士
花冷や粕壁土産どれにしよ
残る鴨立子句板を守るごと
けふ会へてより続くこと花の宴

●高士ワンポイント講評

志士の会と春日部在住の俳人、むさし野大宮、星野椿や玉藻の人たちでの拡大志士の会でした。「立子句板前を春水流れゆく」の句は、古利根河畔の俳句板があり、川の流れと言わず、春水とした所が見事だ。立子句板は、蛇行した眺めの良い場所にあった。

星野立子の俳句板の前で両主宰

星野　椿　選

花堤虚子四代の句碑の夢　齋藤　博
とぎれなく花びら流す古利根《とね》の水　荒井　亨
古利根に賜はる縁蘆の角　岩崎　好
残る鴨立子句板を守るごと　星野　高士
長堤を歩す花冷の心地良く　永井　梨花
虚子立子踏みし古利根花堤　秋田　幸子
古利根の対岸煙る花の雲　正能　文男

古利根の花また花の土手なりし　林　備後
舟運の名残りの河岸や花筏　秋田　幸子
春の雨宿場の里の先師の句　小山　愛子
俳縁の濃き粕壁や春惜しむ　正能　文男
古利根の句を詠み継ぎて桜《はな》の道　秋田　幸子
花の雨江戸より九里の碑を濡らす　小山　愛子
虚子立子句板を洗ふ花の雨　正能　文男
立子師の俤利根に花の雨　須田　洋子
先頭は椿先生花衣　藤野　俊子
踏青や虚子と立子を偲びつつ　齋藤　博
去りがたき立子句板や花の雨　坂野　たみ
花人としてまた会ふも縁なり　星野　高士
花筏古利根川の岸近く　榊原　精子
古利根に虚子一門の花の句座　齋藤　博
古利根へ心馳せゆく花衣　坂野　たみ
句板読む菜の花明り続く土手　市東　晶
思はずの吾の句に会ひて花の道　高井　せつ
落花乗せ川なめらかに曲りけり　鈴木　允子
菜の花と桜の中にある句板　新村もとを
公園橋より橋朧花朧　榊原　精子

俳縁や花の粕壁初に訪ふ　伊藤　豊子
花の雨絆深まる一会かな　深沢　愛子
菜の花や標ひとつの渡し跡　池辺　弥生
古利根や花の向ふに見える江戸　太田　邦子

【選者吟】

渡し舟あればと思ふ春の川　星野　椿
撩乱の桜千本利根堤
古利根の桜の下に立子の句

●高士ワンポイント講評

この日は生憎の花の雨であったが、マイクロバス二台に分乗して、奥の細道で芭蕉が宿泊したと伝えられる東陽寺などを巡った。「落花乗せ川なめらかに曲がりけり」は、描写が的確だ。雨の古利根をただ曲るのではなく、なめらかに曲がるが良い。

●高士ワンポイント講評

俳句板は、古利根川遊歩道の整備に際して地元の俳句愛好者が提案して実現させた。「菜の花と桜の中にある句板」の句は、菜の花と桜の季重なりだが、同時期の花だし句板の周りは菜の花に覆われていた。この句会を契機に「春日部玉藻」が誕生した。

かすかべファミリー新聞提供

㊻ 虎ノ門

日時　平成二十五年五月七日（火）
場所　虎ノ門　琴平宮境内
集合　銀座線「虎ノ門」徒歩五分

【虎ノ門・官庁街】財務相・文科省・経産省・外務省などの官庁が並ぶ。霞ヶ関ビルは、東京ドームが出来る前まで大きなマス目の役割を果たした。オフィス街としても目覚ましい。
【コース】虎ノ門琴平宮～経済産業省～外務省～財務省～文部科学省
昼食会場、句会場＝霞ヶ関ビル「けやき」

ビル風と山背の風が入り乱れ　正能　文男
琴平の卯月冷する百度石　伊藤　豊子
何の木と確かめずとも皆新樹　中村代詩子
財務省盾とはならず青嵐　坂野　たみ
天を摩すビルの底なる夏の宮　寺川　芙由
目を閉ぢてみても零るる青嵐　池辺　弥生
青嵐ビルの谷間に帽子飛ぶ　伊藤　豊子
初夏や御所の甍の見ゆる場所　永井　梨花
どの省も高く掲げし鯉幟　坂野　たみ
官庁にわき出る人や初夏の昼　柳内　恵子
赤き紐結ぶ脇宮若葉冷　榊原　精子
夏雲を真正面に三十五階　佐藤　文子
官庁を見下ろす食事アイスクリーム　太田　邦子
初夏の富士やつと見付けしビルの窓　久恒多々志
眺望や鉄板焼に空豆も　清水　初香
鯉のぼり泳ぎ有形文化財　永井　梨花
通行証下げ白シャツの闊歩する　寺川　芙由
街路樹の放つ一蝶夏めける　坂野　たみ
新緑の風の触れゆく神の水　坂野　たみ
蚕豆の威張つた顔で焼き上り　奥住　士朗

四方のビル底に鎮もる宮若葉　高井　せつ
朴の花一輪孤高財務省　坊野みどり
大前に新樹のつくる影絵かな　太田　邦子
ビル風に押し戻されて五月かな　佐藤　信子
若葉風連休明けの官庁街　正能　文男
官庁街足早に行く白い靴　齋藤　　博
日の丸を控え屋上鯉のぼり　柳内　恵子
夏草となり涼風に耐えてをり　中村代詩子
虎の門メイストームの中にあり　正能　文男
脱原発古びしテント薄暑かな　檜山　克子
財務省さつきとつつじ競ひ咲く　久恒多々志
衣更へてビル風凌ぐこと難儀　坂野　たみ
更衣して青空の虎の門　中村代詩子
世を統べる神を詣ずる聖五月　寺川　芙由
拳闘の余韻引きづる青嵐　正能　文男
栃の花官庁街の一角に　深沢　愛子
お社に有料手水若葉冷　清水　初香

【選者吟】　星野　高士

夏めくや鉄板焼は目の前で
ビル風のこんなに強く更衣
連休明けにまだ泳ぐ鯉幟
薫風や金毘羅宮は虎の門
文化庁前の緑はとくに濃き

●高士ワンポイント講評

虎ノ門の琴平宮境内に集合して官庁街を吟行した。立夏になったばかりで、風が強い日だった。「官庁街足早に行く白い靴」は、流行りのクールビズの影響だろうか、官庁に勤めるサラリーマンが足早に歩く姿が見えてくるようだ。

㊼ 皇居東御苑

日時　平成二十五年六月四日(火)
場所　皇居東御苑
集合　大手町・大手門
　　　皇居東御苑入口

【皇居東御苑】旧江戸城の本丸と二の丸跡を巡る。二の丸庭園の花菖蒲、大奥跡の青芝、百人番所の蜘蛛の巣など、俳人は各人各様に確かな写生の目で見定めている。

【コース】大手門～二の丸庭園～本丸跡～天守閣～平川門
昼食会場、句会場＝竹橋「赤坂飯店」

とんぼ生る千代田区一の一の一　中村勢津子
十薬の花のつづきに汐見坂　中村代詩子
庭滝の音は届かぬ水の色　深沢　愛子
皇居にも茂るにまかす森ありて　坂野　たみ
高啼ける禁裏の森の梅雨鴉　市東　晶
ひからかさ傾げて風の天守跡　林　泰子
鵜の孤高天翔るやに羽休め　寺川　芙由
十薬に強き日ざしのふと止まる　池辺　弥生
勢ひこそ生命なりけり花菖蒲　佐藤　信子
小暗さの径ひらけて菖蒲園　榊原　精子
江戸城の石垣高き樟茂る　坊野みどり
岸辺まで押し寄せ咲けり浅紗の黄　清水　初香
五月晴大石垣につづく空　池辺　弥生
青芝の大奥跡を人往き来　寺川　芙由
滴りの御苑に諸国雑木林　伊藤　豊子
水の上に影遊ばせて蜻蛉生る　市東　晶
待ち人は未央柳の黄のもとに　坊野みどり
咲く力見せて色濃く花菖蒲　柳内　恵子
六月の湿気もなくて門柱　榊原　精子
汗流し皆の背を追ふ汐見坂　深沢　愛子

満目の緑に松の廊下跡　坂野　たみ
すめらぎの茂りを映す水鏡　太田　邦子
梅雨晴や松は三百年の黙　奥住　士朗
花菖蒲御苑にあれば殊の外　佐藤　文子
やや濁るお堀の水に緑さす　坂野　たみ
鍵型に大手門抜け風薫る　正能　文男
二の丸を抜ける疾さに夏の蝶　坂野　たみ
畏くもかたじけなくも夏兆す　奥住　士朗
朝風呂に入りて緑の禁裏へと　太田　邦子
蜘蛛の囲や同心番所覗き窓　齋藤　博
蜘蛛の囲のやうやく一つある皇居　太田　邦子
六月や蝦夷の話のしきりなる　正能　文男
梅雨蝶の行く先々に舞ふ日和　深沢　愛子
オーデコロンつけて御苑へ大手門　佐藤　信子
蜻蛉生る池一面を使ひ切り　清水　初香
天守台泰山木は目の高さ　新井　久子
足元に倒れし蛍袋かな　柳内　恵子
玫瑰や亭午の芝は影持たず　市東　晶

【選者吟】

蜻蛉生る大奥跡に恐れなく　星野　高士
棲むものに東御苑の薄暑かな
梅雨蝶に平川門と大手門
受け流す日射しつぎつぎ花菖蒲
軽暖や後ろ気になる汐見坂

●高士ワンポイント講評

大手門から入り、随分と歩いた記憶がある。梅雨の皇居東御苑は、二の丸庭園には花菖蒲が咲き、「青芝の大奥跡を人往き来」の句は、あの広い大奥跡の芝生をボランティアの人らが手入れや養生をしていた。青芝の大奥の広がりが良い。

㊽ 六義園

日時　平成二十五年七月二日（火）
場所　六義園園内散策
集合　六義園管理事務所
　　　ＪＲ「駒込」西口徒歩

【六義園】 徳川五代将軍・綱吉の庇護を受けた柳沢吉保が元禄十五年に別邸として築造した。武蔵野の自然と文学趣味を取り込んだ大名庭園の代表作。

【コース】 玉藻磯～千鳥橋～滝見の茶屋～吹上浜～吹上茶屋
昼食会場、句会場＝和風「御旦狐」

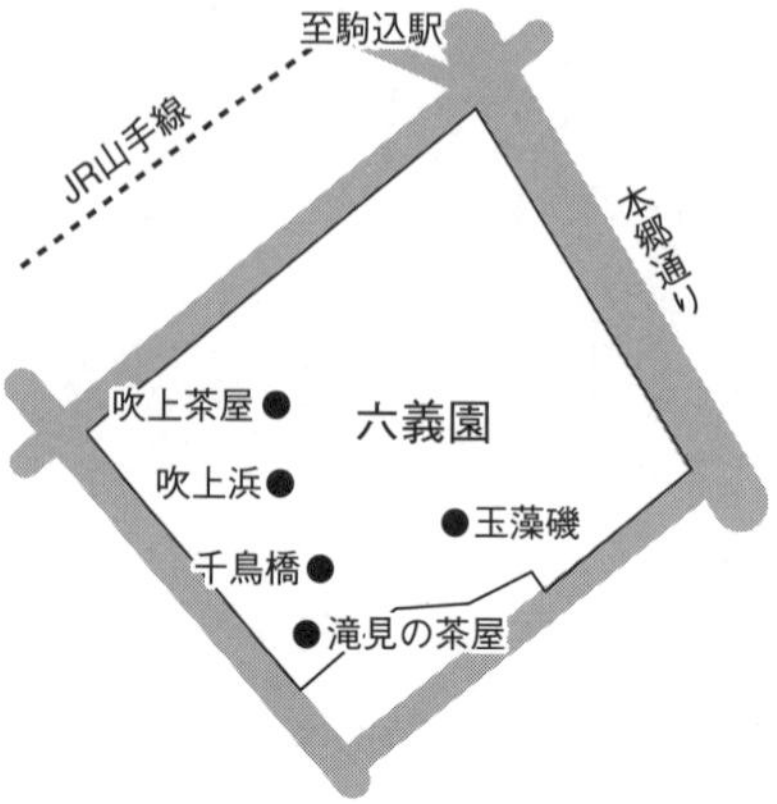

涼風や畳まれてゐる野点傘　佐藤　文子
小波の吹き余る涼風に佇つ　池辺　弥生
ねぢり花迷ふ事なく蝶一つ　深沢　愛子
繡線菊や胸の高さに咲き乱る　池辺　弥生
うたかたの色に四葩も人の世も　坂野　たみ
朽舟や妹背山背万緑に　伊藤　豊子
吹上茶屋の涼風に菓子抹茶　榊原　精子
青鷺の翔つ玉藻磯の辺りより　中村代詩子
細き径行きも帰りも蜘蛛の糸　柳内　恵子
万緑の池に一塊臥龍石　齋藤　博
空蟬や兄と過ごせし園に来て　太田　邦子
轟きも響きもなくて作り滝　奥住　士朗
一隅は深海のごと青葉闇　坂野　たみ
吟行の前に水無月お詣りに　榊原　精子
六義園妹背山背雲の峰　久恒多々志
梅雨空を持ち上げてゐし大樹かな　柳内　恵子
色を置く文字摺草や六義園　清水　初香
緑さす和歌の六義の庭巡る　佐藤　信子
日焼けして熊野詣の帰りとか　奥住　士朗
青芝や大亀池へひた走る　林　泰子

七夕紙目立たぬやうにくくりけり　榊原　精子
吹上の茶屋で頂く冷抹茶　正能　文男
鳴かずゐる蓬莱島の梅雨鴉　柳内　恵子
涼風の抜ける木椅子に紀伊のこと　清水　初香
臥龍石までは飛ばずに夏の蝶　奥住　士朗
半夏生呼び合ふ鴉何事ぞ　齋藤　博
青鷺や元禄を見せ園を見せ　太田　邦子
園内の名木あまた大茂り　正能　文男
細滝風ひるがへし池に入る　坂野　たみ
姿よき松の根方に梅雨茸　中村代詩子
水亭に蓬莱島のあまり風　林　泰子
御旦狐てふ店の昼餉や鮨御膳　齋藤　博
七月の松整ひし六義園　清水　初香
緑陰の風に繋がれ舫ひ舟　坂野　たみ
蟻の列吹上茶屋へ急ぐかに　正能　文男
おびただしく花着け木斛の大樹　久恒多々志
一行の顔揃ふまで竹壮几　中村代詩子
吉保のささかにの道蜘蛛の糸　寺川　芙由
漣の来てねぢればな風の中　池辺　弥生
梅雨どきの風と思へず玉藻磯　正能　文男

【選者吟】

もぢずりに風は止まりて日は真直ぐ　星野　高士
遠くより蓬莱島の大茂り
蟻の道人の道へとつなぎをり
涼風の抜けどころなり玉藻磯
庭滝の音に家系の揺るぎなし

●高士ワンポイント講評

旧松平家の御用地の六義園は「鳴かずゐる蓬来島の梅雨鴉」の句は、蓬来島という恵方の縁起のよい島に「鳴かずゐる」と否定形で言ったところが面白い。鳴いている鴉では、詰まらない。六義園の鴉だから、格調が高いような気もする。

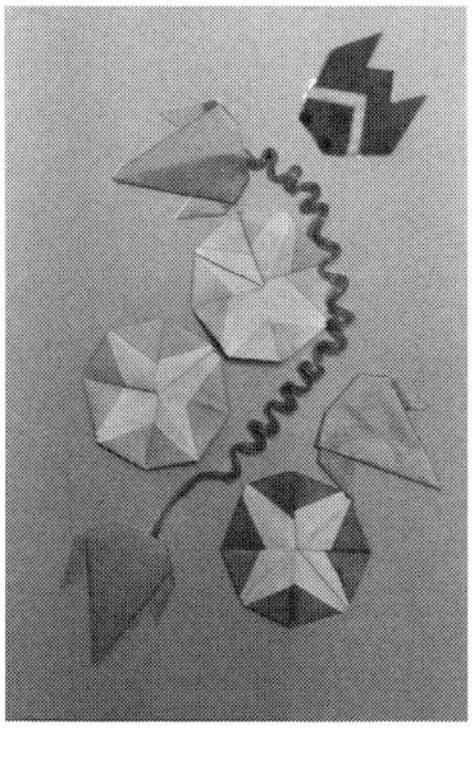

㊾ 清澄庭園

日時　平成二十五年八月六日（火）
場所　清澄庭園
集合　清澄庭園入口
　　　半蔵門線「清澄白河」徒歩八分

【清澄庭園】元禄時代の豪商・紀伊国屋文左衛門の屋敷と伝えられ、明治になってから三菱・岩崎家の別邸となる。全国から名石、奇岩を集めて作庭された。池畔の「涼亭」での句会となった。

【コース】庭園内散策。

昼食会場、句会場＝「涼亭」

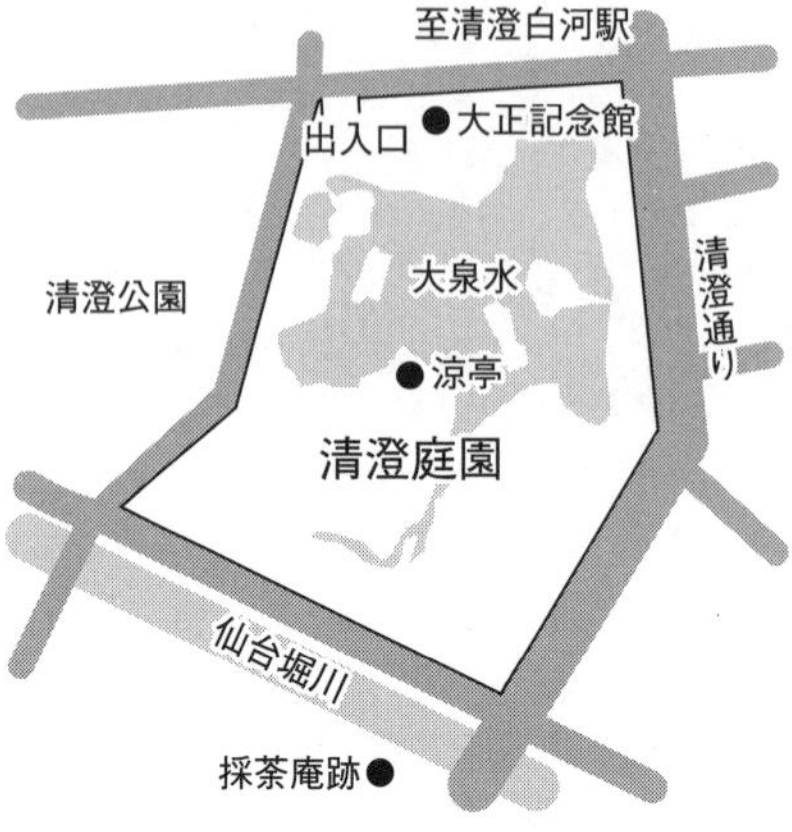

青鷺の孤高乱れて磯渡り　伊藤　豊子
飛石のとんとんとと夏終る　市東　晶
名石の乾きし色も秋近し　深沢　愛子
石庭に富士山ありし道をしえ　伊藤　豊子
天涯に雲湧き易き秋隣　坂野　たみ
鵜は岩に亀は寄り来る泉殿　市東　晶
名苑の富士てふ起伏蝉時雨　寺川　芙由
草分けて芭蕉句碑まで蝉時雨　中村勢津子
萬緑の衰え見せず池見茶屋　中村代詩子
落蝉に今朝の息あり原爆忌　坂野　たみ
涼亭の玻璃戸は二百七十度　正能　文男
秋近し名石奇石触れてみる　佐藤　文子
いま一度弾んで見たき夏惜しむ　深沢　愛子
名園に心置きなく蝉しぐれ　正能　文男
池の風もつれて涼し芭蕉句碑　柳内　恵子
結界の竹や日に反る夏の果て　坂野　たみ
結界は涼風の道遮らず　清水　初香
台湾の人参花を咲かす江戸　奥住　士朗
旅心まだ覚めやらぬ朝ぐもり　深沢　愛子
名石の淵どる池を夏の鴨　佐藤　信子

汐の香も風に混じりて泉殿　奥住　士朗
富士山と言ふ築山の蝉時雨　柳内　恵子
名石をつなぐ池畔や蝉時雨　坂野　たみ
長堤の風に吹かるる原爆忌　寺川　芙由
唖蝉の声なき声や木下径　太田　邦子
石仏やここも拝みて原爆忌　榊原　精子
庭園の蝉にもありし鳴き疲れ　齋藤　博
ふと風が晩夏の雲の動くとき　中村勢津子
空蝉の木椅子に一つあるあはれ　佐藤　文子
色褪めて伊予の青石秋を待つ　坂野　たみ
名園の小波にふと広島忌　正能　文男
震災に倒る傘亭日の盛り　齋藤　博
水亭や苦吟の目線定まらぬ　深沢　愛子
晩夏なり亀は寄り来て吾を見上ぐ　久恒多々志
語り部の声嗄れゆく原爆忌　正能　文男
一亭に木札新し秋近し　中村代詩子

【選者吟】

波は波追ひかけて行く原爆忌　星野　高士
厠へと日向を歩く原爆忌
夏果てやまだ偲ぶには早き人
空蝉の縋りし幹の太からず
泉殿ときをり亀を覗く廊

●高士ワンポイント講評

清澄庭園は、名石が多くあり私の好きな庭園だ。伊予の青石、佐渡の赤石などが全国から集められ「名石をつなぐ池畔や蝉時雨」は、晩夏の頃の暑さが出ている。句会は池の中「涼亭」で行った。贅沢な時間を過ごした。

㊿ 新江戸川公園

日時　平成二十五年九月三日（火）
場所　新江戸川公園
集合　大隈重信公銅像前
　　　東西線「早稲田」徒歩十分

【新江戸川公園】細川藩の下屋敷が置かれ、神田川に沿い「関口芭蕉庵」のやや上流にあたる。大池をめぐる回遊式庭園と鬱蒼と茂る自然林が趣を醸し出す。現在は「肥後細川庭園」

【コース】早稲田大学構内～新江戸川公園～関口芭蕉庵～リーガルホテル。昼食会場、句会場＝リーガルホテル内「ラウンジ」

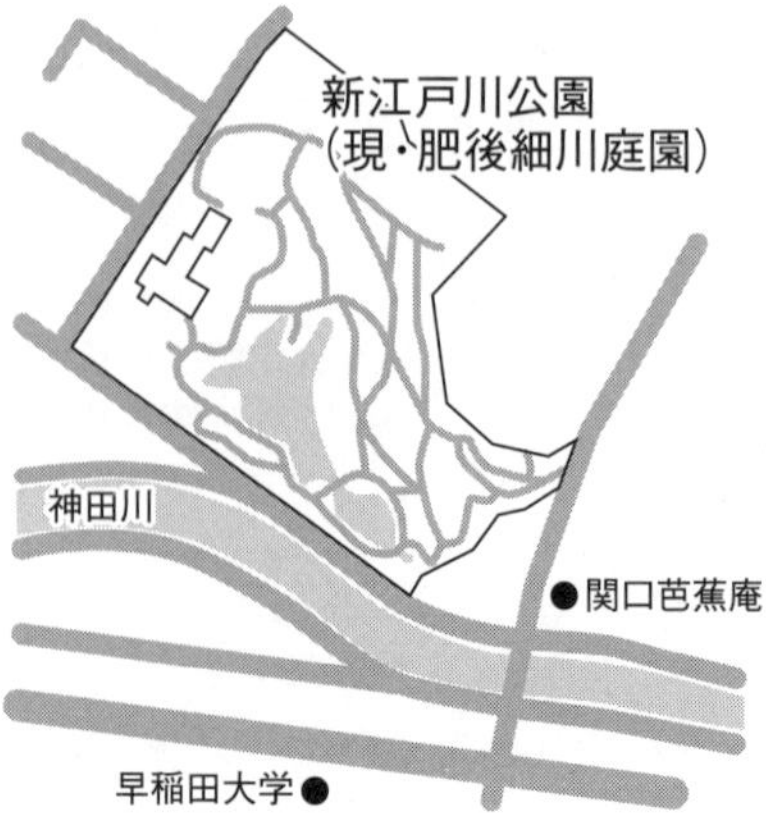

破れ芭蕉車一杯積みにけり　　柳内　恵子
いさぎよく雲の縁取る秋の空　　寺川　芙由
黄色でも白でも今日は秋の蝶　　太田　邦子
学生も早稲田の森もまだ九月　　坊野みどり
招かざる竜巻の来て大厄日　　齋藤　博
燕去ぬ大隈公の像掠め　　市東　晶
最後まで早稲田に尽しいわし雲　　柳内　恵子
秋暑し胸突坂は見上ぐのみ　　中村代詩子
初紅葉して庭園にある疲れ　　林　泰子
肥後藩の屋敷跡とや萩の花　　伊藤　豊子
休館の芭蕉庵より秋の蝶　　中村勢津子
破れ芭蕉雲の動きをとらえ揺れ　　坊野みどり
水澄むや江戸の名残の町縫ふて　　坂野　たみ
学舎の角にとまどふ秋の風　　寺川　芙由
仲秋の空を狭めて校舎ビル　　佐藤　文子
秋麗や細川様の竹矢来　　奥住　士朗
雲迅し大名の庭園九月　　清水　初香
就中ヒマラヤ杉に秋高し　　中村代詩子
芭蕉庵門を閉ざして水澄める　　中村勢津子
初紅葉永青文庫道標　　坊野みどり

大厄日春日部人は難のがる　伊藤　豊子
露の身も吟行が好き気負ひなく　深沢　愛子
仲秋の翳を流して神田川　坂野　たみ
去り難く人に侍りて秋の蝶　奥住　士朗
就活に動く早稲田の杜秋思　正能　文男
天高しここは都の西北よ　中村勢津子
池の辺に椅子つめ合へば法師蝉　伊藤　豊子
秋暑し学び舎どこか余所よそし　坂野　たみ
蜻蛉に細川邸の濁り池　寺川　芙由
出来不出来早稲田大学今年米　正能　文男
蟲集く池畔に腰をかけて待つ　中村勢津子
そぞろ歩す川添ひにゆく秋日傘　深沢　愛子
草深き古園いつしか秋の声　坂野　たみ
この松にこの池ありて赤とんぼ　齋藤　博
まだ青くキャンパスに揺れ椿の実　清水　初香
蒼穹に抜ける白雲秋きざす　正能　文男
大名の名残りの池畔初紅葉　中村代詩子
仲秋の雲怪しげに湧きいづる　中村勢津子
キャンパスに学生まばら秋の雲　林　泰子
天高し吟行の果てバイキング　太田　邦子
建学の像に触れゆく風は秋　坂野　たみ

【選者吟】　星野　高士

日の当る土塀を越ゆる破芭蕉
芭蕉庵訪ふ秋風の去れば来る
蜻蛉の流さるるとき迷ひなく
秋水に風の波紋の大と小
露の世の幾世へだてし芭蕉庵

●高士ワンポイント講評

早稲田大学の大隈像前に集合して、関口芭蕉庵に立ち寄ったが休館中だった。新江戸川公園は神田川の流れを取り込んでいる。「大名の名残の池畔初紅葉」は、細川藩への挨拶句であり、鬱蒼とした池畔の静けさが目に見えるようだ。

㊿ 月島佃島

日時　平成二十五年十月一日（火）
場所　月島・佃島
集合　佃の渡し跡
　　　半蔵門線「月島」徒歩十分

【佃島大橋】船溜まり、佃の渡し跡、住吉神社など周囲の高層マンションやオフィスビルとは別世界の感がしないでもない。対岸には聖路加タワーが聳え昭和の匂いがそこはかとなく漂う。
【コース】佃の渡し跡～住吉神社～隅田川テラス
昼食会場、句会場＝サンシティー銀座

上げ潮に昏む川面や秋の声　市東　晶
高波と強風連れて十月来　坊野みどり
水門を出て行く舟や鳥渡る　深沢　愛子
晩秋のさだめなき川淀む刻　池辺　弥生
船宿に隣る神社や竹の春　正能　文男
蓋物は翡翠色なる秋茄子　寺川　芙由
月島の小さき祠に柿たわわ　伊藤　豊子
颯爽と来る赤い羽根つけて来る　中村勢津子
地蔵堂露地より狭し酔芙蓉　柳内　恵子
時折の十月の凪佃島　林　泰子
サンシティー銀座松茸づくしよし　中村代詩子
扁額の碧字色なき風に映え　寺川　芙由
秋潮の香が押すもんじや通りかな　伊藤　豊子
もんじや街ここで終りや柳散る　坊野みどり
年とるもそれも良きかな薄紅葉　太田　邦子
赤い羽根小銭袋を開けぬまま　齋藤　博
秋潮のここは佃の船溜まり　中村勢津子
秋茄子のひすい煮舌にとろけけり　榊原　精子
景観と秋の御膳のおもてなし　正能　文男
健脚は昔のままよ赤い羽根　池辺　弥生

一礼しくぐる鳥居や竹の春　深沢　愛子
深秋の隅田川行く荷足船　佐藤　文子
昼餐は秋闌ぞ愛子の居　清水　初香
なだ万の松茸づくし昼の膳　榊原　精子
憂き事をなべて吸ひ込み秋の空　奥住　士朗
摩天楼底に露けき佃島　坂野　たみ
佃島漁業を守る秋祭　柳内　恵子
雨ふふむ風白萩を通りすぎ　太田　邦子
境内に露のハーレーダビッドソン　市東　晶
秋暖簾安政二年佃煮屋　齋藤　博
これほどの松茸づくし命延ぶ　坂野　たみ
斯く集ふ十月一日縁起よし　中村代詩子
雨を得て足る大河や秋の声　太田　邦子
鉢植えの並ぶ路地裏野分前　中村勢津子
どの皿も松茸溢れ愛子膳　柳内　恵子
秋さぶや食べてみたきはもんじや焼　中村勢津子
川風に吹き飛ばされし秋思かな　池辺　弥生
マンションに湯屋の煙突伸びて秋　市東　晶
馬肥ゆる口達者なる氏子かな　奥住　士朗
そぞろ寒ここも過密の船溜まり　正能　文男
傾けてひとしずくまで土瓶蒸し　池辺　弥生
赤い羽根つけて月島もんじゃ街　奥住　士朗

【選者吟】

秋祭り風が伝へて佃島　星野　高士
おもてなし口には出さず名残り鱧
現世か松茸飯に添ふ心
朱の橋も浪速の色や秋の聲
路地覗くもんじや横丁馬肥ゆる

●高士ワンポイント講評

月島佃島は、独特の下町情緒があり住吉神社も風情がある。「水門を出て行く舟や鳥渡る」の句は、ご近所に住まわれる作者が、隅田川テラスを歩いている時に作ったものであろう。出て行く舟と「鳥渡る」の行き交った情景が目に浮かぶ。

㊿ 駒沢公園

日時　平成二十五年十一月五日(火)
場所　駒沢公園
集合　東急「駒沢大学」改札口

【駒沢公園】プロ野球「東映フライヤーズ」の本拠地があり、東京オリンピックの後、全面的に駒沢オリンピック公園として整備された。公園全体が五輪の遺産。スケボーの音がけたたましい。
【コース】五輪記念塔〜テニスコート〜円形花壇
昼食会場、句会場＝ジャマイカ料理

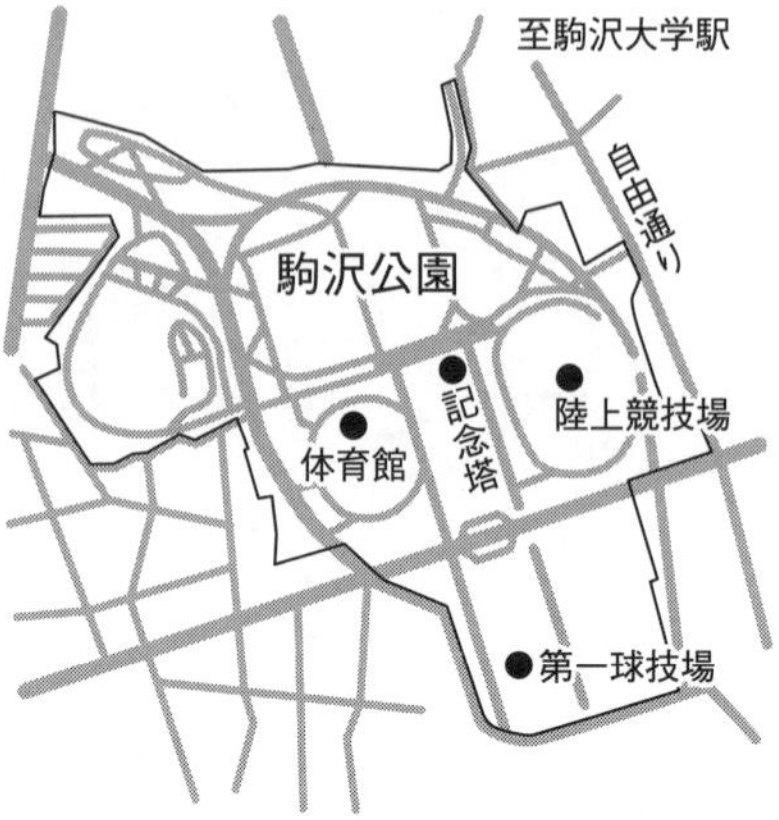

イヤホンの若者走る神の留守　市東　晶
スケボーの妙技危ふき秋果つる　正能　文男
目の前に色鳥遊ぶ花壇かな　柳内　恵子
誰だって持つは思ひ出紅葉濃し　太田　邦子
道標を見ながら秋の影を踏む　久恒多々志
ジョギングや銀輪にけふ小六月　中村代詩子
風少し黄葉輝くところかな　深沢　愛子
記念塔十一月の空支ふ　佐藤　文子
金風や五輪の魔女が眼裏に　深沢　愛子
邂逅の一と日となりて秋惜しむ　池辺　弥生
大学にプラネタリウム天高し　寺川　芙由
木洩れ日に紅葉且つ散る園深く　坊野みどり
世田谷へようこそ句会小六月　太田　邦子
日当りて紅葉且つ散る径岐れ　坂野　たみ
東京の紅葉の風に浸りけり　永井　梨花
ひもすがら色鳥こぼす陽のかけら　池辺　弥生
紫の豆入りカレー冬隣　榊原　精子
名ばかりの花壇戸惑ふ秋の蝶　太田　邦子
秋冷の風下にある日向かな　中村勢津子
継続の文化担ふ師園小春　太田　邦子

カラフルなマラソン女子や冬隣　榊原　精子
鬼芒ぬつと立ちたる高さかな　正能　文男
着水の鴨も加へて六羽だけ　池辺　弥生
行秋の空を遮る翳もなし　坂野　たみ
小春蝶円形花壇通り過ぐ　清水　初香
スケボーの音響かせて冬を待つ　柳内　恵子
団栗を拾ふ五輪の夢の跡　坂野　たみ
覗き行く秋の終りの洋食屋　永井　梨花
行秋を未来に繋ぐアスリート　市東　晶
語を探す十一月の風頬に　坊野みどり
スケボーの音に紛れし秋の蝶　奥住　士朗
深秋の空へ群飛ぶ鳩の影　佐藤　文子
前を往くをんな暮秋の翳まとふ　市東　晶
老夫婦花壇の隅に海贏廻し　奥住　士朗
ジャマイカのスパイス料理神の留守　永井　梨花
何時からか歩幅の変る冬隣　齋藤　博
末枯は枯れつきるより淋しかり　池辺　弥生

【選者吟】

世田谷区目黒区跨ぎ紅葉狩　星野　高士
盛りつけのジャマイカ料理神の留守
スケボーの青年未来背負ひ秋
公園の風こそ自由秋の蝶
秋日濃き薄き円形花壇かな

●高士ワンポイント講評

駒沢大学で降りてオリンピック公園を歩いたが、ただただ広い感じがした。ジョギングをする人やテニスコートもあった。「スケボーの妙技危ふき秋果つる」は、若い子がスケートボードを高度なテクニックでやっていた写生句。

⑤③ 朝倉彫塑館

日時　平成二十五年十二月三日（火）
場所　朝倉彫塑館
集合　谷中霊園「天王寺」
　　　ＪＲ「日暮里」南口徒歩五分

【朝倉彫塑館】彫刻師・朝倉文夫の記念館。先ごろ、改修工事を終えて公開を始めた。大隈重信公の銅像、作品群や寝室・居間・アトリエなど昭和初期の空気感が垣間見えた。
【コース】天王寺～旧五重塔～朝倉彫塑館
昼食会場、句会場＝谷中「吉里」

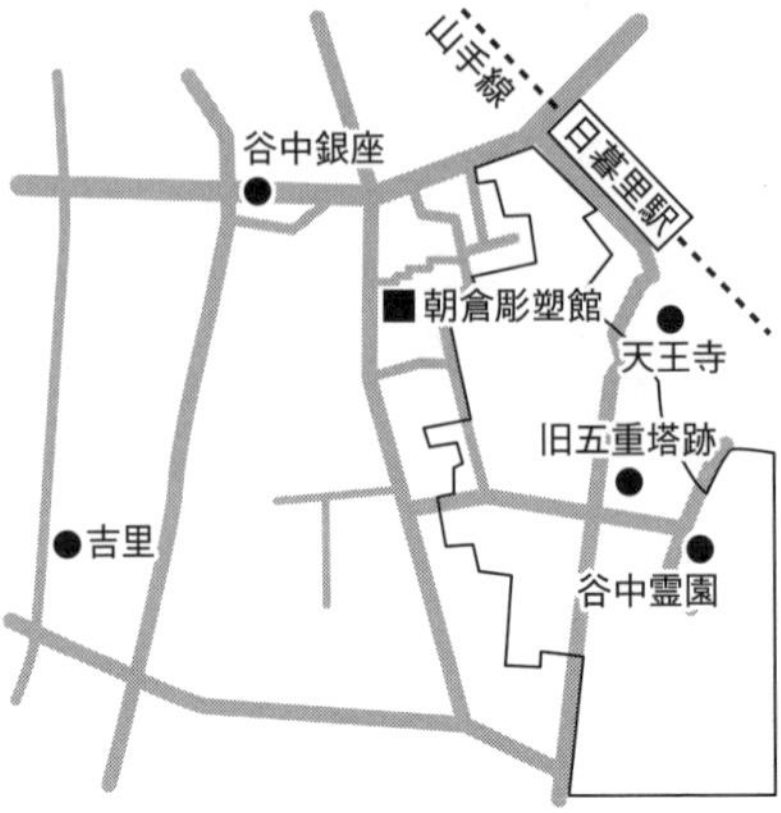

寺町の角の石屋に師走来る　市東　晶
枯芝に影を遊ばせ寺男　奥住　士朗
極月や谷中千駄木分かつ路地　寺川　芙由
彫塑館円朝碑へと冬日燦　林　泰子
冬晴や罪なき猫の黒き像　齋藤　博
彫塑館障子明りの屋敷神　深沢　愛子
落葉して塔の礎石を埋めきれず　寺川　芙由
短日の贅の吟行昼御膳　伊藤　豊子
冬紅葉朝倉邸の家具調度　佐藤　信子
霜月の陽を懐に寺巡り　柳内　恵子
山海の珍味続々年忘　奥住　士朗
日当りし大石に添ふ冬紅葉　深沢　愛子
畳替され寝室の池に向く　榊原　精子
寝室の雪見障子にけふは晴　中村代詩子
芸術とはふと垣間みる冬一ト日　池辺　弥生
玉石の揺らぐ天井冬座敷　伊藤　豊子
釈迦牟尼の御掌に揺るるや冬木の芽　林　泰子
極月の電車吊革揺れ止まず　柳内　恵子
寺町に住み境内で毛糸編む　中村代詩子
法鼓鳴り露座白毫へ冬日射す　伊藤　豊子

寒禽やここは谷中の初音町　奥住　士朗
店の客品定めして竃猫　柳内　恵子
ブロンズの双葉山像冬館　久恒多々志
寒禽の声に青空仰ぎけり　深沢　愛子
谷中路地とあるお宅に冬桜　正能　文男
鶲飛び谷中五丁目札所寺　市東　晶
彫塑見て谷中料亭年忘　佐藤　信子
西洋に墓守りもゐて冬ぬくし　奥住　士朗
冬日濃し谷中の坂をそぞろ歩す　深沢　愛子
冬日濃し谷中の寺の屋根の反り　柳内　恵子
志士の会今日の谷中で年忘　清水　初香
裏心なき山茶花の白さかな　齋藤　博
功も無く一足飛びの師走かな　深沢　愛子
竜の玉ころがり光る円朝碑　伊藤　豊子
法鼓鳴る高士師師走第一声　正能　文男
彫塑館昔の寒さありにけり　池辺　弥生
冬紅葉ばかり見てゐて殿に　林　泰子
三味の音と掘炬燵ある句会かな　正能　文男
師走晴れ円朝碑見て昼は吉里　清水　初香
来るだけで評価されたき冬句会　太田　邦子

【選者吟】　星野　高士

寺々の日溜まりにある師走かな
屋上の塑像は寒さ寄せつけず
円朝の墓まで行けず日短
墓守の塑像の影に冬灯
ためらはず歩ける谷中十二月

●高士ワンポイント講評

朝倉彫塑館で思い出すのは、朝倉摂さんは舞台演出をした人だが、立子と親しく玉藻の表紙を描いてくれていた。「彫塑館昔の寒さありにけり」の句は、建物や調度品から連想した、今の寒さを昔の寒さという目の付けところが良い。

㊹ 神田明神

日時　平成二十六年一月七日(火)
場所　神田明神
集合　神田明神社務所前
　　　ＪＲ「御茶ノ水」徒歩十分

【神田明神】界隈の仕事始めもようやく峠を越えた七日。それでも初詣の賑わいは続いている。銭形平次の相棒・八五郎の碑へも足を運ぶ。明神下から昌平橋を渡り、鮟鱇鍋のいせ源へ急ぎ足。

【コース】本殿前参拝～獅子滝～摂社・脇宮・神輿蔵～須田町老舗街昼食会場、句会場＝鮟鱇鍋「いせ源」

鮟鱇や勿来の風に糶られ来て　坂野　たみ
あんこうの口より物を申す目よ　坊野みどり
鮟鱇鍋江戸の風韻積む老舗　坂野　たみ
マフラーは馬の尾に見え師の御洒落　齋藤　博
須田町の箸の捌きも寒卵　永井　梨花
生まれ来て人は一代福寿草　太田　邦子
遊びでも仕事でもなく初詣　池辺　弥生
人日や企業戦士でありし頃　大塚とも子
白雲は白馬と駆けて初詣　佐藤　信子
連雀に江戸の匂ひや鮟鱇鍋　奥住　士朗
人日の末社脇宮めぐりかな　正能　文男
初句座や神事仏事は済ませくる　太田　邦子
人日や新たな人を迎へ句座　齋藤　博
一隅に大さざれ石淑気満つ　清水　初香
鮟鱇の七つ道具を渫ひけり　市東　晶
境内の神酒所案内や松の内　永井　梨花
鮟鱇のあれば酌みたく語りたく　池辺　弥生
いせ源の赤きテーブル初句会　榊原　精子
受験絵馬虚子の血を引く記憶力　大塚とも子
箸置は結び文型鮟鱇鍋　中村代詩子

雑炊は高士自らおもてなし　柳内　恵子
寒晴や天を突くごと御神木　深沢　愛子
石もまた神になる國春を待つ　寺川　芙由
人日の詣で道なる聖橋　清水　初香
寒木瓜の黙す脇道笑ひ声　坊野みどり
初詣今年の嘘をつきにけり　奥住　士朗
銀髪の師に好日や初詣　中村代詩子
東京にこんな青空けふ七日　大塚とも子
寒天に雲なく御輿庫並ぶ　久恒多々志
人日の神田明神遠拝み　坂野　たみ
鮟鱇の鍋に急ぎし下足札　永井　梨花
石蕗咲くや小さき八五郎の碑　正能　文男
茶柱をすすり人日志士の会　齋藤　博
鮟鱇と血を分けた仲下足番　奥住　士朗
言霊の幸《さきは》ふ國の鮟鱇鍋　寺川　芙由
千号へ闊歩始まる鮟鱇鍋　伊藤　豊子
獅子滝は凍てを忘れてたばしりぬ　中村代詩子
本物のあんこう睨む出入口　榊原　精子
七種粥啜るや勇み来る句会　太田　邦子
今日はそれ明神様に鮟鱇鍋　太田　邦子

厄落し神の見放す齢かな　齋藤　博
鮟鱇が正体隠す志士の会　大塚とも子
人日や余生の余白句が埋む　伊藤　豊子
朝粥や昼は神田の鮟鱇鍋　齋藤　博
人日や凩に押されて聖橋　池辺　弥生
松納め手早くすませ吟行へ　坊野みどり
寒紅梅ほころび初むる小唄塚　榊原　精子
鮟鱇鍋主自ら下足番　柳内　恵子

【選者吟】

やぶそばは無くいせ源の七日かな　星野　高士
新人も仕事始めの志士の会
人間に忘れる知恵や鮟鱇鍋
結局は鮟鱇鍋に和みけり
人日の人波避けて平次の碑

●高士ワンポイント講評

神田明神の初詣は、会社関係の年始客もいて結構な賑わいだった。「須田町の箸の捌きも寒玉子」は、明神下へ出て、鮟鱇鍋の「いせ源」での作だが、箸の捌きも寒玉子は、いかにも江戸っ子の町、神田須田町の地名が決め手の句だ。

㊺ 深川芭蕉記念館

日時　平成二十六年二月四日（火）
場所　深川芭蕉記念館
集合　芭蕉記念館中庭
　　　都営地下鉄「森下」徒歩十二分

【深川芭蕉記念館】芭蕉が日本橋から移り住んだ草庵は、隅田川と小名木川が合流する場所に「芭蕉庵史跡展望庭園」がある。芭蕉の足跡や資料が並ぶ芭蕉記念館で句会を行った。
【コース】芭蕉記念館～芭蕉庵史跡展望庭園～芭蕉稲荷神社
昼食会場、句会場＝芭蕉記念館「笹巻き寿司」

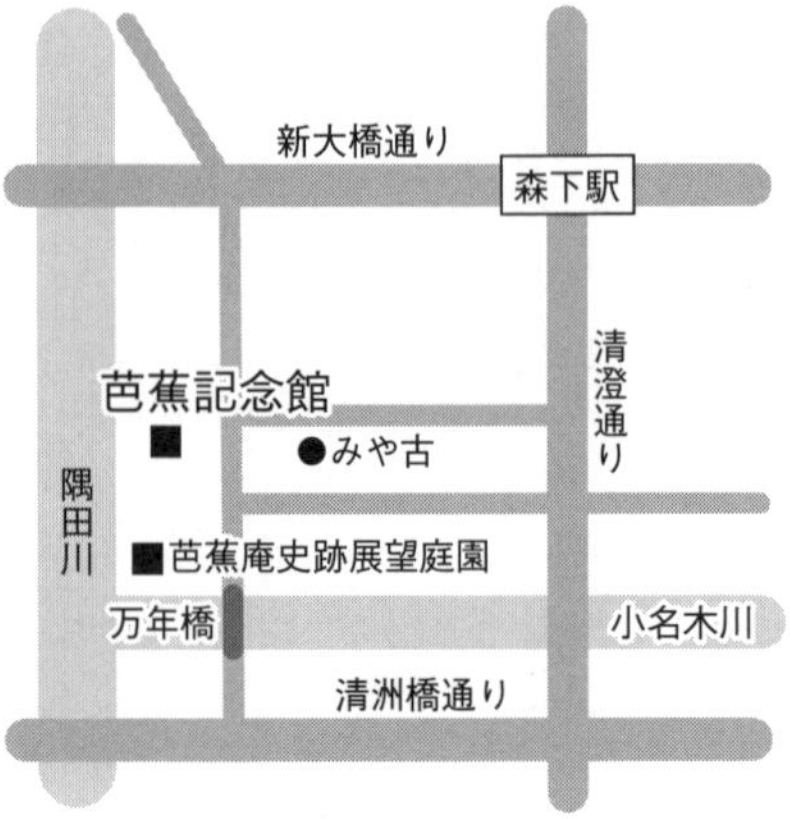

水音のして立春の芭蕉句碑　正能　文男
初午や芭蕉稲荷は名を惜しみ　坂野　たみ
やや荒き波は畳めず春立ちぬ　奥住　士朗
大川を渡つて来たる余寒かな　久恒多々志
障子開けて大川の春見下せる　池辺　弥生
早春の風音しるき小名木川　伊藤　豊子
笹寿司を開くる楽しき春立つ日　奥住　士朗
汐の香もすこしまじりて春時雨　市東　晶
冴返る雨の隅田や荷足船　深沢　愛子
初午の芭蕉稲荷や川の音　佐藤　文子
椿落つ小さき流れに逆はず　永井　梨花
立春や万年橋に富嶽なく　久恒多々志
立春や雪になるかもとの予報　坊野みどり
芭蕉像よりつたひ落つ雨二月　奥住　士朗
料峭や下町の空重くして　林　泰子
富士はもう見えず万年橋二月　佐藤　文子
小名木川水かさ増して冴返る　太田　邦子
気まぐれな風梅の香を散らしをり　正能　文男
立春の一声進次郎を誉め　坊野みどり
白梅の明るき窓辺芭蕉庵

梅東風に訪ひたる芭蕉記念館　中村代詩子
春雨に師が添ひくれし太鼓橋　伊藤　豊子
百薬の長も二月の風邪に負け　坊野みどり
潮入の川波尖る午祭　市東　晶
節分に追はれし鬼の泪雨　齋藤　博
万蕾に弾く雨粒梅二月　坂野　たみ
立春やまだかまだかと磴登る　久恒多々志
春浅し風に触れざる道はなく　池辺　弥生
大川の風に従ひ梅満開　柳内　恵子
俳諧の舞台大川冴返る　太田　邦子
深川に来て初午に遠く居り　中村代詩子

【選者吟】

白梅にとどまり易き雨の艶　星野　高士
春雨やけふは動かぬ芭蕉像
立春や雨傘の骨多かりし
寒明の船すぐ遠く小名木川
橋の名を二三確かめ春浅し

●高士ワンポイント講評

　立春の深川芭蕉記念館は、木の芽雨だったが「梅東風に訪ひたる芭蕉記念館」は、いかにも吟行の句であることが分かる。隅田川の川風を梅東風と捉えただけでも詩情を誘うが「芭蕉記念館」とよく入れて詠んだと思う。

⑤⑥ 向島百花園

日時　平成二十六年三月四日（火）
場所　向島百花園
集合　向島百花園入口
　　　東武「東向島」徒歩十五分

【向島百花園】時の将軍や大名の築造とは異なり、江戸町民文化が生んだ文人趣味に溢れた庭園。梅・萩・山野草など季節ごとの花の香りで包まれている。

【コース】園内散策。昼食会場、句会場＝「御成座敷」

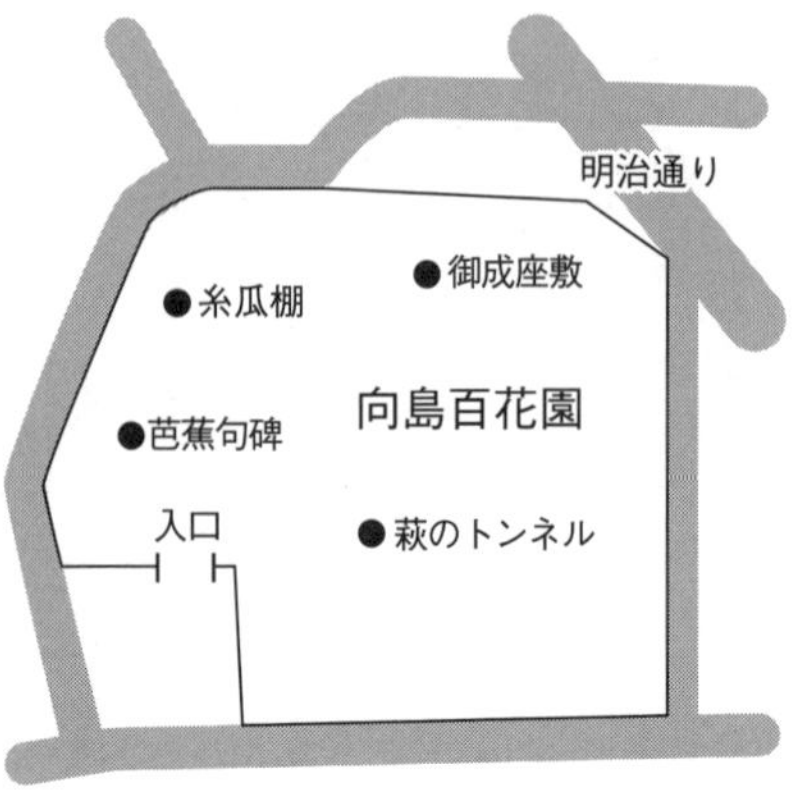

東風に向け庭師の立てる高梯子　林　泰子
陽を返す石橋くぐり春の水　深沢　愛子
幾年の洞《うろ》の不憫や梅真白　寺川　芙由
苗札の一つひとつを読み飽かず　池辺　弥生
ものの芽を幾つも見ては仰ぐ空　清水　初香
暖かや少し歩けば風尖る　中村勢津子
後手に園丁若き暖かし　池辺　弥生
梅東風を頬に日差しを背に句作　坊野みどり
墨東の百花百木三月来　寺川　芙由
梅万朶競ひて吐息洩らしけり　奥住　士朗
案内さる御成座敷に立雛　中村代詩子
梅咲くや和服麗人迎へ句座　齋藤　博
名園に名札も持たずいぬふぐり　坂野　たみ
梅咲いてスペインの旅近づきし　島崎多恵子
遠ざかる時に風見え柳の芽　柳内　恵子
日射し中つらつら椿こぼれつぐ　中村代詩子
春めきしローカル線に旅心　坂野　たみ
水温む橋に分かるる池三つ　佐藤　信子
スペインへ旅路はるかや鳥雲に　正能　文男
敷藁のよく踏まれをり春の水　林　泰子

名草の芽関守石の置かる径　坊野みどり
起こしたる黒き土より陽炎へる　島崎多恵子
移りゆく世にも紛れず物芽出づ　坂野　たみ
梅ぬくし虚子立子師の愛でし園　榊原　精子
よりそふは日だまりにあるいぬふぐり　中村勢津子
春日燦東武亀戸線に乗る　久恒多々志
梅東風の園に一日の始まりし　深沢　愛子
聳ゆるや御成座敷の芭蕉の芽　伊藤　豊子
囀りの空も近くて百花園　島崎多恵子
立子師を恋ふ人と居り梅見茶屋　中村代詩子
野遊びの人もなごます師の破顔　伊藤　豊子
白梅のトンネル抜けて濃紅梅　久恒多々志
水温む木橋をそつと渡りけり　奥住　士朗
蒼穹や水辺咲き初む木瓜の花　深沢　愛子
つちふるや日輪震へゐるやうな　太田　邦子

【選者吟】　星野　高士

小机にもの置く音も春めける
しばらくは風の間合ひに濃紅梅
梅東風や立子よく来し百花園
ものの芽を過ぎても影の残りけり
晴れきるといふほどでなく風光る

●高士ワンポイント講評

向島百花園は星野立子がよく行ったところ。「梅ぬくし虚子立子師の愛でし園」の句は、梅寒しとは言うが「梅ぬくし」とは、余り使わない。梅が咲いていながら「ぬくし」としたのは、虚子立子への作者の配慮ではないかと思う。

⑰ 日比谷公園

日時　平成二十六年四月一日（火）
場所　日比谷公園
集合　日比谷見附跡
　　　千代田線「日比谷」徒歩五分

【日比谷公園】日本で最初に開園した西洋式庭園。同時に完成した「松本楼」も評判になった。花時でしかもエイプリルフール、そして昼食会場、句会場ともに「松本楼」であった。

【コース】日比谷見附～心字池～松本楼

割り勘の難儀になりて四月馬鹿　齋藤　博
深呼吸して身を置くや花浄土　太田　邦子
観桜の池畔に人も鳩も寄り　深沢　愛子
咲き誇る思ひに花は空開き　奥住　士朗
窓のなき部屋に詰め合ひ花の宴　寺川　芙由
東京にけふは空あり花の雲　中村勢津子
この花下に我も刹那を生かされて　坂野　たみ
青柳や時に風湧く心字池　林　泰子
彩の花壇に疲れ愛ず桜　坊野みどり
枝振りの千手観音めき芽吹き　寺川　芙由
四月馬鹿反応鈍きパスネット　齋藤　博
二十名集ひ至福の花見酒　中村代詩子
蒼天や竹のベンチに花の冷え　柳内　恵子
夢に見し恋の成就や万愚節　市東　晶
壮行の宴に一口花見酒　伊藤　豊子
置物の亀か動くか万愚節　正能　文男
花曇り句帳手にして句は出来ず　深沢　愛子
花見酒官庁街は昼を過ぎ　林　泰子
影差して松本楼の花の昼　市東　晶
心字池鷺の飛来や風光る　佐藤　文子

はらはらと桜散る下飛ぶ鴉　久恒多々志
堂々と首賭け銀杏芽吹き初む　正能　文男
立子師の散歩道とや花万朶　齋藤　博
斯く晴れて忘れてをりし万愚節　中村代詩子
都心での花人となり円なり　深沢　愛子
だれもかも浮かれ顔して花の雲　太田　邦子
メモリアルベンチに散りし桜かな　柳内　恵子
話はやスペインへ飛ぶ花の宴　市東　晶
花時や心浮き足立つ銀座　佐藤　信子
孕猫日比谷公園心字池　齋藤　博
エイプリルフールに凡そ縁なく暮らす日々　久恒多々志
亀鳴けり明日のことなど考えず　市東　晶
花人の二人卆寿の笑顔かな　坊野みどり
花韮のみんな私を見てる径　林　泰子
スペインの旅に乾盃花見酒　榊原　精子
この辺り立子来ませし亀の鳴く　坂野　たみ
暖かや亀甲羅干す石いくつ　佐藤　文子
春愁は日本に置いてスペインへ　柳内　恵子
うれしかり丁度良き日の花衣　深沢　愛子
この園の適ふ高さのさくらかな　池辺　弥生

【選者吟】　星野　高士

さくらさくら亀の日常心字池
増税の大都は花の見頃なり
観桜のあとなる日比谷交差点
首賭けの銀杏の謂れ四月馬鹿
誰か来るまでも凛たり朝桜

●高士ワンポイント講評

エイプリルフールで、この日から消費税が8％になった。「四月馬鹿反応鈍きパスネット」の句は、四月馬鹿の矛先が人間に対してでなく、機械に向けられていることが救いだ。磁気の加減で機械も誤反応があるのでしょう。

㊿⑧ 根津神社

日時　平成二十六年五月六日(火)
場所　根津神社
集合　根津神社・本殿前
　　　千代田線「根津」徒歩十分

【根津神社】創建はヤマトタケルとされ、現社殿は五代将軍綱吉の命によって造営された。根津つつじ園はゴールデンウイークの前半までが見頃。温暖化のの進み具合が不気味な感じ。

【コース】根津権現〜稲荷神社〜千駄木〜谷中昼食会場、句会場＝谷中「吉里」

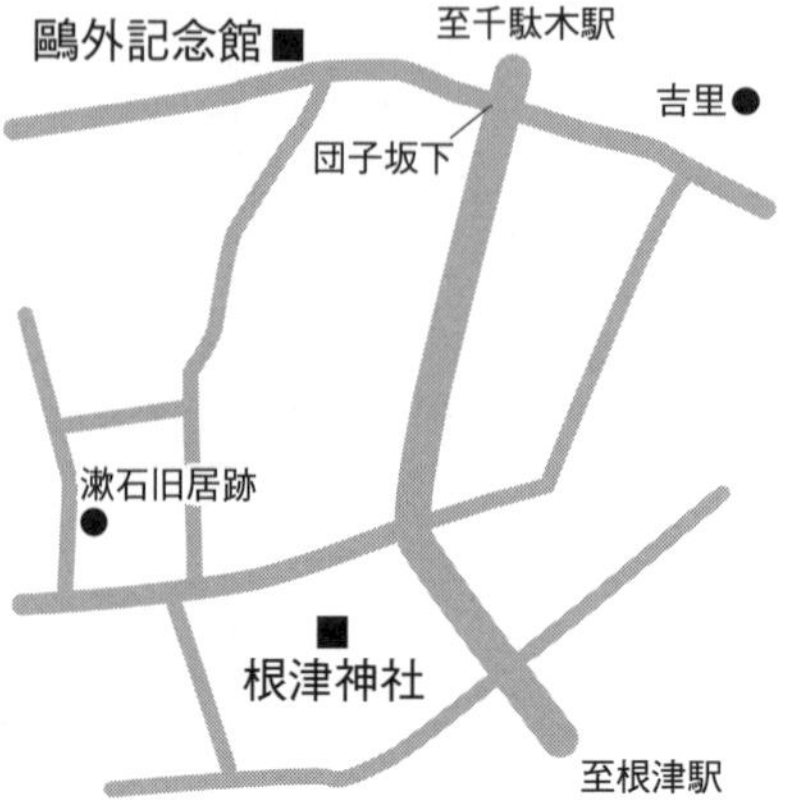

三味の音や五月の味の松花堂　柳内　恵子
絵扇にありスペインの旅名残　中村代詩子
連休を躑躅まつりで終はりけり　佐藤　文子
亀二匹じっとしてゐる若葉冷　太田　邦子
根津神社見下ろす家の鯉のぼり　久恒多々志
下町は五月の彩に溢れけり　柳内　恵子
新樹冷奉納鳥居ちよとくぐる　寺川　芙由
スペインの扇披露す師の笑顔　清水　初香
このあたり坂多き街鯉幟　奥住　士朗
烏賊焼きの露店もありて匂ひ来る　深沢　愛子
甘酒の熱さ程よく茶屋に腰　清水　初香
咲き疲れ見せても根津のつつじかな　寺川　芙由
欠席の理由それぞれ若葉冷　正能　文男
おばしまの湿り卯の花腐しとも　坂野　たみ
この池に生れし亀の子岩の上　佐藤　文子
外つ国の呼び込みもゐて甘酒屋　奥住　士朗
こんなにもつつじに花粉あるなんて　太田　邦子
樓門をくぐりてよりの初夏の冷　佐藤　文子
つつじ燃ゆ燃えて虚空に上るもの　太田　邦子
根津詣松花堂にて初鰹　佐藤　信子

黒塀につつじ映えたる吉里の庭　柳内　恵子
若葉冷一枚羽織る大社　深沢　愛子
透し塀より参道へ風薫る　中村代詩子
宴席の庭のつつじの今盛り　久恒多々志
地下鉄を卯月曇りの街に出で　清水　初香
句に遊び喰ふを満たしてつつじ宿　永井　梨花
金太郎飴に癒され新樹冷え　柳内　恵子
佳き風はスペイン土産師の扇子　坂野　たみ
透塀の囲む拝殿風五月　深沢　愛子
岡の上に名残りの小さき鯉幟　榊原　精子
大屋根に動かぬ鳩や若葉冷　榊原　精子
徳川の産湯井戸とや根津五月　永井　梨花
権現を魂消させたる若葉寒　正能　文男
若葉冷やけに鴉の声響く　清水　初香
菖蒲湯の香り纏ひて家を出る　柳内　恵子
大方は恋のみくじか夏の宮　齋藤　博
雨雲に隠す太陽つつじ赤　太田　邦子

【選者吟】

坂がかる家の華やぐ鯉幟　星野　高士
参詣の列にはつかず新樹冷え
つつじ燃ゆ人の心を圧し得ず
松花堂弁当目玉初鰹
神木に鳩より鴉多き初夏

●高士ワンポイント講評

つつじ祭りの最中だったが、私も含めてメンバーの何人かはスペインから帰ったばかりの頃だった。「金太郎飴に癒され新樹冷え」の句は、どこで切っても同じ顔の金太郎飴と「新樹冷え」の取り合わせが、面白く見事だ。

㊾ 新・歌舞伎座

日時　平成二十六年六月三日（火）
場所　歌舞伎座
集合　歌舞伎座チケット売り場
　　　日比谷線「東銀座」徒歩三分

【歌舞伎座】梅雨間近かの東銀座。ビルの中に納まった新・歌舞伎座では、六月大歌舞伎公演中。建て替えの目玉は、地下階に歌舞伎座グッズの店舗が軒を連ねた。また、三階に歌舞伎俳優展、庭園が開放された。
【コース】歌舞伎座〜三原橋〜銀座三越・屋上庭園〜数寄屋橋
昼食会場、句会場＝ニュー東京「さがみ」

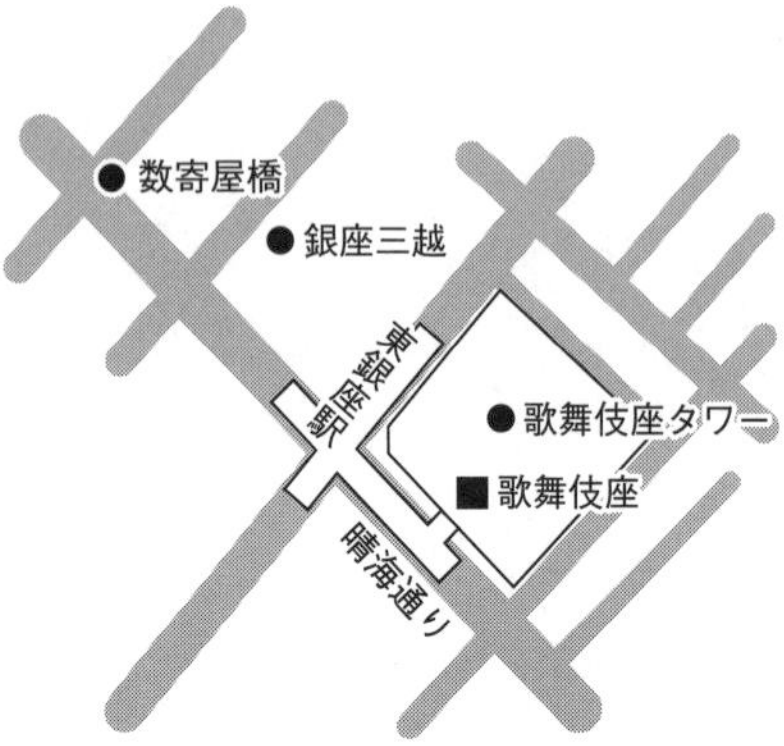

天空の庭園に蟻走りゆく　深沢　愛子
歌舞伎座の屋根の銀鼠梅雨近し　榊原　精子
香水の奢りのうつる昇降機　寺川　芙由
変りゆく銀座の日射し夏木陰　清水　初香
歌舞伎座の裏方らしき夏衣　池辺　弥生
この頃は和服の多し銀座夏　池辺　弥生
ニュー東京さがみで日傘たたみけり　中村代詩子
押し隈は誰のものかや江戸扇子　伊藤　豊子
気がつけば早水無月の来たりけり　中村勢津子
片陰を拾ひ銀座の午鐘かな　市東　晶
六月の薄日を返す瓦屋根　寺川　芙由
夏芝居寄らで過ぎ行く銀座かな　永井　梨花
方丈の光悦垣や額の花　深沢　愛子
信号を待つ間話は暑さのみ　久恒多々志
夜の蝶まだ出ぬ銀座誘蛾灯　太田　邦子
佇みて銀座テラスの青芒　齋藤　博
華やぎの客も六月大歌舞伎　正能　文男
銀座歩す暑さ喧騒厭はざる　伊藤　豊子
緑陰の放つ一蝶日を返し　坂野　たみ
冷房や楽屋句会の話など　清水　初香

高きより句座に廻りし扇風機　永井　梨花
風薫る瓦の釘に乱れなし　池辺　弥生
日章旗揺らす微風や梅雨入前　坊野みどり
葉柳や今は橋なき数寄屋橋　寺川　芙由
宙薄暑地蔵はモアイ像めきて　奥住　士朗
屋上はここも青芝風銀座　清水　初香
夏芝居観ずとも歌舞伎俳優展　中村代詩子
雨を乞ふ黒玉石に風涼し　池辺　弥生
屋上の四葩さわがす街の風　寺川　芙由
単衣着て新歌舞伎座のご常連　市東　晶
見なれたる影ともなりぬ夏帽子　奥住　士朗
歌舞伎座や江戸の団扇にドラエモン　清水　初香
大時計銀座に響く夏の空　深沢　愛子
紫蘇の葉で分ける料理やさがみ膳　太田　邦子
松葉菊かがめば少し風のあり　中村勢津子
屋上の石庭も待つ梅雨入りかな　坊野みどり
デパートは涼みの場所と心得し　正能　文男
屋上の青葉に開く電子辞書　市東　晶
伊場仙の絵団扇風を新しく　佐藤　信子

【選者吟】　星野　高士

絵団扇の風は芝居の台詞めく
黒南風や光悦垣に旅心
会話にも弾みをつけて扇風機
六月の日陰つれなき数寄屋橋
銀ブラや女の日傘交差点

●高士ワンポイント講評

高層のビルに建て替えたばかりの東銀座の新・歌舞伎座は、三階に屋上庭園と地下に歌舞伎のグッズの店舗が並んでいた。「変りゆく銀座の日射し夏木陰」は、伝統に支えられている歌舞伎の様変わりを捉えて、「銀座の日射し」と詠っているのが斬新。

⑥⓪ 羽二重団子

日時　平成二十六年七月一日(火)
場所　羽二重団子
集合　日暮里東口「駅前交番」前

【羽二重団子】明治の文人墨客が好んで足繁く通い、漱石の「吾輩は猫である」や司馬遼太郎の「坂の上の雲」にも書かれている。甘辛く焼いた名物の団子と古刹「善性寺」は必見。近くに日暮里繊維街がある。
【コース】日暮里繊維街～善性寺～羽二重団子
昼食会場、句会場＝羽二重団子

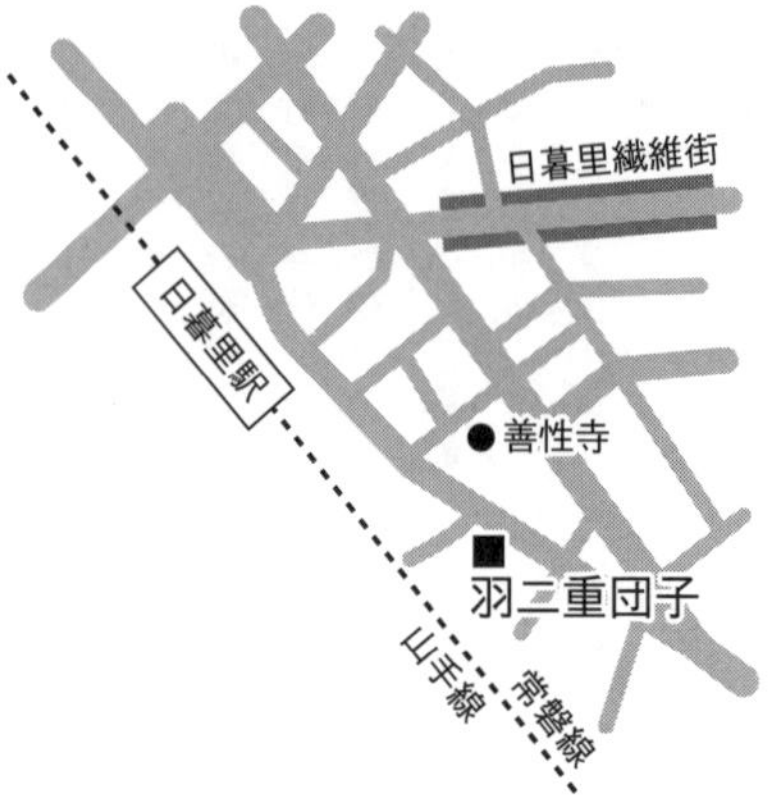

打水や羽二重団子亡き母に　太田　邦子
のぼさんの家はこの先氷水　奥住　士朗
空蝉や何もなかつた顔をして　太田　邦子
芋坂はほとんど平ら雲の峰　清水　初香
日盛りや団子の日持ちけふかぎり　中村勢津子
芋坂も川もどこやら油照り　寺川　芙由
笹ずしに味はひありし六つかな　伊藤　豊子
夏日濃し将軍橋は石畳　坊野みどり
扁額の一文字読めず汗拭ふ　中村代詩子
梅雨晴の繊維街行く志士の会　清水　初香
七月や団子二串甘辛に　佐藤　信子
街道に向けて涼しき店構　池辺　弥生
毛虫焼く箸を振りふり応へけり　寺川　芙由
気負はぬとはや七月の新主宰　坊野みどり
楼門に佇てば涼風ほしいまま　佐藤　文子
歩み寄り少し見上げて夏柳　奥住　士朗
パチンコ屋の夏の一日は掃除から　久恒多々志
芋坂の団子屋までも日の盛り　中村勢津子
切れ端のレース広げて主婦の顔　正能　文男
梅雨晴間二千号への第一歩　齋藤　博

布の街布の道ゆく日の盛り　佐藤　文子
笹ずしの後は別腹串団子　齋藤　博
芋坂を上れば根岸夏暖簾　奥住　士朗
日暮里の路地に寺にも夏の蝶　深沢　愛子
その女は銃身のごと日傘持ち　池辺　弥生
アロハシャツ繊維街には無関心　寺川　芙由
法の庭自づと集ふ木下闇　佐藤　文子
夏座敷羽二重団子子規秉虚　奥住　士朗
七月は高士主宰の第一歩　深沢　愛子
鮓よりも先に羽二重団子食ぶ　中村代詩子
夏服の皺も着こなす若さかな　寺川　芙由
双葉山ここに眠るか夏日燦　久恒多々志
サングラスかけてはずして繊維街　市東　晶
七月の一歩踏み出す平常心　正能　文男
日暮らしの里の団子屋夏柳　伊藤　豊子
所在なき昼の交番日の盛り　奥住　士朗

【選者吟】

空梅雨や羽二重団子すきつ腹　星野　高士
人通るたびに親しく五月闇
もぢずりや墓石は肩を丸くして
七月や誰の墓にも御辞儀する
千号は三日前なり雲の峰

●高士ワンポイント講評

日暮里東口から繊維街を歩き、文人墨客に愛された羽二重団子。店舗の二階で句会をしました。「日盛りや団子の日持ちけふかぎり」が面白い。空梅雨気味で日盛りはやや早い気もしたが、「団子の日持ちけふかぎり」の切迫感がある。

⑹ 靖国神社

日時　平成二十六年八月五日（火）
場所　靖国神社
集合　大村益次郎像前
　　　半蔵門線「九段下」徒歩十分

【靖国神社】元別格官幣社。明治維新およびそれ以降に戦争など国家に殉じた者二百五十万の霊を合祀。帰還した人による桜の献上木も多く、境内には桜の開花基準木がある。

【コース】靖国神社本殿〜神池〜三番町「TANAKA」

大鳥居抜ける神風秋を待つ　柳内　恵子
靖国に来て八月の基準木　永井　梨花
玉砂利をそれし径や秋隣　伊藤　豊子
去りがてにあめんぼ群るる神の池　榊原　精子
カノン砲砲身だけが夏日中　久恒多々志
音少し晩夏の水を泳ぐ鯉　永井　梨花
くろがねに佇てばみんみん頻り鳴く　伊藤　豊子
ひもろぎの色やや疲れ夏の果て　坂野　たみ
日盛りの日本晴れや九段坂　坊野みどり
志士の会三番町で暑気払ふ　佐藤　信子
神池を丸呑みにして蝉しぐれ　柳内　恵子
靖国の日射しとどかぬ蝉の穴　清水　初香
靖国の方程式が解けぬ夏　正能　文男
献木に予科練の札蝉時雨　伊藤　豊子
秋近き風棲みやすきご神木　坂野　たみ
靖国や誰に宛しか落し文　齋藤　博
靖国と晩夏の風と能舞台　永井　梨花
あめんぼの水輪ぶつかり合ふ水面　柳内　恵子
靖国の八月の坂上り来て　清水　初香
八月の片道切符兄も逝く　齋藤　博

病葉のさまよふ砂利は踏まざりし　伊藤　豊子
鎮魂の風を畳むや落し文　坂野　たみ
日盛りやランチの店は坂の上　清水　初香
はからずも八月のけふ草田男忌　中村代詩子
靖国の不戦の誓ひ蝉時雨　齋藤　　博
英霊は何も語らず蝉時雨　正能　文男
招魂の社を拝す夏の果て　寺川　芙由
天上も声溢れしめ蝉時雨　坂野　たみ
幔幕をふくらまし台風の余波　久恒多々志
涼風の描く水輪の消えるまで　坊野みどり
神の森はみ出してをり蝉時雨　寺川　芙由
神池の四方山話夏果つる　正能　文男
水底に影を鎮めてみずすまし　柳内　恵子
紅白も金も鯉なり日の盛り　佐藤　信子
靖国の砂利踏む音や炎天下　深沢　愛子
九段坂誰かが叫ぶ蝉時雨　正能　文男
聖域の涼風渡る木椅子かな　深沢　愛子
人も機も戻ることなく蝉しぐれ　太田　邦子
病葉に遺す言の葉ありにけり　奥住　士朗

【選者吟】　星野　高士
英霊のいま安らかに蝉時雨
炎天の鳥居近づく九段坂
鳴く蝉も黙せし蝉も靖国ぞ
靖国に生まれし蝉のこゑ新た
献木に病葉散らぬこともまた

●高士ワンポイント講評

靖国神社は玉藻の探勝会でも良く行く場所だが、「靖国と晩夏の風と能舞台」の句は、桜の開花基準木のそばに能舞台があって、「靖国」「晩夏」「風」の置き方が良い。晩夏の風が通り抜ける感じが出ている。

㉒ 上野公園

日時　平成二十六年九月二日（火）
場所　上野公園
集合　西郷銅像前
　　　ＪＲ「上野」徒歩五分

【西郷隆盛像】彫刻家・高村光雲の犬を連れた銅像は上野のシンボル。上野恩賜公園の入口に位置するが、隆盛像は、遥か薩摩の方角へ視線を落とす。東京国立博物館の中庭を巡り、黒田家の黒門に弾痕を見つける。
【コース】西郷像〜清水観音堂〜東京国立博物館
昼食会場、句会場＝伊豆栄「梅川亭」

霖雨の香残す秋晴賜はりぬ　太田　邦子
とんぼうの誘ふ球場子規の影　深沢　愛子
動く気はまだ更になく秋の雲　奥住　士朗
秋日傘軽く傾けゆく上野　佐藤　信子
列車大きく曲れば背ナに秋日射す　久恒多々志
西郷どん目線は薩摩豊の秋　深沢　愛子
八朔や鰻重ねに癒ゆる句座　伊藤　豊子
黒田家の鬼瓦にも法師蟬　中村代詩子
法師蟬上野の森の奥行を　寺川　芙由
新涼の千手観音情あり　柳内　恵子
台北の神品至宝館の秋　榊原　精子
仲秋や日差し傾き初めし森　坂野　たみ
秋の蚊に用心深く上野山　齋藤　　博
露けしやかつて賊軍なりし霊　奥住　士朗
画架立てし芸大生に秋高し　中村代詩子
ユリノキの秋の日陰のベンチに居　榊原　精子
繋ぎゆく一寺一社へ秋の蟬　坂野　たみ
秋蟬や観音堂の舞台にも　正能　文男
秋日背にして敬天愛人碑　中村代詩子
アンデスのメロディを聴く秋木陰　林　　泰子

爽涼や人それぞれに主義主張　　寺川　芙由

フェンス越し子規球場へ秋の風　　坂野　たみ

愛犬は飼主に似て天高し　　奥住　士朗

就中日表銀杏鈴生れり　　中村代詩子

大玻璃戸迫る上野の森九月　　林　　泰子

露の身に師あり友あり俳句あり　　太田　邦子

天高し師は晴れ男自認して　　齋藤　　博

清水の舞台裏には初紅葉　　中村代詩子

燭ゆらぐ観音堂や秋の蝉　　佐藤　文子

久闊の上野の茶屋やホ句の秋　　深沢　愛子

同じ道通らずに来る秋の蝶　　柳内　恵子

秋天下子規球場に声のなく　　佐藤　信子

秋暑し人垣崩れ大道芸　　齋藤　　博

【選者吟】

鳴き応ふ東叡山の秋の蝉　　星野　高士

球児見ぬ子規球場や秋の声

秋の蚊の西郷像に近寄らず

秋晴やどこまで歩きても上野

秋扇を持ち変へて賽投げにけり

●高士ワンポイント講評

西郷隆盛像の前に集合して、清水観音堂、正岡子規記念球場、国立博物館の中庭を見て回った。「露の身に師あり友あり俳句あり」の句は、露の身の頼りない不確かな感慨に、師あり・友あり・俳句ありと畳みかけた所がお手柄だ。

⑥③ 読売新聞社

日時　平成二十六年十月七日㈫
場所　読売新聞社
集合　有楽町「国際ビル」前
　　　ＪＲ「有楽町」徒歩五分

【読売新聞社】大手町に進出以来、東銀座に仮社屋を置いて、このほど建替えた。印刷部門を切り離し分散工場とした。高層ビルの大半をオフィス需要に応え、テナントとした。

【コース】日比谷・国際ビル前から丸の内～日比谷を巡回するシャトルバスで読売新聞社前下車。昼食会場＝三十二階「スエヒロ」句会場＝会議室。

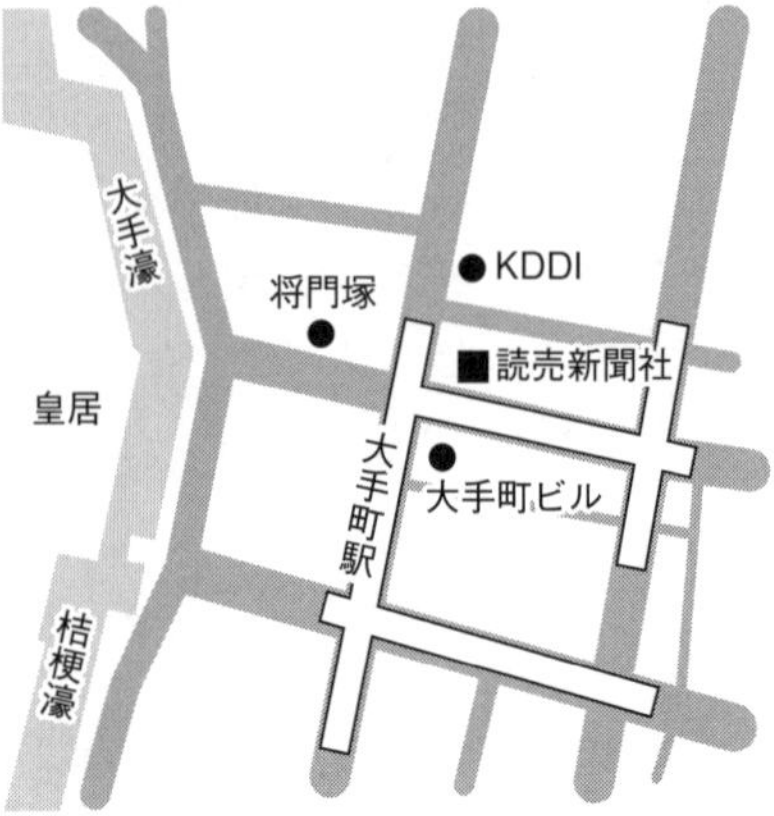

冷まじや関所の多き新聞社　坂野　たみ
インクの香なくて新聞社の秋思　正能　文男
東京駅真上を秋の雲急ぐ　久恒多々志
シャトルバスぐるり小さき秋の旅　奥住　士朗
ビル街の交差点にもある花野　奥住　士朗
秋の日のビルの時計は素つ気なく　久恒多々志
丸の内また秋風とすれ違ふ　池辺　弥生
高層に首都を一望秋高し　伊藤　豊子
雨上り晴るれば秋日また濃ゆし　池辺　弥生
金風や日本を誇る読売社　深沢　愛子
スエヒロは三十二階秋なりき　佐藤　信子
台風の足跡掃いて家を出る　柳内　恵子
眺望と特別メニュー馬肥ゆる　清水　初香
金風を縞のリュックの彼女来る　市東　晶
新走り持ち帰りたき薦被り　奥住　士朗
ビル谷間秋天拡ぐ余白なし　池辺　弥生
外壕の底まで届く秋の空　永井　梨花
大観の霊峰富士や秋館　佐藤　信子
秋天の日と翳畳み大東京　寺川　芙由
紅葉且つ散る東京のど真ん中　市東　晶

皇室の慶事に壕の水澄めり　坂野　たみ
ＯＬの膝に昼食薄紅葉　太田　邦子
天高し玉藻とホトトギスは近し　奥住　士朗
うそ寒し三十二階大玻璃戸　清水　初香
大観の富士何千号秋の雲　太田　邦子
オフィス街疲れ見えたる草の花　林　泰子
垂幕は巨人優勝新酒樽　柳内　恵子
新聞の印刷秘密さやけしや　中村代詩子
改札をするりと抜けて野分晴　齋藤　博
新聞社見上ぐ足元草の花　深沢　愛子
吹き荒れし昨日を遠く薄紅葉　坂野　たみ
ステーキランチ彩りの秋野菜　榊原　精子
デザートは予期せぬ馳走胡麻プリン　永井　梨花
秋の空雲を浮かべて絵本めく　佐藤　信子
ビル街に憩ひの場所や草の花　佐藤　文子
クレーンの先々秋を深めゐる　伊藤　豊子
内壕を渡る金風銀座まで　坊野みどり
働き蜂たりし日々恋ひ惜しむ秋　寺川　芙由
菊月に見る読売の創刊号　中村代詩子

【選者吟】

天高しまだ乗つてたきシャトルバス　星野　高士
寿ぎの皇居を拝し菊日和
秋声や活字の匂ふ新社屋
丸ビルよ新丸ビルよ窓の秋
秋晴れてゆくステーキの焼き加減

●高士ワンポイント講評

大手町の読売新聞社は建替えて間がなかった。有楽町からシャトルバスで着き、「インクの香なくて新聞社の秋思」の句は、何と言っても読売のＯＢの句を取らざるを得ない。輪転機が無くなりコンピュータ化された社屋に秋を思う心が通っている。

㊹ 大宮公園

日時　平成二十六年十一月四日（火）
場所　大宮公園・氷川神社
集合　東武・野田線「大宮公園」駅前

【武蔵一の宮】大宮氷川神社の別名。一キロ以上も続く途轍もなく長い参道。折から七五三祝いの家族連れや境内での菊花展が開かれていた。しかし、神の留守でもあった。

【コース】大宮公園駅～大宮公園～氷川神社～太鼓橋
昼食会場、句会場＝大村庵

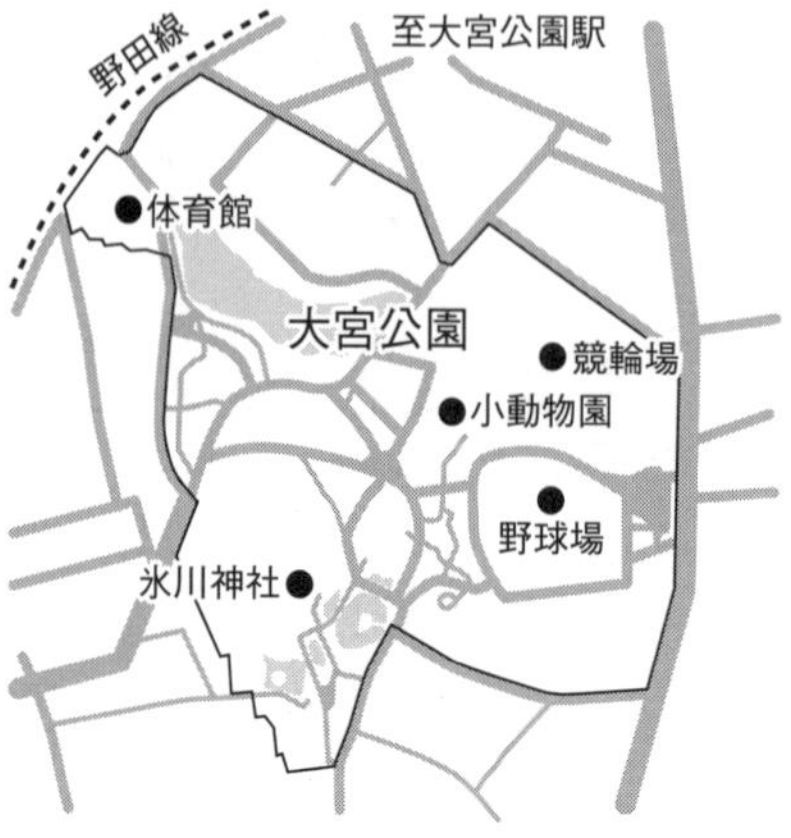

大社抱く森ぬけてより走り蕎麦　中村代詩子
何度でも見上ぐ青空神の旅　清水　初香
岩かげの初鴨までは数へ得ず　中村代詩子
袴著の主役となりて賽投げて　市東　晶
逆しまに歩く参道神の留守　寺川　芙由
紅葉且つ散りつつ命を光らせて　坊野みどり
丹の橋を渡り丹の宮留守詣　佐藤　文子
百日のお宮参りに照紅葉　中村代詩子
赤松の泰然として冬近し　正能　文男
新蕎麦がつるつる走る志士の会　柳内　恵子
初鴨の影をさらひて波光る　寺川　芙由
菊の香や武州も奥の一の宮　坂野　たみ
岸に立つ吾等見ながら巡る鴨　久恒多々志
丹の橋で良き出会ひあり七五三　榊原　精子
池尻に十日の菊として凛と　市東　晶
青空に欅紅葉の見ゆる句座　榊原　精子
氷川社の参道長し冬隣　深沢　愛子
森深し十一月の色重ね　坂野　たみ
神楽殿懸崖菊の裏見えて　寺川　芙由
木洩れ日の拾ひ歩きや紅葉濃し　柳内　恵子

残菊をしつらへ庵の句会場　伊藤　豊子
朱を極む十一月の一の宮　深沢　愛子
冬近し参道深き古社　坂野　たみ
初鴨や渦巻く風のままに浮く　伊藤　豊子
小春日や座る人なき木のベンチ　坊野みどり
神苑に邂逅ありて菊の晴　池辺　弥生
七五三孫と八丁杖ついて　奥住　士朗
拍手を打つ奥の院神の留守　坊野みどり
新松子官幣大社なる石碑　中村代詩子
末枯の蒲立ちさわぐ風見せて　榊原　精子
神橋の先の楼門秋日濃し　深沢　愛子
師と友と歩む大宮秋一瞬　太田　邦子
さきたまの彩に染まりて秋惜しむ　坂野　たみ
ベンチには日差しのみあり冬隣　清水　初香
三神の鎮もる森や冬近し　山崎　寿子

【選者吟】

小春日の影を攫つて神の池　星野　高士
脇宮の更に日陰の花八ッ手
玉砂利の音を近づけ千歳飴
新蕎麦や海老の天ぷら後回し

冬近し迷はず武蔵一の宮

●高士ワンポイント講評

むさし野大宮の句会では、度々来ている武蔵一宮の氷川神社だが「三神の鎮もる森や冬近し」は、立冬直前の冬近しの感じが出ている。武蔵一宮と言うだけに格調があり、森閑とした佇まいと参道の長さも半端ではない。

⑥⑤ アメ横・不忍池

日時　平成二十六年十二月二日（火）
場所　アメ横・不忍池
集合　摩利支天
　　　ＪＲ「御徒町」徒歩五分

【アメ横】正式名称は「アメ屋横丁」。ＪＲ・上野と御徒町のガード下や両側に五百店舗が軒を連ねる。終戦直後の闇市から発展した。歳末のアメ横には少し間がある。
【コース】摩利支天〜アメ横〜鈴本演舞場前〜不忍池
昼食会場、句会場＝東天紅

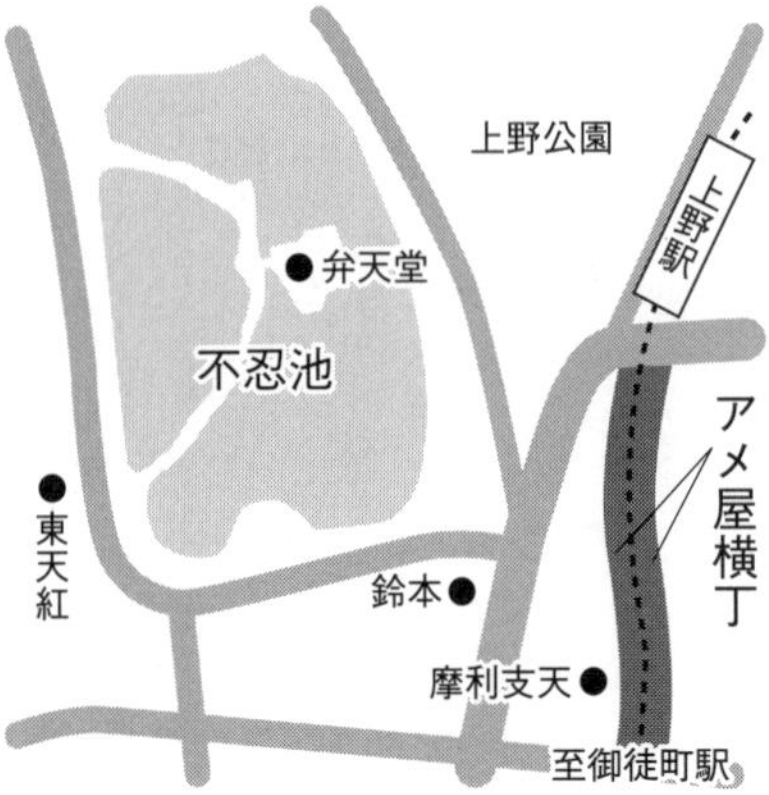

日向ぼこ齢問はるる事もなく　池辺　弥生
すぐ側を電車の音や師走寺　清水　初香
退屈な水を光に鴨の水尾　坂野　たみ
冬ざるる水際に日射し廻りけり　坂野　たみ
横丁に戦後の鼓動十二月　坂野　たみ
朽ちるもの数多の冬芽つけるもの　佐藤　信子
歳晩の芥見ぬふりして通る　久恒多々志
アメ横は寒さ忘るるほど楽し　中村代詩子
冬鴎眼下にしたるビルの窓　佐藤　文子
池の端の碧天を突く冬紅葉　中村勢津子
山手線背ナに冬菊徳大寺　林　泰子
蓮枯れて水の輪廻の始まれり　坂野　たみ
餌を手に雀呼ぶ人冬うらら　市東　晶
枯蓮の往生際を見てをりぬ　正能　文男
不忍の広き青空十二月　柳内　恵子
蒼穹や花柊を見上げゐて　清水　初香
冬帝の日差しあまねく摩利支天　榊原　精子
枯れ蓮覆ひつくして靡く色　佐藤　文子
年忘旨ひものには目をつむる　中村代詩子
蕉翁の墓碑に供花なく冬ざるる　奥住　士朗

水鳥の風に抗ふこともなく　中村勢津子
極月のアメ横けふは下見とし　寺川　芙由
枯蓮の骨立つ池に吾が骨も　齋藤　　博
光り満つ枯蓮越しの弁天堂　深沢　愛子
極月や東天紅のメニュー繰り　永井　梨花
この風に散るまいとして枯葉かな　中村勢津子
徳大寺祈願欲張り日向ぼこ　伊藤　豊子
冬うらら絵馬横書きの摩利支天　齋藤　　博
枯蓮や底に勁き根未来へと　深沢　愛子
鳥塚や寒禽ことに集ひ来て　正能　文男
アメ横と不忍の池十二月　清水　初香
十二月二日暦に何もなし　久恒多々志
大通り外れて池畔の落葉みち　深沢　愛子
アメ横に早も節季の人の波　中村代詩子
枯蓮の間際に生る虫柱　伊藤　豊子
冬晴や池畔に国民歌謡曲　奥住　士朗

【選者吟】

枯芦の揺るる光に四方の晴　星野　高士
柊の近づくほどに花失せて
極月の弁天堂に池の風
冬晴を授かる運も摩利支天
水底をまつすぐにして枯れ蓮

●高士ワンポイント講評

歳末のアメ横は、月初めだった為さほどの混みようではなかった。摩利支天に集合して不忍池に抜けた。「冬帝の日差しあまねく摩利支天」の句は、冬帝という季題をよく使ったと思う。アメ横の喧騒と少し異にした日差しが利いている。

㊅ 浅草六区

日時　平成二十七年一月六日㈫
場所　浅草六区
集合　観音横「淡島堂」
　　　東武「浅草」徒歩十分

【主宰のＮＨＫ初登場】四月より星野高士主宰のＮＨＫへの初登場の話が解禁となった。俳句集の中に「内輪話」「おめでたい話」とは、その事である。この日は「寒の入り」でもあった。
【コース】淡島堂～奥山茶屋～花やしき～浅草六区
昼食会場、句会場＝花の舞

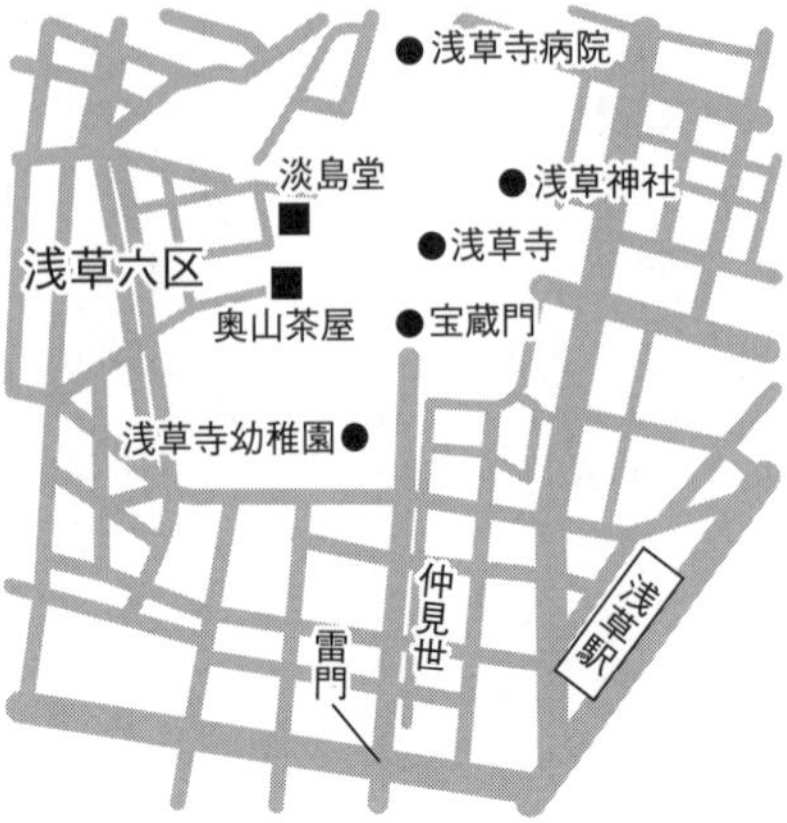

天ぷらも煮凝もみな江戸の味　奥住　士朗
寝正月けふをけじめに乾杯す　中村代詩子
小寒の薄日斜めに観世音　坂野　たみ
からからと風過ぐ六区寒の入　永井　梨花
箝口令解きて弾むや初句会　正能　文男
千号の次なる抱負初句会　坊野みどり
伊勢海老やしばし仮寝の箱の中　正能　文男
注連飾六区の夜も覗きたし　坂野　たみ
寒の入り観音堂に燭明し　池辺　弥生
初席の取りは小朝と呼び込まれ　中村勢津子
寒の入り六区は生まれかはりつつ　寺川　芙由
魂針塔背にして御慶交はしけり　中村代詩子
小寒に入る朝南よりも風　坊野みどり
伊勢海老のひげ動くここは浅草　清水　初香
木戸銭も堂々六区初笑　永井　梨花
玉輪や寺の界隈淑気満つ　深沢　愛子
破魔矢手に内輪話を高らかに　齋藤　　博
おめでたい話師は告げ初詣　太田　邦子
先ず風邪の退治祈願に掌を合せ　正能　文男
寒入や秘話の大前晴れ上る　伊藤　豊子

気ままなる日差しの少し寒の入　榊原　精子
煮凝やスカイツリーの昼の空　清水　初香
あら玉を言祝ぐやうや師の抱負　寺川　芙由
開けずともいつも買ふ癖初みくじ　奥住　士朗
仲見世や男結びの松飾　齋藤　博
寒の入淡島堂に集ふ朝　中村代詩子
スカイツリー背に椀種の寒蜆　市東　晶
高士師の朗報に沸く初句会　坂野　たみ
初句会やはり先生晴れ男　清水　初香
期すること多き師につれ初句会　寺川　芙由
車椅子皆勤賞の初句会　齋藤　博
初詣先ずは万松句碑に礼　奥住　士朗
一月の雷門に見る笑顔　柳内　恵子
路線図の色の混み合ふ初電車　市東　晶
六区なる伊勢海老一寸触れもして　榊原　精子
観音の風に押されて寒に入る　坂野　たみ
大いなる夢語る師やお正月　永井　梨花
淑気満つ淡島堂に二十人　清水　初香
鈴の音の高き主宰の破魔矢かな　柳内　恵子
花やしき一寸のぞいて初句会　佐藤　文子
のんびりと淡島堂の梅探る　柳内　恵子
仲見世の坩堝を抜けて初詣　坂野　たみ
寒日差し淡島堂に人集ひ　太田　邦子
覗きたきお化け屋敷や松の内　齋藤　博

【選者吟】

前の人いつか去りゆく初詣　星野　高士
浅草の路地も人情寒の入
仲見世を外れずに歩む六日かな
晴れ間よりこぼるる幸よ寒雀
小寒や初老の人に乾盃を

●高士ワンポイント講評

初詣の浅草は、小寒の日だった。「天ぷらも煮凝もみな江戸の味」の句は、上手いというより旨い句だ。煮凝をどこで食べたか思い出せないが、料理の付け合わせだったか、御酒と別注文だったか、その場で採った事には間違いない。

㊼ 柴又帝釈天

日時　平成二十七年二月三日（火）
場所　柴又帝釈天
集合　京成「柴又」寅さん像前

【映画「男はつらいよ」】駅前の寅さん像は、映画そのままに渥美清の当たり役。名物の草団子や老舗の商店が軒を連ね「帝釈天で産湯を使い……」の名台詞が懐かしい。
【コース】駅前商店街～参道商店会～帝釈天～山本亭～江戸川土手
昼食会場、句会場＝川千屋

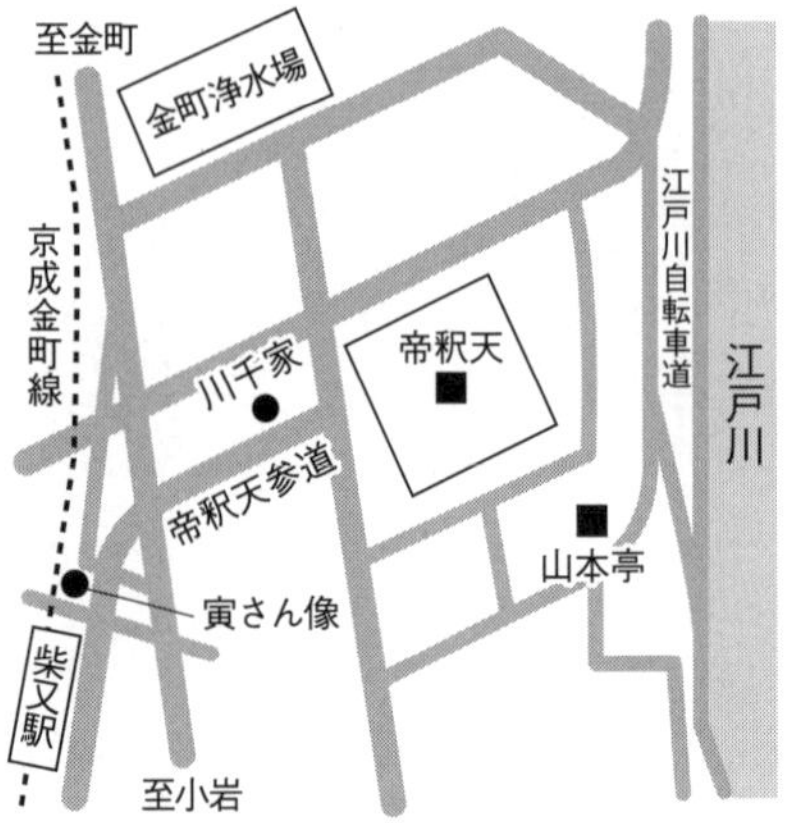

何もかも川に沈めて春隣　池辺　弥生
至福なる川魚料理節分会　深沢　愛子
節分や成田山へは遠からず　中村代詩子
綿虫や片手にとどかざる間合　奥住　士朗
節分の昼の川千屋うなぎ重　清水　初香
柊を挿して振り向く一人かな　柳内　恵子
楼門をくぐりてよりの春隣　佐藤　文子
三味の音も流る老舗の鬼やらひ　永井　梨花
葛飾の真向ひ千葉よ春隣　深沢　愛子
冬麗や御神水満つ帝釈天　福田　和香
寅さん像背に節分と師の訓示　齋藤　博
節分や江戸川土手に日の溢れ　坂野　たみ
渡し場の藍濃き水や春隣　林　泰子
雪吊やうぐひす張りを見る廊下　榊原　精子
川風と語る冬芽の声を聞く　坊野みどり
寒晴やどの葉も光る臥竜松　太田　邦子
待春や水面を滑る風さへも　永井　梨花
寒肥の予定日書かれ題経寺　清水　初香
雪吊の裏側よりの眺めかな　正能　文男
手袋を口で脱ぐ癖帝釈天　齋藤　博

旧正の帝釈天を志士の会　清水　初香
川宿の鯉も美味なる寒の果て　坂野　たみ
鳩雀歩く江戸川四温晴　市東　晶
二ン月や瑞龍松の樹齢見る　中村代詩子
回り来て雪吊りゆらす風に会ふ　坊野みどり
日脚のぶ葛飾までは久し振り　深沢　愛子
背なかがめくぐる回廊梅二月　奥住　士朗
柊を挿して律儀な情の町　坂野　たみ
江戸川の冬の最後のこの風を　清水　初香
うなぎ屋の旗長々と春近し　齋藤　博
いきいきと松ヶ枝展ぐ春隣　榊原　精子
節分会来合す幸や帝釈天　佐藤　文子
集ひ来て帝釈天の四温晴　正能　文男
庭広き寒紅梅や長屋門　深沢　愛子
対岸の雲は安房より春隣　坂野　たみ
かじけ猫膝に老婆の小商ひ　齋藤　博
江戸川の土手の見晴し春近し　榊原　精子
川風はまだ冷たしと思ふ土手　佐藤　文子
水仙花山本亭を辞してより　中村代詩子
江戸川の凍て風を来てうなぎ重　伊藤　豊子
江戸川の堤に立てば風冴ゆる　深沢　愛子
蒼天の春待つばかり臥龍松　正能　文男
新しき人を迎へて明日は春　齋藤　博
葛飾や明日を春の野の光　市東　晶
雪吊のややも緩びし日数とも　坂野　たみ
臥龍松越しに室咲きと並ぶ窓　坊野みどり

【選者吟】

節分や三味の音洩るる曲り廊　星野　高士
凭れたき寅さん像や四温晴
春隣りここまで来れば江戸川へ
寒晴を突き放しては臥龍松
節分や帝釈天に川の風

●高士ワンポイント講評

節分の柴又帝釈天は、「寒晴」「四温晴」の句が並んでいるので天気も申し分なかったのだ。「冬麗や御神水満つ帝釈天」は、龍の口から満々と溢れる情景を写生に徹した句にしている。作者は地元の柴又から初参加の人である。

⑥⑧ 虎ノ門ヒルズ

日時　平成二十七年四月七日（火）
場所　虎ノ門ヒルズ
集合　ヒルズ交差点「モーニングコーヒー」
　　　銀座線「虎の門」徒歩十分

【マッカーサー道路】占領下時代に計画された道路。都心から湾岸に抜けるルートが半世紀以上を経て部分開通した。通称は新橋と虎ノ門を結ぶため新虎道路とか。なお、前月三月三日は玉藻行事「立子忌」のため欠番。

【コース】ヒルズ庭園散策。昼食会場、句会場＝アーヴァングリル

尖塔は雨に烟るや桜どき　坂野　たみ
春闌くる素材に無国籍料理　寺川　芙由
虎ノ門ヒルズとあらば春コート　奥住　士朗
五輪への新虎通り春深む　正能　文男
花冷の街音近きカフェテラス　坂野　たみ
庭園の潜む花冷ドアーまで　池辺　弥生
元帥の名に歩す通り春の雨　寺川　芙由
無国籍料理に花を見し一枝　坊野みどり
城跡の名残る石組み黄山吹　伊藤　豊子
残花なほマッカーサーめくオブジェかな　奥住　士朗
この庭の彩として雨の濃山吹　榊原　精子
三日とは続かぬ日和菜種梅雨　齋藤　博
花散らす雨と言へどもいとほしく　太田　邦子
摩天楼底を流るる花筏　坂野　たみ
花冷も老いの鼓動や新名所　深沢　愛子
この辺り森ビルばかり花の雨　池辺　弥生
紅椿小暗き樹々を深くせり　福田　和香
御馳走に国籍はなく花見膳　奥住　士朗
木の芽雨二か月振りの志士の会　正能　文男
虎ノ門ヒルズ残花の雨となり　清水　初香

亀鳴くや雨の愛宕の交差点　佐藤　信子
囀を雨に隠して楠大樹　太田　邦子
枝揺らす孕雀やビルの街　市東　晶
囀や尚天空の街伸びて　坂野　たみ
小流れのガーデンテラス小米花　齋藤　博
花冷えの白き文字あるオブジェかな　柳内　恵子
せせらぎに乙女のごとき花筏　深沢　愛子
それ以来なりし出会ひに散るさくら　中村代詩子
見えねども最上階の春灯　坊野みどり
ビルとビル谷間にタワー花の冷え　正能　文男
小流れの辺りに小米花たわわ　中村代詩子
鎌倉も雨かも知れず花残る　正能　文男
菜種梅雨傘のマッカーサー通り　太田　邦子
鳥交る雨は小止みとなりにけり　中村代詩子
タワー見え花の冷えあり芝の鐘　佐藤　信子
あだ花もつつみて共に散る桜　太田　邦子
義士祭の果つる日と思ひ志士の会　中村代詩子
花散らす雨に烟らむ街の色　柳内　恵子

【選者吟】

虎ノ門ヒルズの残花は平成　星野　高士
雨突ひて孕雀の声残し
庭園に東京色の春の水
モーニングコーヒー春の雨の窓
花冷のベンチは黒く塗られをり

●高士ワンポイント講評

虎ノ門ヒルズは出来たばかりの街だが、新虎通りと呼ばれているらしい。いずれ湾岸に繋がるようだ。「花冷の街音近きカフェテラス」の句は、食事をした中二階の場所の雰囲気がよく出ている。花冷の街音のフレーズもお洒落れだ。

㊾ 芝東照宮

日時　平成二十七年五月三日(火)
場所　芝東照宮
集合　芝東照宮・高士句碑前
　　　都営地下鉄「芝公園」徒歩五分

【芝東照宮】東京タワーの眼下に広がる徳川家のゆかりの地。菩提寺の増上寺は六人の将軍が眠っている。寛永十八年創建の芝東照宮は境内に徳川家光公が植えたとされる大銀杏がある。
【コース】芝東照宮～増上寺～芝大神宮
昼食会場、句会場＝芝大神宮・参集殿

少し読む五月三日の朝刊紙　清水　初香
楓の木の影も耀ふ句碑五月　坂野　たみ
家康と縁拡げて句碑暮春　正能　文男
春惜しみつつ家光の絵を拝す　寺川　芙由
師の句碑を守るや暮春の楓秘木　清水　初香
頼りたる憲法記念日の思案　榊原　精子
高士句碑楓の樹そよぐ夏隣　福田　和香
孤高なる三師の句碑に春惜しむ　深沢　愛子
楓の枝句碑に掛かりて五月来る　柳内　恵子
磴上る五月の風に労はられ　佐藤　文子
あの人もこの人も来ず春愁ひ　正能　文男
寺町のそばに色街春行かむ　奥住　士朗
継続は力と信じ更衣　中村代詩子
夏近し芝大門の交差点　佐藤　信子
家康の威光の鴟尾や夏近し　坂野　たみ
春の宮いつか秘仏を見たきもの　池辺　弥生
春闌くや芝の史蹟と高士句碑　永井　梨花
咲き満つるなんじゃもんじゃと赤き塔　寺川　芙由
梵鐘の在るに佇む春深し　清水　初香
家康の遺訓憲法記念日に　中村代詩子

残花降り句碑の落款鮮やかに　永井　梨花
山門と真向ふタワー五月来る　正能　文男
少年の白球に見し夏隣　永井　梨花
行春の葵の宮に馴染む句碑　坂野　たみ
句碑二つ拝む幸せ春日影　正能　文男
祭神の風に委ねて蝶の昼　坂野　たみ
日向より日影に一歩夏隣る　池辺　弥生
街道を外れし参道夏隣　深沢　愛子
献句碑の裏に表に風光る　中村代詩子
足並の乱れ憲法記念の日　坂野　たみ
夏近し三代句碑は風とあり　池辺　弥生

【選者吟】

残花なほ家康没後四百年　星野　高士
境内の句碑去り難く風光る
楓の木の謂れ読みつつ春惜しむ
オリーブを神木として宮暮春
道渡り終えて憲法記念の日

●高士ワンポイント講評

ＪＲの浜松町から歩くと、芝大門の交差点に突き当たる。「夏近し芝大門の交差点」は、右に芝大神宮、正面に増上寺、左に芝東照宮の位置関係にある。俳句は省略の文芸だから、作者は何も言っていないが読む側に委ねている。

⑦⓪ 天王洲アイル

日時　平成二十七年六月三日（火）
場所　天王洲アイル
集合　東京モノレール「天王洲アイル」

【天王洲アイル】モノレール始発の浜松町から一つ目。急行が停車しないため迂闊にも乗り違えた人もいた。海を埋め立て運河の中にビルが林立している。ＪＲ「品川」からのシャトル便が行き交う。
【コース】モノレール中央口〜オープンデッキ〜第一ホテル東京シーフォート昼食会場、句会場＝レストラン・グランカフェ

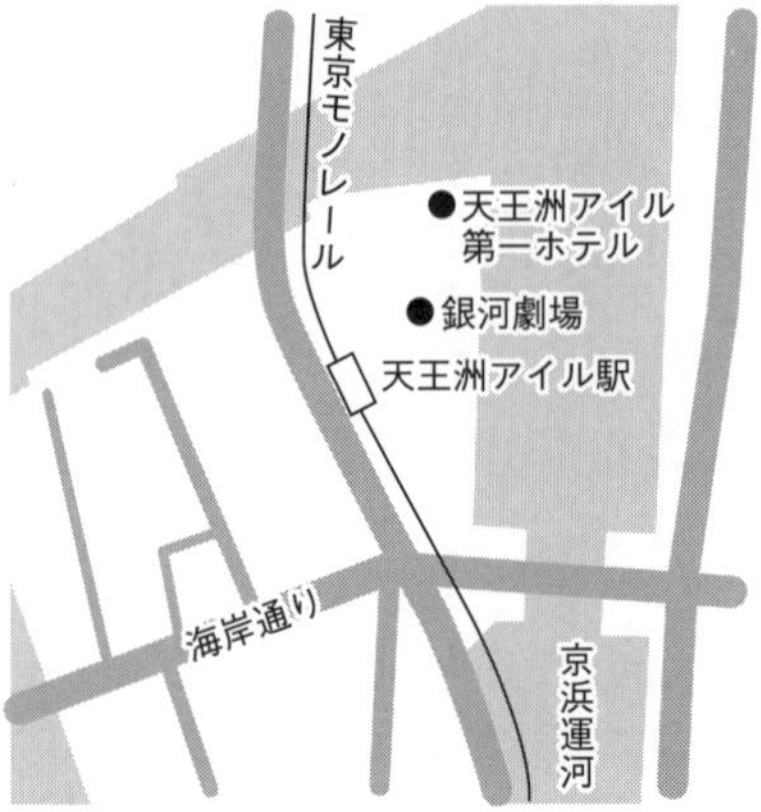

新幹線飛行機魚跳ね夏運河　林　泰子
古扇胸をくすぐる旅話　齋藤　博
川風に夏蝶すいと乗り過ぎる　深沢　愛子
六月の空に湧きけり迷ひ雲　柳内　恵子
汐風を少し貰ひて街薄暑　齋藤　博
造り瀧荒き風にも怯まざる　池辺　弥生
木道はやさし南風に身を癒す　伊藤　豊子
一舟の過ぎりし波の海月かな　寺川　芙由
高速の下の道ゆく夏帽子　福田　和香
繋ぎゆく運河の街や青嵐　坂野　たみ
黒南風に蝶の乱れを見る真昼　永井　梨花
六月の風に鳩舞ふ天王洲　佐藤　文子
黒南風や運河浚渫船あまた　正能　文男
夏潮の叩きし船の停泊中　永井　梨花
蒼茫の夏潮を来る荷足船　坂野　たみ
木のデッキ潮の香りの南吹く　深沢　愛子
人間《ひとあひ》に生きて吟行実梅時　太田　邦子
お台場の名残りの石や夏柳　伊藤　豊子
主宰とし道は一筋六月来　寺川　芙由
満ち潮の倉庫埠頭の海月かな　林　泰子

薫風や水辺は人を引き留めて　坂野　たみ
お伽めく句座を囲める造り瀧　伊藤　豊子
運河沿ひ三々五々のひからかさ　永井　梨花
天王洲運河に向きて風涼し　榊原　精子
ビル風にのうぜんかずら揺れやまず　佐藤　信子
水門の信号青や夏柳　深沢　愛子
河口岸蟻の這ひ寄る石の椅子　深沢　愛子
対岸も此岸も南風吹く木立　寺川　芙由
一瞬に青嵐めき湾の昼　永井　梨花
モノレール乗り過ごしたる暑さかな　福田　和香
夏木陰大理石なる憩ひ石　中村代詩子

【選者吟】
首都高を臨む緑陰万緑に　星野　高士
六月の水路には国境もなし
蟻の道海の道へと続くかに
りんかいを飛ぶ夏蝶に高さなく
話それぞれ冷製スープ口に

●高士ワンポイント講評

天王洲アイルはモノレール羽田線で一駅目だが、各駅停車しか停まらない。「モノレール乗り過ごしたる暑さかな」の句は、どうやら実体験してしまった弁明の句になっている。梅雨入り前の暑さだから人知を狂わせるものでもないが。

⑪ 日本橋三越

日時　平成二十七年七月七日（火）
場所　日本橋三越
集合　日本橋三越・屋上庭園
　　　銀座線「三越前」徒歩十分

【日本橋三越】呉服屋「越後屋」として延宝元年に創業し、ルネッサンス式建築の本館正面玄関にライオン像が鎮座する。大理石を敷き詰めた五層吹き抜け中央ホールに巨大な女神像が。
【コース】屋上庭園～ギフトセンター～中元売り場
昼食会場、句会場＝三越〔紫苑〕

越後屋の光陰刻む石涼し　坂野　たみ
売り上げに走る売り子の浴衣かな　永井　梨花
ビアガーデン人待つ椅子の乱れなく　池辺　弥生
雨の日の中華料理の鱧の味　佐藤　信子
三囲の賽銭箱も梅雨湿り　坂野　たみ
梅雨空に佐渡の赤石更に濃く　永井　梨花
七夕や短冊そよぐ菓子売り場　福田　和香
水鉢に緋目高見つけ友を呼ぶ　伊藤　豊子
ねむの鉢十二万円とは如何に　柳内　恵子
青空を恋ふる屋上梅雨最中　坊野みどり
三越の中元売り場試食のみ　齋藤　博
理由ありて中元セール素通りす　中村代詩子
大店の旦那か白絣の音　太田　邦子
屋上の瓶に飛び込む雨蛙　深沢　愛子
七夕や中華ランチを三越で　奥住　士朗
七階はギフトセンター小暑かな　佐藤　信子
屋上にひらり現はる夏の蝶　福田　和香
十階の鱧を中華に料る店　清水　初香
何もかも流石三越灯涼し　中村代詩子
梅雨傘を受けて弾むや句の心　福田　和香

雨に濡れ庭園のばら香は淡し　深沢　愛子

冬瓜をれんげに掬ふ中華かな　清水　初香

越後屋でありし日遠く夏柳　永井　梨花

三越の売り物でなし黒揚羽　正能　文男

雨空に七百席のビアガーデン　池辺　弥生

釣忍一打の風をとらふ時　坊野みどり

風を切る東男の浴衣かな　坂野　たみ

屋上の向日葵向きを変へざりし　太田　邦子

通り過ぎやはり戻りてゼリー食ぶ　池辺　弥生

屋上の扉のそばの青林檎　榊原　精子

雨降りも日本橋なら白い靴　深沢　愛子

出来たての扇の風を師に送る　柳内　恵子

梅雨空や見下ろす銀座裏通り　永井　梨花

七夕の風に集ひて立話　池辺　弥生

三越で拝む三囲梅雨晴間　奥住　士朗

【選者吟】

盆栽の合歓の花にも遥かあり　星野　高士

七夕や覗く老舗も日本橋

浴衣の娘デパートガールとは云へど

人を待つ雨を待つかに釣忍

デパートの屋上までも五月闇

●高士ワンポイント講評

日本橋三越の七夕。屋上に集合してデパートの中だけで完結した吟行だった。「三越の中元売場試食のみ」は、中元セールで込み合う感じが出ている。試食のみで済ましてしまう、やや川柳っぽい句だが、中元の季題が面白い。

㉒ 晩夏・向島百花園

日時　平成二十七年八月四日(火)
場所　向島百花園
集合　東武「東向島」徒歩十分

【盛夏の百花園】あと二、三日で立秋を迎える百花園には、夏萩と百日紅が目に付く程度で、俳人の興味も暑さやサングラス、氷菓の類に目が移る。昼食は名物のおでんだが、この時期は「ちらし寿司」になる。

【コース】園内散策。昼食会場、句会場＝お成座敷

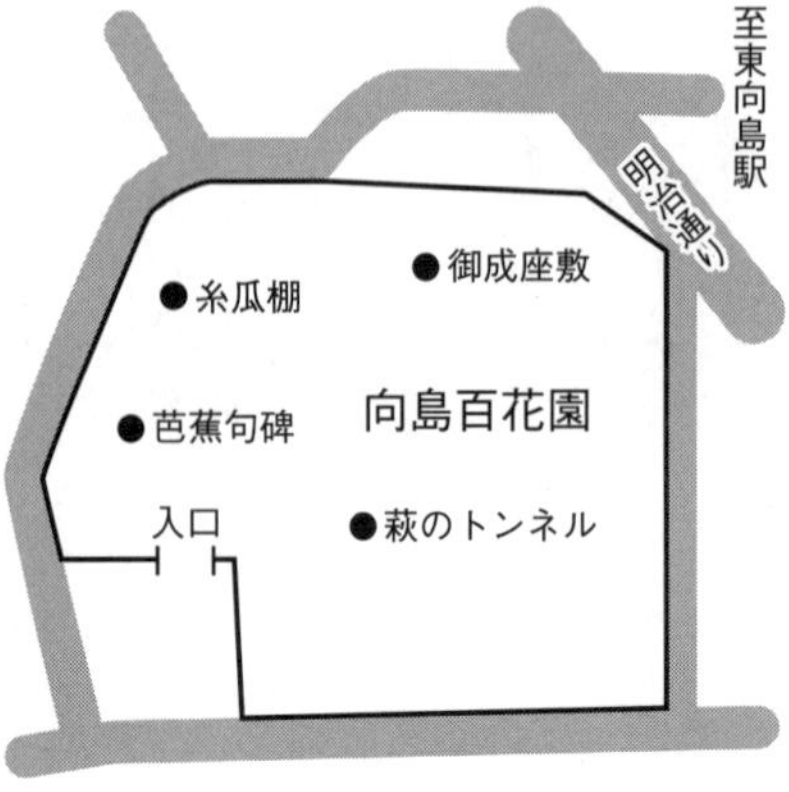

唖蟬や知つて語らぬ七十年　齋藤　博
墨東の風の葉擦れも晩夏かな　寺川　芙由
お茶きこしめせと甘酒商へり　中村代詩子
日に透ける葉裏の斑や夏の果て　坂野　たみ
品の良き錦糸卵やちらし鮨　奥住　士朗
野の草の天地秋待つものばかり　坂野　たみ
故郷に似てきし風や八月来　坊野みどり
四阿の茂りを抜けて来し風と　清水　初香
秋近き土橋に池の風を聴く　市東　晶
氷菓食ぶハワイ旅行の話など　奥住　士朗
四阿の軒に江戸風鈴の音　佐藤　文子
先達は夏の黄蝶や園の昼　深沢　愛子
百花園先生は団扇を持たれ　清水　初香
炎天や師の話きき夢心地　太田　邦子
夏萩の乱るトンネル日差燦　佐藤　文子
猫車押し行く庭師玉の汗　奥住　士朗
サングラス吟行日和と言ふ主宰　齋藤　博
空蟬や力抜くこと知らぬまま　坂野　たみ
歩む前から日焼けする向島　太田　邦子
二つ三つ寺島茄子の風に揺れ　佐藤　信子

氷菓旗ゆれ繁盛の茶店かな　正能　文男
続きゆく命は重し蝉の殻　太田　邦子
人集ひ炎昼閉ざす御成の間　福田　和香
お昼前なれど茶店の氷菓食ぶ　榊原　精子
炎天も好きで吟行百花園　深沢　愛子
花街てふ昔日鎮む酷暑かな　寺川　芙由
掌に今日の空蝉のせくれし　清水　初香
文月や文人墨客愛し園　中村代詩子
八月や生命尊き七十年　深沢　愛子
甘酒に午前の命繋ぎけり　齋藤　博
翅たたむ晩夏の蝶の息荒し　坂野　たみ

【選者吟】

百花園といえば立子や夏料理　星野　高士
秋近し通り過ぎたる水飲場
半どんで帰る女も氷売
蝉鳴ひて下町の空少し覚め
空蝉の遥かを乗せし掌

●高士ワンポイント講評

立秋直前の向島百花園だが、まだ秋の気配が感じられなかったように思う。「氷菓旗ゆれ繁盛の茶店かな」の句は、園内の暑さが出ている。茶店の主は向島百花園を代々引き継がれた家系の人。暑い盛りの来園者をもてなす心得があった。

⑦③ 丸の内スカイバス

日時　平成二十七年九月一日(火)
場所　丸の内スカイバス
集合　丸ビル隣の「スカイバス乗り場」

【スカイバス】都内の観光ポイントを一時間ほどで一回りする屋根なし二階建てバス。この日はかなりの雨になり、合羽を着せられて出発した。二百十日で震災忌、そして厄日でもあった。
【コース】丸の内～皇居～国会議事堂～東京タワー～銀座
昼食会場、句会場＝丸ビル「小岩井フレミナール」

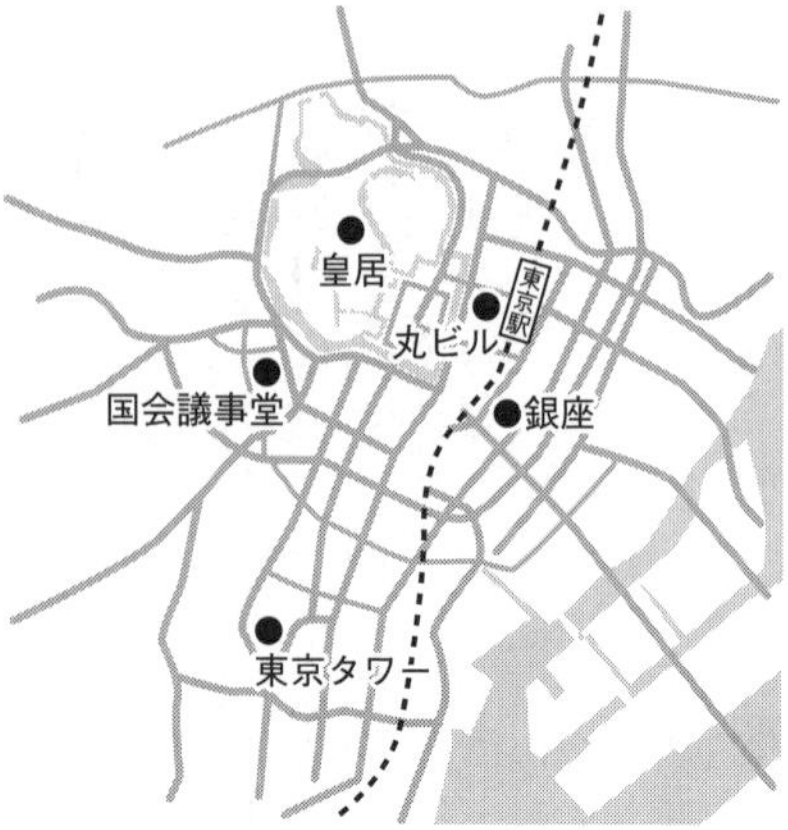

銀座にも二百十日の雨が降る　中村代詩子
スカイバス燈下親しむ屋根はなし　齋藤　博
秋雨の銀ブラ覗くスカイバス　正能文男
伝へ聞くあの日の切符震災忌　坂野たみ
頭打つ雨音厄日らしきかな　柳内恵子
丸の内ビルの五階や扇置く　中村代詩子
初秋の行幸通りバスに乗り　永井梨花
八朔や東京駅舎一望す　永井梨花
秋の雷頭上背後に逃げ場なし　坊野みどり
昼灯し昼餉楽しむ震災忌　伊藤豊子
ずぶ濡れの屋根なきバスに乗る九月　市東　晶
秋豪雨ガイドの声や雨合羽　佐藤文子
稲妻に首をすくめてスカイバス　清水初香
八朔やそろそろ高き空見たし　坂野たみ
スカイバス雨に降られし震災忌　深沢愛子
車窓から烟る皇居を見る厄日　中村勢津子
銀杏の実落ちて衆議院参議院　奥住士朗
つゆけしや玉藻に深き丸の内　深沢愛子
スカイバスシート雨風なる厄日　中村代詩子
スカイバス眼がねの曇り秋黴雨　石井陽子

気象庁秋雨予報大当たり　柳内　恵子
仲秋の生気の戻る齢かな　深沢　愛子
東京駅を真向ひに秋の卓　榊原　精子
忘れ得ぬ二百十日のバスツアー　中村勢津子
秋の雨みんなてるてる坊主かな　奥住　士朗
厄日なる大内山の松青し　中村勢津子
スカイバスの風雨に耐へて震災忌　榊原　精子
秋黴雨駅舎のレンガ白目立ち　石井　陽子
ひた走る街は秋雨スカイバス　清水　初香
秋燈やそれぞれ孤独ビルとビル　齋藤　博
熱弁に扇置く師をふと見る目　伊藤　豊子
八朔や小岩井昼餉心足る　深沢　愛子
冷やかや丸ビルになき喫煙所　奥住　士朗
国旗立て露の英国大使館　市東　晶
銀杏の数六七と二階バス　坊野みどり
初参加新米にとつて大厄日　石井　陽子
穴惑ひ高層街衢《ちまた》てふ谷間　齋藤　博
大手門二百十日の傘の色　中村勢津子
スカイバスロンドンの秋ふと思ふ　深沢　愛子
カッパ着て屋根なきバスや震災忌　市東　晶
白合羽ウエディングドレス秋黴雨　石井　陽子
マッカーサー道路過ぎ来し震災忌　中村代詩子
端然と禁裏を守る新松子　坂野　たみ

【選者吟】

丸ビルに虚子の俤震災忌　星野　高士
銀杏に手の届きさうスカイバス
丸の内銀座秋雨傘眼下
皇居過ぐ雨を隔てし初紅葉
秋驟雨信号赤やスカイバス

●高士ワンポイント講評

屋根のないバスで、途中から雨が酷くなりバス会社が用意した合羽を着た。「スカイバス雨に降られし震災忌」は、丁度、震災忌だったが、バスで回った辺りも酷い被害だったであろう。その頃に想いを馳せているが、作者はまさか体験はされていないでしょう。

㊹ 日本橋クルーズ

日時　平成二十七年十月六日(火)
場所　日本橋クルーズ
集合　日本橋右岸「野村証券」前

【日本橋クルーズ】日本橋の橋下を発着地点とするクルーズは、神田川を遡るコースと隅田川へ出て東京湾を巡るコースがある。この日は、後者で晴海沖辺りから、やや波高くなった。
【コース】日本橋〜隅田川〜永代橋〜佃大橋〜レインボーブリッジ
昼食会場、句会場＝高島屋「地下パーラー」

晩秋の六十分のバスの旅　福島　早苗
レインボーブリッジ見上ぐ鯊の潮　正能　文男
江戸橋を発ちて行く先秋の潮　深沢　愛子
爽やかやはいばら親し小買物　清水　初香
墨東やそぞろ寒なる船着場　太田　邦子
川舟の前を過ぎゆくとんぼかな　福島　早苗
旗を振る警戒船に鳥渡る　中村代詩子
船の揺れ潜む秋思を深めをり　池辺　弥生
初めての川舟乗るも弾む秋　深沢　愛子
橋くぐる度雲は消へ天高し　清水　初香
船杭の肩まで寄する秋の波　齋藤　博
行く秋の水の匂ひや日本橋　柳内　恵子
江戸橋をくぐるや広き秋の空　寺川　芙由
秋潮にかもめ数羽と鵜が一羽　中村代詩子
手を振つて貫へる船や秋の雲　太田　邦子
大江戸を今に繋げる秋の川　市東　晶
船は往く佃海岸薄紅葉　榊原　精子
船出いま秋の都心のど真ん中　池辺　弥生
船旅や秋天映す水面行く　福田　和香
ビル並に没すタワーや秋惜しむ　正能　文男

秋風やこの身任せて船揺るる　池辺　弥生
大川に枝の迫り出す薄紅葉　福島　早苗
日本橋にもはいばらや秋高し　中村代詩子
天高し海の路にも交差点　奥住　士朗
現世に人は旅人水の秋　坂野　たみ
陣取りし船首の空を鳥渡る　伊藤　豊子
秋晴の続きに舟で二十人　佐藤　信子
ノーベル賞聞きて船旅菊日和　齋藤　博
一叢芒日本橋川右岸　坊野みどり
秋晴や街道起点日本橋　榊原　精子
やや寒といふも川風心地よく　清水　初香
薄紅葉石川島の裏表　寺川　芙由
行秋の色を流して隅田川　坂野　たみ
秋天下下船間近の波しぶき　中村代詩子
秋寂ぶや船にお江戸の情躲す　市東　晶
秋晴や船の話題はノーベル賞　福田　和香
金風や老舗の町の舟着場　市東　晶
朝寒の裏から眺む日本橋　柳内　恵子
川舟や築地神社の秋祭　深沢　愛子
空と水澄みわたる日の船路かな　伊藤　豊子
すれ違ふ船に手を振り川の秋　佐藤　文子

【選者吟】

秋深し永代橋は親しき名　星野　高士
秋潮に警戒船は揺れてゐず
秋惜しむリバーサイドのカフェに人
橋くぐるときも秋晴なる航路
行秋の水路に起伏ありし晴

●高士ワンポイント講評

日本橋の真下から約一時間でレインボーブリッジの先まで行って戻ってくるコースだ。「行く秋の水の匂ひや日本橋」の句は、川の匂いと言わず水の匂いと詠んだのが良かった。行く秋の晩秋の感じも日本橋に出ていた。

⑺⑸ 荒川遊園地

日時　平成二十七年十一月三日（火）
場所　荒川遊園地
集合　荒川遊園地入り口
都電「荒川遊園地前」徒歩三分

【荒川遊園地】隅田川沿いにこじんまりした遊園地。観覧車以外にさしたる遊具もなく、ノスタルジックな遊び場だった。文化の日であるため、遊園地の火曜日定休日が営業日になった。

【コース】遊園地内散策。尾久の路地伝いに句会場まで歩く。昼食会場、句会場＝アクールジョア（フレンチ）

下町に洒落た店あり鮭ソテー　奥住　士朗
水音の躓き走る神の留守　板野　たみ
観覧車に乗らずとも秋高し　中村代詩子
紅葉且つ散るぼくたちのお弁当　奥住　士朗
水澄むや岸の石間をぬふ時も　深沢　愛子
晩秋の都電で着きし遊園地　中村代詩子
遊園地冬支度など見当たらず　柳内　恵子
日の丸を掲ぐ公園冬隣　寺川　芙由
われらにはフランス料理文化の日　中村代詩子
天高し大川眼下観覧車　深沢　愛子
深秋の色に紛れず蝶は白　板野　たみ
観覧車届かぬ思ひ神の留守　池辺　弥生
とんぼうの番に続く命見る　太田　邦子
且つ散りて桜もみぢの透きし蒼　寺川　芙由
沿線の人が育くむ秋薔薇　正能　文男
ぶらぶらと尾久の細道秋桜　奥住　士朗
観覧車秋惜しみつつ四人乗り　正能　文男
行く秋や都電の窓の昼の月　深沢　愛子
行く秋を少し戻して隅田川　永井　梨花
久に乗る都電に旗や文化の日　太田　邦子

大木を雁字搦めの蔦紅葉　齋藤　博
遊園地散策吟行文化の日　佐藤　文子
文化の日は母の生まれし明治節　太田　邦子
朝霧や五分遅れの電車来る　齋藤　博
ひたすらに花鳥詠む道文化の日　池辺　弥生
ともかくも今日は吟行文化の日　深沢　愛子
光陰は人を待たざり神無月　中村代詩子
荒川の苑の小流れ赤とんぼ　斎藤　博
朝霧の霽れて好天よき句会　石井　陽子

【選者吟】

行秋やまだ上見たき観覧車　星野　高士
はぐれ雲ひとつ晩秋余すなく
紅葉且つ散るまつすぐに影持たず
吊革に都電の揺れや文化の日
フレンチの昼餐そして文化の日

●高士ワンポイント講評

　都電の駅にある荒川遊園地は一度行って見たかった場所だった。思った通りの小さな観覧車があるくらい、しかし文化の日なので大混雑していた。「晩秋の都電で着きし遊園地」は、晩秋と都電の取り合わせが絶妙だった。下町のありふれた光景が目に浮かぶようだ。

⑯ 光が丘公園

日時　平成二十七年十二月一日㈫
場所　光が丘公園
集合　光が丘公園入口
　　　大江戸線「光が丘」徒歩三分

【光が丘公園】戦前の成増飛行場跡地に建設された練馬区最大の都立公園。バーベキューやバードウオッチングなど四季を通じて自然と人との共生が図られている。この時期は、銀杏並木が素晴らしい。

【コース】公園内散策。昼食会場、句会場＝華の舞

ひと跨ぎすれば近道落葉道　池辺　弥生
大江戸線たつぷり乗りて師走かな　正能　文男
納め句座海鮮丼にジャズ流る　伊藤　豊子
風に舞ひ日差しに休む落葉かな　坊野みどり
巻頭を祝しその他も十二月　正能　文男
人声に浮寝鳥にはなりきれず　坂野　たみ
日記買ふ玉藻行事に参じたく　伊藤　豊子
鴨の昼寄りて離れて餌食べて　佐藤　信子
水鳥の危ふき足の細さかな　池辺　弥生
重ね着の襟元見えし母子かな　石井　陽子
冷たさもさほどではなし石の椅子　齋藤　博
銀杏散る広場ひたすら一壺天　寺川　芙由
駅前や色慈しむ冬日向　太田　邦子
山茶花や日差し池面に広ごれり　清水　初香
光り合ふオブジエのアーチ師走くる　市東　晶
銀杏散る人なる生も永久ならず　坂野　たみ
志士の会真直ぐに銀杏落葉道　正能　文男
納め句座マロングラッセとは豪儀　奥住　士朗
蒼穹や黄を極むる落葉径　深沢　愛子
落葉踏む音青空に石畳　坊野みどり

ラッシュ時の新宿駅を冬の朝　佐藤　信子
濁り江に元気漲る鴨ばかり　中村代詩子
寒空に別れメトロの地下国家　太田　邦子
一片の雲も許さぬ冬の空　齋藤　博
蒼穹を引き絞りたる大冬木　坂野　たみ
池の面の散華のごとく枯葉舞ふ　深沢　愛子
冬帝の戸惑ひ光り撥ねる丘　寺川　芙由
終点の光が丘へ着く師走　佐藤　信子
人馴れの鴨の一群見て飽かず　齋藤　博
人込みにゐても一人の寒さかな　池辺　弥生
落葉踏む足裏にけふの日の温み　市東　晶
着ぶくれを放つ光が丘の空　伊藤　豊子
飛行基地跡の公園銀杏散る　市東　晶
極月の日溜り鳩と人々と　清水　初香
寒禽の紛れきれざる御空あり　奥住　士朗
熱燗の欲しくなりさう幟旗　奥住　士朗
冬ぬくし見るものなべて丘の園　佐藤　信子
極月や笑顔崩さぬ多忙の師　齋藤　博
極月や上枝下枝の鳩の群　市東　晶
真青なる空を映さず浮寝鳥　太田　邦子
師の俳話聞きて至福の日向ぼこ　坂野　たみ
練馬区の銀杏落葉を踏んでみる　柳内　恵子
散る木の葉髪に一片つけしまま　佐藤　文子

【選者吟】

巻頭の人の背中に寒さなく　星野　高士
舗道すぐ池へと続く師走かな
ポップコーン売れて焼芋未だ売れず
鳩翔たせたる極月の靴の音
枯葉舞ふどこも正面なる一路

●高士ワンポイント講評

大江戸線でたっぷりと遠出した光が丘公園は、駅前からの銀杏並木が見事。「極月の日溜り鳩と人々と」の句は、極月でありながら、ゆったりした「日溜り鳩と人々と」の対比が見事だと思う。作者に余裕がないと出来ない俳句だ。

⑰ 初春の神楽坂

日時　平成二十八年一月五日（火）
場所　神楽坂
集合　毘沙門天拝殿
　　　都営「神楽坂」徒歩五分

【神楽坂・見番】路地を入ると黒塀の中から三味線が聞こえて来そうな路地奥に見番があった。かの宰相が浮名を流し、それがもとで短命内閣に終わり、当時の川柳に「鰻屋のうの字にも湧く不信感（鈴木寿子）」は秀抜。
【コース】毘沙門天～見番横丁～本多商店会
昼食会場、句会場＝玄品河豚

鰭酒は男衆らの四人席　中村代詩子
花街の路地の奥にも淑気満つ　坂野　たみ
毘沙門天すこし落着く五日かな　正能　文男
色街の破魔矢手にする美顔の師　柳内　恵子
お年賀のタオル持ちたる商社マン　石井　陽子
初詣八周り目の中年と　寺川　芙由
粋筋もコンビニに入る松の内　齋藤　博
松の内見番通りたもとほる　榊原　精子
御慶のぶ毘沙門様の日差し中　池辺　弥生
五日午前見番横丁寂として　佐藤　文子
初詣阿吽石虎善国寺　伊藤　豊子
鰭酒を分け合ひ師弟むつまじき　寺川　芙由
松の内吟行日和神楽坂　石井　陽子
志士の会女礼者の美女揃ひ　中村代詩子
神楽坂そぞろ歩きに淑気満つ　柳内　恵子
路地の店どこも隠れ家松飾り　清水　初香
千手観音のごとくにいてふ枯れ　太田　邦子
神楽坂一陽来復河豚の宿　中村代詩子
会心の一句いつしか賀状にも　池辺　弥生
手渡しで師のお句もある年賀状　清水　初香

初句会芸者ワルツの路地めぐる　伊藤　豊子
先生の破魔矢きらきら鈴の鳴る　榊原　精子
河豚鍋や健啖ぶりを発揮して　池辺　弥生
句材にと師は毘沙門の破魔矢買ふ　齋藤　　博
注連飾る火伏稲荷の小さき門　正能　文男
紀ノ善を抜けて福神詣かな　坂野　たみ
善国寺毘沙門天の破魔矢派手　中村代詩子
善国寺日差しに粋な破魔矢かな　佐藤　信子
初糶の馳走を囲む志士の会　坂野　たみ
師の語り破魔矢手にして笑みこぼれ　福田　和香
毘沙門天五日またすぐ過去となる　寺川　芙由
これ以上多く望まず初詣　池辺　弥生
初電車両手に指南俳句かな　石井　陽子
松の内見番横丁にも猫　奥住　士朗
紀ノ善へ帰りに寄ろか松の内　正能　文男
古町の路地嫋やかに松の内　坂野　たみ
大吉や毘沙門天の初みくじ　奥住　士朗
三猿の訓へをよそに河豚食べる　中村代詩子
熱燗に溺れたき路地神楽坂　齋藤　　博
水槽のふぐひと呼吸余命かな　坊野みどり

【選者吟】　星野　高士

門松に風もなき日や神楽坂
お多福の絵の横に置く破魔矢かな
鰭酒の昼に酔ひつつ窓明かり
初句会肩の力の抜き加減
人情は計れないもの松の内

●高士ワンポイント講評

毘沙門天の初詣は、仕事始めの会社関係の人が多かった。「お年賀のタオル持ちたる商社マン」の句は、オフィスに出入りのサラリーマンの感じがよく出ている。タオルは袋に入っていると思うが、その一瞬を写生したのだろう。

⑱ 東照宮・寒牡丹園

日時　平成二十八年二月二日（火）
場所　東照宮・寒牡丹園
集合　ＪＲ「上野・北口」文化会館前

【東照宮・寒牡丹園】東照宮参道の左側に寒牡丹園が開園する。菰を被せたり風避けを施して保護された芸術品。俳人らは、寒牡丹、冬牡丹の連発だが、何と言っても俳句は取り合わせが大事。
【コース】文化会館前〜動物園前〜上野東照宮・参道
昼食会場、句会場＝伊豆栄「梅川亭」

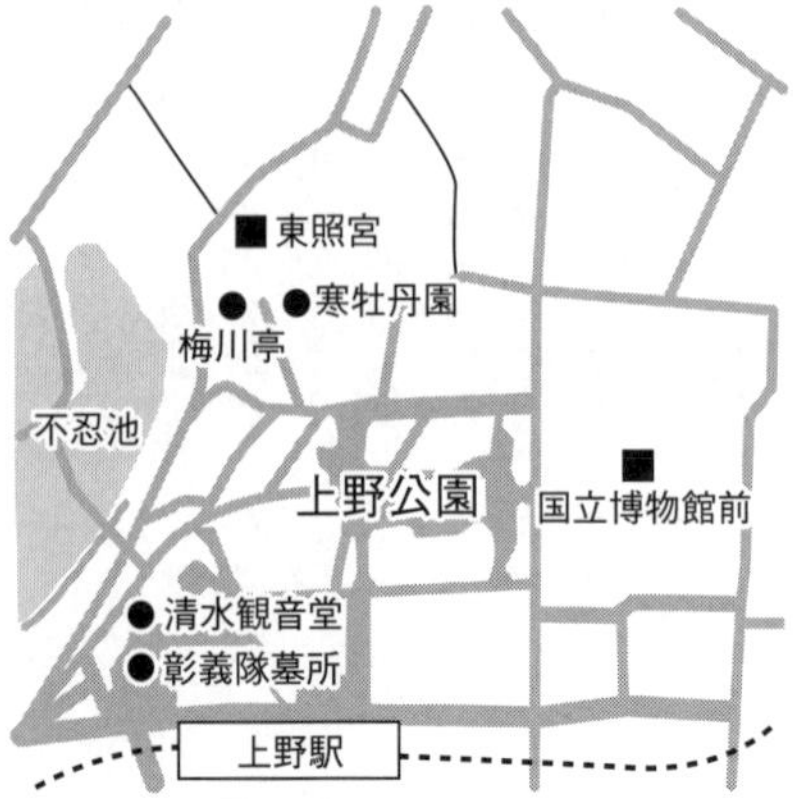

一隅に高さ生まれて寒牡丹　池辺　弥生
此れやこの権現様の冬牡丹　奥住　士朗
寒ぼたん妍は競はず並び咲く　池辺　弥生
天晴と云ふほかはなき寒牡丹　中村代詩子
囲はれて過去あるごとく寒牡丹　齋藤　博
其処此処の土もほつこり春近し　深沢　愛子
全快の二月礼者の友迎へ　齋藤　博
霜湿り残せる土に生ふるもの　寺川　芙由
近づけば崩れさうなり寒牡丹　中村代詩子
江戸の世を繋ぐ参道寒牡丹　永井　梨花
寒牡丹銘は椿としかと観る　佐藤　文子
寒牡丹見て越前の旅話　中村代詩子
百株に百の菰傘寒牡丹　齋藤　博
寒牡丹蕊のほむらに残る闇　奥住　士朗
加賀よりの高士日和や二月来る　正能　文男
春隣る上野の杜の池畔より　永井　梨花
寒灯す東照宮の透塀　市東　晶
寛永寺鳥語しきりに春隣　齋藤　博
密やかに息を通はせ寒牡丹　坂野　たみ
箱入りの娘妖艶寒牡丹　伊藤　豊子

寒牡丹儚き白を零しけり　永井　梨花
楊貴妃の国のお客ぞ寒牡丹　齋藤　博
被せ藁も隠せぬ艶や寒牡丹　市東　晶
揃ひたる二月礼者の華やげる　坂野　たみ
風揺らす白の陰影寒牡丹　永井　梨花
被せ藁をはづしたき日の寒牡丹　寺川　芙由
寒牡丹菰をはみ出し日を求む　佐藤　文子
角々に銘石据ゑて寒牡丹　伊藤　豊子
借景に五重の塔や寒牡丹　正能　文男
目の合ひて散りし一片寒ぼたん　坊野みどり
陽を恋ふて菰をはみ出す寒牡丹　中村代詩子
眞砂女の句立つ寒牡丹清し白　中村代詩子
どれよりも黄色が好きな冬ぼたん　深沢　愛子

【選者吟】　星野　高士
宝輪は空を近づけ春隣
二ン月の句座に配らる加賀の菓子
佇みし影すぐ濃ゆく寒牡丹
風あるかなきかに揺るる寒牡丹
藁苞に背向く日もあり寒牡丹

●高士ワンポイント講評

東照宮の参道脇にこの時期ならではの寒牡丹園がお目見得する。圧倒的な寒牡丹、冬牡丹の句の中に「一隅に高さ生まれて寒牡丹」の句は、「高さ生まれて寒牡丹」と、上手い句に仕立てた。寒牡丹の凛とした姿が見えてくる。

⑲ 鈴ヶ森

日時　平成二十八年三月一日(火)
場所　鈴ヶ森刑場跡
集合　京急「大森海岸」徒歩十分

【鈴ヶ森刑場跡】江戸三大刑場跡。国道一号線と首都高が並走して走る交通の要衝だ。香煙の絶えぬ墓は八百屋お七、東海道を股に掛けた悪事の強者たちか。歩く事五分でしながわ水族館に着く。
【コース】鈴ヶ森刑場跡～しながわ水族館
昼食会場、句会場＝中華料理「香園苑」

潮入りの池面さざめく鰆東風　坂野　たみ
春寒やこの世の髭を剃りてより　齋藤　博
供養碑に一寸たじろぐ春の風　池辺　弥生
三月やお七の涙乾く石　太田　邦子
春光の刑場跡に海の風　市東　晶
強東風や首竦め行く鈴ヶ森　福田　和香
橋は春心同じにして渡る　池辺　弥生
東海道名代の松に風光る　坂野　たみ
反り橋で繋ぐ森より木の芽風　中村代詩子
如月の風凛として供養塔　池辺　弥生
釣り人の暇な時間や残り鴨　正能　文男
おばしまの愛の落書きうららけし　市東　晶
石の穴三つは顔よ冴返る　齋藤　博
囀をこぼして日矢をこぼさざる　奥住　士朗
快晴の空足元の名草の芽　坊野みどり
鈴ヶ森処刑の石へ涅槃西風　坂野　たみ
強東風に隠れ香をたく鈴ヶ森　永井　梨花
刑場跡てふ結界を野蒜生ふ　寺川　芙由
貝寄風や恋に身を焼く倖せも　市東　晶
一瞬の沈丁の香や歩をつつむ　清水　初香

浮見堂の翳を揺らせる春の鴨　市東　晶
海見えぬ海岸駅や涅槃西風　太田　邦子
品川の春色纏ひ歩みけり　柳内　恵子
草芳し刑場跡を明るうし　中村代詩子
人工の勝島の海鳥雲に　正能　文男
草萌ゆる井戸金網で固く閉づ　佐藤　文子
浄土へと悲しげな風春めけり　柳内　恵子
陽春の光り届かぬ石の穴　石井　陽子
池めぐるふと振り返る申告期　正能　文男
水族館今日は休みや池の春　柳内　恵子
啓蟄や刑場跡の石まばら　太田　邦子
木の芽吹く磔台の高みにも　奥住　士朗
首洗の井戸は六尺水温む　齋藤　博
春昼やチンゲン菜の音弾む　清水　初香
ゆつくりと春浅き日の登り坂　永井　梨花
春光や火炙台に供華はなし　正能　文男
沈丁の香に離れゆき苑を出づ　榊原　精子

【選者吟】

蛇穴を出づか刑場跡とかや　星野　高士
沈丁の香の追ひ風に乗らぬとき
春寒や八百屋お七は知らねども
待ち合はす刑場跡や冴返る
交はらぬ水尾をひとつに残る鴨

●高士ワンポイント講評

京急の大森海岸駅から国道一号線沿いに鈴ヶ森の刑場跡があった。「三月やお七の涙乾く石」は、八百屋お七が火炙りの刑に処せられた場所である。さぞ、お七も辛かったであろうと感ずるものがあったであろう。三と七の数字も効果的。

⑧⑩ 井の頭公園

日時　平成二十八年四月五日（火）
場所　井の頭公園
集合　井の頭公園・池畔「七井橋」
　　　JR「吉祥寺」徒歩十分

【井の頭公園】江戸上水の水源地として知られ、井の頭の謂れでもある。お花見の名所としても名高い。園内に動物園、ボート池、弁財天など句材に事欠かない。高士師は、一年間のNHK出演を無事に卒業された。
【コース】七井橋〜ボート池〜弁財天
昼食会場、句会場＝鳥良

七井橋夢見るやうな花の雲　深沢　愛子
花冷に思はず水音離れたる　池辺　弥生
湧水の旅の始まり花筏　伊藤　豊子
桜狩誘はれみるも浮き世かな　藤本　はな
花散らす雨にもならず井の頭　正能　文男
ゆくりなき出逢ひも花の井の頭　寺川　芙由
根性は俳句の力花の坂　齋藤　博
人一人乗せる広さに花筏　坊野みどり
花冷や弁天堂の旗揺るる　深沢　愛子
花の園街の誇りとして親し　池辺　弥生
水源は江戸上水や残る鴨　中村代詩子
花冷や橋のたもとに集ふ人　佐藤　文子
チョコグラスまずは乾杯花見酒　榊原　精子
井の頭の名を負ふやうな花の雲　寺川　芙由
連れだちてゐても独りや花の下　坂野　たみ
裏方を称へEテレ卒業す　正能　文男
盛り塩の不思議な店や花見台　齋藤　博
花衣七井橋まで磴下りる　中村代詩子
花に酔ひ句心そそる昼下がり　深沢　愛子
煩悩を銭に洗ひて春の水　奥住　士朗

老犬やちらほら桜散る径を　太田　邦子
急ぐ用なき人集ふ園遅日　坂野　たみ
風立ちて風に従ひ花筏　齋藤　博
喜びも悲しみも秘め花に会ふ　坊野みどり
はなさんが見えてさくらは華やいで　太田　邦子
池柳たゆけき水面染まるかに　深沢　愛子
さくらさくらみんな仲良くなりにけり　齋藤　博
一舟で廻る万朶の花の池　坂野　たみ
湖に沈み花の命を守る幹　坊野みどり
きのふ多摩けふは武蔵野桜狩　寺川　芙由
極楽や尾頭付きの桜鯛　奥住　士朗
桜鯛姿造りの向付　榊原　精子
彷彿と俤偲ぶ花の宿　坂野　たみ
眼福や春爛漫としか言へず　太田　邦子
対岸の桜越しなる弁財天　深沢　愛子
師の前で句を忘れ食ぶさくら鯛　太田　邦子
水の上掠めて花下の迫りくる　正能　文男
御殿山ふり仰ぎつつ花見舟　中村代詩子
井の頭春闌の池小舟　佐藤　信子
春陰やかいぼり終へし井の頭　藤本　はな
花の舟三十分のデートかな　柳内　恵子
橋上に手を振り合ひし花見舟　清水　初香
花の雲見え隠れするスワン舟　福田　和香

【選者吟】

花人を追ふ花人の遅れがち　星野　高士
箸先に昼の灯纏ひ桜鯛
観桜や弁財天へ寄ることも
湧き水の音の勢ひもさくら冷
花冷や池面に映る空の隅

●高士ワンポイント講評

井の頭公園は、ほぼ満開の花時だった。「桜狩誘はれみるも浮世かな」の作者は、井の頭公園の近くの方なので誘ってみたが、色々と忙しい方なので、一回出席になってしまった。浮世のほんの義理だったのか、考えさせられる一句だ。

⑧1 有楽町界隈

日時　平成二十八年五月三日(火)
場所　有楽町界隈
集合　交通会館三階庭園
　　　JR「有楽町」徒歩三分

【数寄屋橋交差点】映画「君の名は」や右翼団体の街宣車やはたまた、宝くじ売り場でも、その時代を写す数寄屋橋であった。今また、五億円の夢を掛けて大安に買う人も。
【コース】交通会館三階庭園〜数寄屋橋〜銀座教会
昼食会場、句会場＝銀座インズ2「蕃」銀座インズ店

逝く春や銀座にあれやこれやの碑　寺川　芙由
譲られし席に俳人夏隣　正能　文男
過去未来紡ぐ銀座も夏近し　山中　知子
蝶空へ新幹線の高さにも　奥住　士朗
やや荒き風に憲法記念の日　坂野　たみ
地下街のアンテナショップ春逝けり　市東　晶
花は葉に大安に買ふ宝くじ　太田　邦子
溌溂と歩めば銀座夏近し　太田　邦子
春日傘銀座並木をぬけて行く　中村代詩子
ビルとビル繋ぐデッキや暮の春　永井　梨花
夏近し空中散歩叶はぬも　池辺　弥生
ビラ叫ぶ憲法記念日電車過ぐ　福田　和香
束の間の銀ブラ気分春惜しむ　正能　文男
夏隣る銀座の店の飾り窓　佐藤　信子
五月来し合唱団の唄流る　福田　和香
師を待ちてビルの中庭躑躅満つ　本田　岳凰
惜春や銀座通りのひとの人の波　佐藤　文子
惜春や四人姉妹の一人欠け　深沢　愛子
地下鉄を乗り継ぎて来し街暮春　寺川　芙由
惜春の風通り過ぐ摩天楼　本田　岳凰

藤棚の風に憩ふや昼深し　坂野　たみ
春ショールときめく刻の数寄屋橋　深沢　愛子
躑躅背に開店を待つ木のベンチ　佐藤　文子
五億円惜春の夢買ひにけり　奥住　士朗
今日の〆め山菜そばに効く山葵　伊藤　豊子
東京の五月三日の空広く　永井　梨花
がつぷりと両者憲法記念の日　正能　文男
行く春や道を尋ねし旅の人　池辺　弥生
零れ聞く信濃のはなし花は葉に　永井　梨花
柳絮とぶ数寄屋はゼブラ交叉点　伊藤　豊子
夏隣る山の手線のガード下　本田　岳凰
フォーラムの窓に日の丸憲法記念日　石井　陽子
君の名は問ふ人もなき暮の春　奥住　士朗
敗戦を生きて憲法記念の日　伊藤　豊子
藤棚にのこる一花もなき不思議　中村代詩子
宝くじ買ふも銀座よ夏隣る　坂野　たみ
行春の影引き連れて数寄屋橋　本田　岳凰
思はざる奉行所跡や春の昼　市東　晶

【選者吟】

夏近し真砂女の店はあの辺り　星野　高士
また仰ぐ銀座教会聖五月
銀座にもよき風の吹き夏隣
銀ブラや五月三日の人波に
憲法記念日予定表など要らず

●高士ワンポイント講評

有楽町の界隈は何度も行っているが、この時は交通会館の中庭が集合場所だった。「過去未来紡ぐ銀座も夏近し」は、過去未来紡ぐ、と言っているが現在も当然含まれている。人波の中にいて感ずるものがあったのであろう。「夏近し」が良い。

㉜ 堀切菖蒲園

日時　平成二十八年六月七日（火）
場所　堀切菖蒲園
集合　京成「堀切菖蒲園駅」改札

【堀切菖蒲園】江戸時代後期には花菖蒲の栽培が行われていた。白、赤、紫、絞りやその改良品種が咲き誇る。幸いにも、この時期に園内の「静観亭」を押さえる事ができた。
【コース】案内棟～菖蒲田～四阿～静観亭
昼食会場、句会場＝静観亭

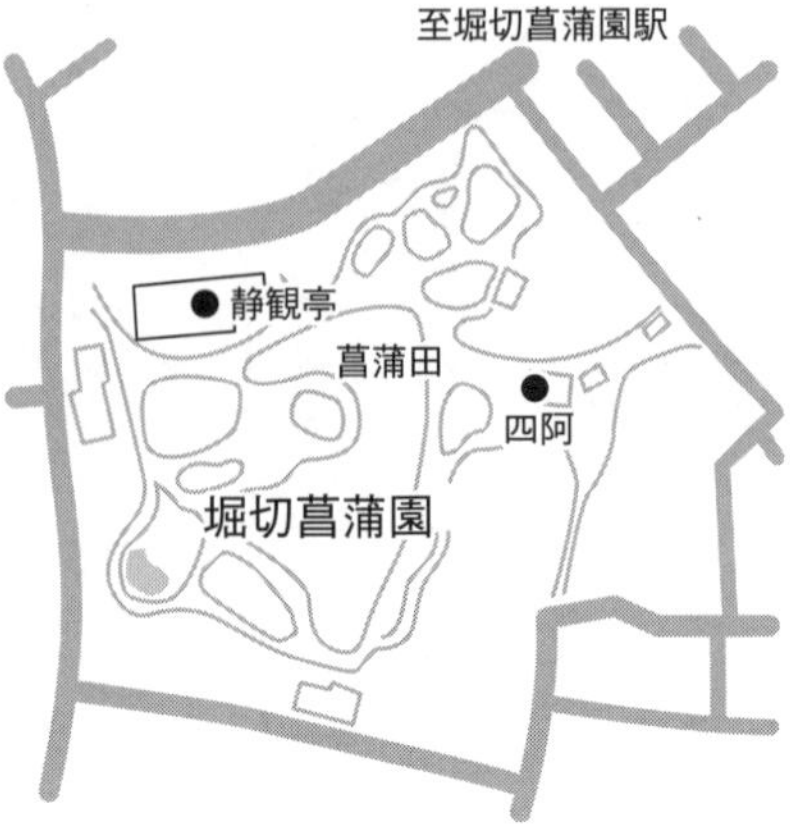

階や色の重なる花菖蒲　深沢　愛子
礼節を崩さぬ姿勢花菖蒲　齋藤　博
薬屋はラッキー通り簾売り　清水　初香
花菖蒲幾つ咲きても皆他人　齋藤　博
折たたみ傘を開きて花菖蒲　柳内　恵子
静観は虚子の心や花菖蒲　奥住　士朗
葛飾の曇天飛ばし菖蒲園　永井　梨花
花菖蒲視線いつしか濃紫　坊野みどり
借景を菖蒲園とし昼灯し　伊藤　豊子
下町の粋やこころや花菖蒲　奥住　士朗
一と昔昨日の如く花菖蒲　中村代詩子
黴の香のいづくともなき園の椅子　坂野　たみ
葛飾の風甘かりし花菖蒲　市東　晶
天上をひたすら恋ふや花菖蒲　寺川　芙由
水菓子は愛子さんよりさくらんぼ　榊原　精子
菖蒲田やこの世の花を惜しみなく　正能　文男
来たかつたこの菖蒲園花菖蒲　太田　邦子
花菖蒲越しに手を振る師の笑顔　柳内　恵子
虚子を師に眩しと詠みし白菖蒲　伊藤　豊子
川二つ越へ会ひし色花菖蒲　坊野みどり

デザートの小皿に二つさくらんぼ　市東　晶
菖蒲咲く遊女の姿てふ名もて　坂野　たみ
戯るる風ほどほどの花菖蒲　太田　邦子
さくらんぼ差し入れし人俳句愛　正能　文男
咲き揃ふ菖蒲の水の揺るぎなし　坂野　たみ
風心地着心地嬉し夏の服　佐藤　信子
菖蒲田に艶めき増せる通り雨　伊藤　豊子
堀切の辻々の顔七変化　正能　文男
花菖蒲蝶の舞ひとぶすきもなく　佐藤　文子
立子知る吾に紫の花菖蒲　中村代詩子
今日はもうこれしか詠めず花菖蒲　太田　邦子
双蝶の機嫌を問ふや菖蒲園　永井　梨花
御湿りのやうな雨なり菖蒲園　佐藤　信子
帰路の人また足を止む花柘榴　坊野みどり
下町のよろず屋に積む夏帽子　市東　晶
名園に倦みて安らぐ夏柳　坂野　たみ
戸を放つ昭和の貸間五月闇　寺川　芙由
菖蒲田に肥後もっこすの勢ひ見る　清水　初香
やや重き水の匂ひの花菖蒲　坂野　たみ
差し入れはサブレ桜桃フランスチョコ　清水　初香

【選者吟】

雨もまたはにかみながら花菖蒲　星野　高士
頂きに昼の暗さを花菖蒲
世に慣れぬままに揺れゐし花菖蒲
いつとなく降りみ降らずみ花菖蒲
仙人掌の花に隠るるものもなし

●高士ワンポイント講評

堀切菖蒲園は高濱虚子も訪れている。句会場の静観亭にお誂え向きの虚子の掛軸が掛かっていた。「静観は虚子の心や花菖蒲」の句は、吟行ならではの作品で、その場にいたからこそ出来た句だ。虚子の心を踏まえて写生のマナーが出ている。

㊸ 寛永寺根本中堂

日時　平成二十八年七月五日（火）
場所　寛永寺根本中堂
集合　谷中霊園「天王寺」
　　　ＪＲ「日暮里駅・南口」徒歩五分

【東叡山・寛永寺】山号の東叡山とは、東の比叡山を意味する。寛永寺の寺領は、上野公園の大半を占める。だが、根本中堂の境内は静寂そのものだった。

【コース】天王寺～谷中霊園～寛永寺根本中堂～めぐりんバスで三崎坂へ。昼食会場、句会場＝谷中銀座「吉里」

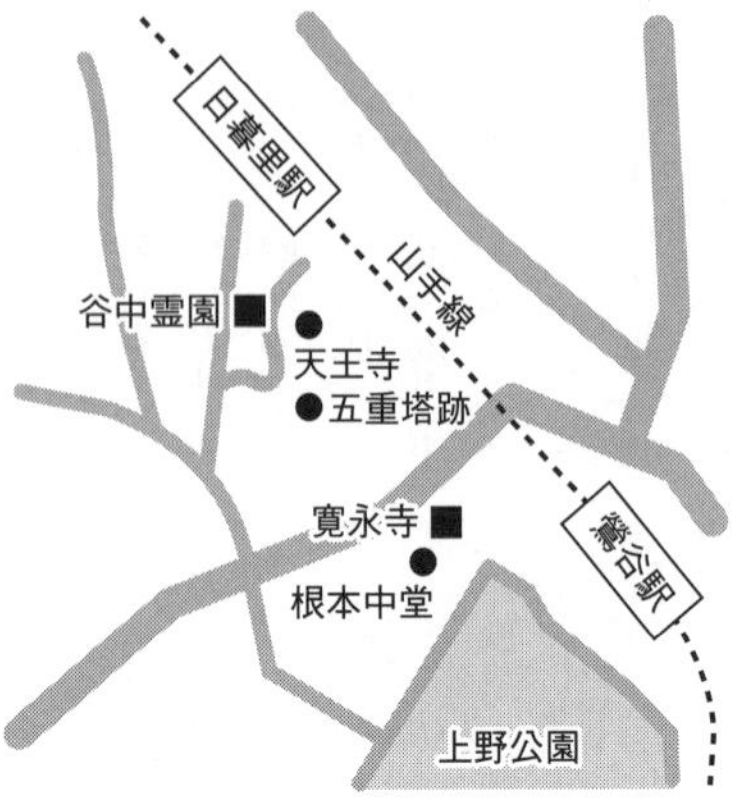

卒寿にも骨せんべいの鰻よし　中村代詩子
梅雨曇綺麗な墓と荒れし墓　正能　文男
沙羅双樹枝先に生る蜻蛉かな　佐藤　信子
上野なりガードレールの青ぶだう　寺川　芙由
梅雨傘やすぐ止む雨と知りながら　池辺　弥生
釈迦如来茂りの中に合掌す　深沢　愛子
盛り塩の吉里には既に鰻の香　正能　文男
俳優の墓の蚊なれば近づきて　高井　せつ
夏柳言問通り折れてより　市東　晶
水甕を覆ひて余る蓮大葉　佐藤　文子
めぐりんを降りれば匂ふ鰻かな　柳内　恵子
青芝の明るさ届け低き空　坊野みどり
古町に藺草並べて小商ひ　坂野　たみ
露座仏は祈る御姿青葉闇　寺川　芙由
露座佛は泰山木の花かげに　榊原　精子
寺町にうなぎ食ふ間の静寂かな　奥住　士朗
苔の花手押し井戸より水もれて　太田　邦子
羅の透けし細腕ありにけり　正能　文男
今日の空扇を使ふほどでなく　池辺　弥生
冷房車降りて霊園訪ふ日かな　中村代詩子

団扇手にめぐりんバスを待つてをり　中村代詩子
なぞれども読めぬ墓石よ五月闇　坂野　たみ
下町の寺町つなぐ緑濃し　池辺　弥生
戯れに手押し井戸汲む木下闇　齋藤　博
交番に隣る下駄屋や灯涼し　市東　晶
曇天を引つぱつてゐる蝸牛　柳内　恵子
慶喜のことなど偲ぶ梅雨の寺　榊原　精子
名優の墓碑古るまゝに露涼し　坂野　たみ
青梅雨の谷中霊園志士の会　清水　初香
矢来垣続く墓苑や濃紫陽花　柳内　恵子
大門をくぐりて見上ぐ大夏木　福田　和香
釈迦如来坐像銅造青嵐　市東　晶
鰻重は赤塗御膳うまかりし　榊原　精子
日暮里の路地に迷へば道をしへ　深沢　愛子
めぐりんや一駅ごとの立葵　坂野　たみ
別れ径慶喜の墓へ白い靴　奥住　士朗
触れたれば火傷負ひさう青芒　深沢　愛子
青芝を香煙が横切つてゆく　清水　初香
夏菊や誰が詣でし無縁墓　池辺　弥生
賑やかなめぐりんバスや夏帽子　齋藤　博

【選者吟】
寺町に欲しきものなく五月闇　星野　高士
鰻重に憂さ晴らしする人も居て
万緑や東叡山に馳す思ひ
生まれたる蜻蛉に触れし法の庭
梅天や谷中めぐりんバス来る

●高士ワンポイント講評
この時も、ミニバスのめぐりんに乗って寛永寺から谷中の句会場に赴いた。「めぐりんや一駅ごとの立葵」の句は、車窓からの句だと思う。写生句を作ろうと集中している姿が目に浮かぶ。梅雨時の立葵が一駅ごとの下町らしさを演出した。

⑧④ 神田連雀亭

日時　平成二十八年八月二日（火）
場所　神田連雀亭
集合　万世橋警察署
　　　ＪＲ「秋葉原」徒歩五分

【神田連雀亭】須田町の老舗街にワンコインの木戸銭（五百円）で二つ目の落語が聞ける。席数三十、パイプ椅子席だ。艶話あり、人情話ありで十一時の開場であるが、その落語の途中で雷鳴が轟く。
【コース】万世橋警察署～万世橋～神田連雀亭～いせ源
昼食会場、句会場＝いせ源

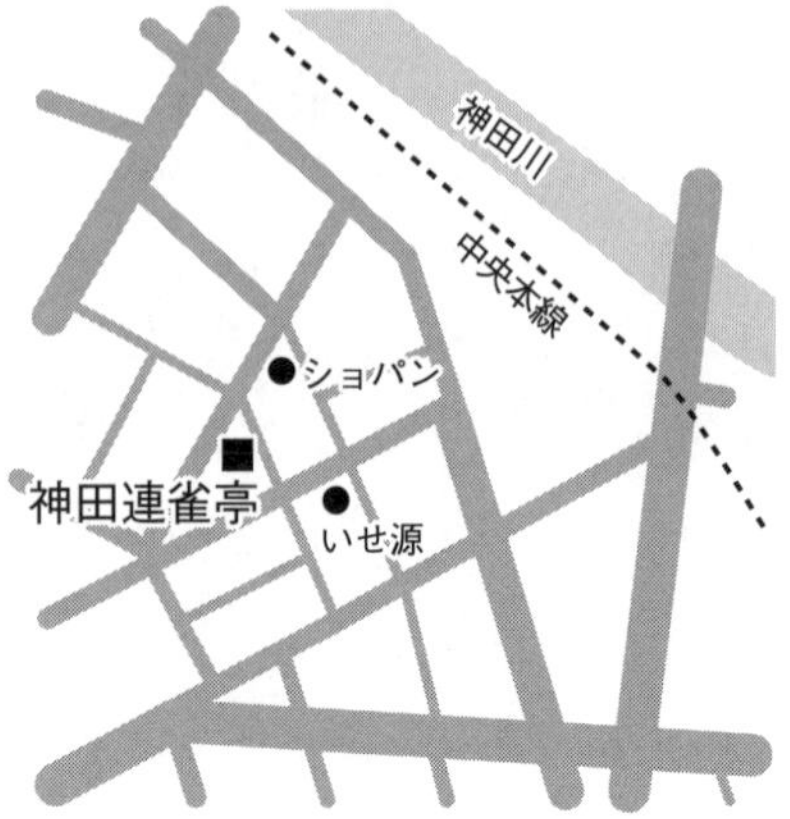

一席の間に間に過ぎる雷雨かな　寺川　芙由
精進の道は変はらず寄席晩夏　池辺　弥生
羅に木の香新し高座かな　坂野　たみ
木戸銭の安さ話芸の幅晩夏　正能　文男
夏痩を知らず老舗のお弁当　池辺　弥生
ワンコイン落語で夏を惜しみけり　柳内　恵子
受付も高座も兼務寄席の夏　齋藤　博
いせ源に六日知らずの夏料理　伊藤　豊子
扇手に急ぐ足どり電気街　佐藤　文子
夏羽織脱いで高まる話し声　柳内　恵子
いかづちに押され急かされ席亭へ　本田　岳凰
膝悪き落語家をらず夏座布団　太田　邦子
落ちのない落語もありてはたたがみ　奥住　士朗
一と雨に晩夏の街の空戻る　清水　初香
秋近き風を聴きゐる竹矢来　坂野　たみ
万世橋渡る最中のはたたがみ　高井　せつ
警察署驚かせたる日雷　齋藤　博
八月や齢重ねても夢を追ふ　深沢　愛子
雷鳴の一発響く電気街　伊藤　豊子
暑中見舞代詩子のゐない志士の会　正能　文男

修業とは尊きものよ白絣　池辺　弥生

冷房の加減も聞きて出番待つ　坊野みどり

須田町の名代に溢る夏料理　永井　梨花

二つ目の落語涼しくワンコイン　清水　初香

デシベル七〇万世橋にも秋近し　山中　知子

夏座布団反す風受くほどの席　坊野みどり

扇さんの汗ばむ頬に赤き口　高井　せつ

高座には雀の紋や夏座布団　清水　初香

辻曲るたび八月の風のこゑ　坂野　たみ

何よりも俳句が薬秋を待つ　深沢　愛子

夏深し総武線にも走り雨　山中　知子

高座には夏座布団が待つてをり　柳内　恵子

雷は真上神田の寄席に急く　清水　初香

二つ目の話たけなわ雷激し　高井　せつ

電気街朝より混みて秋近し　佐藤　信子

夏休み宿題めきて落語会　正能　文男

プラタナス並木の向かふはたたがみ　柳内　恵子

八月や千代に八千代に力士逝く　石井　陽子

【選者吟】

昼寄席のパイプ椅子混み雷近し　星野　高士

木戸銭はワンコインなり寄席晩夏

二ッ目の艶ある話し盆落語

駆け込みし納涼落語最後まで

遠雷の途切れて続く寄席太鼓

●高士ワンポイント講評

須田町老舗街に突如、寄席の小屋・神田連雀亭が出来ているとは驚きだった。しかも昼席はワンコインという格安料金。「いかづちに押され急かされ席亭へ」の句は、突如、雷鳴が轟いて少し慌ただしかった。高座の最中も雷は聞こえていた。

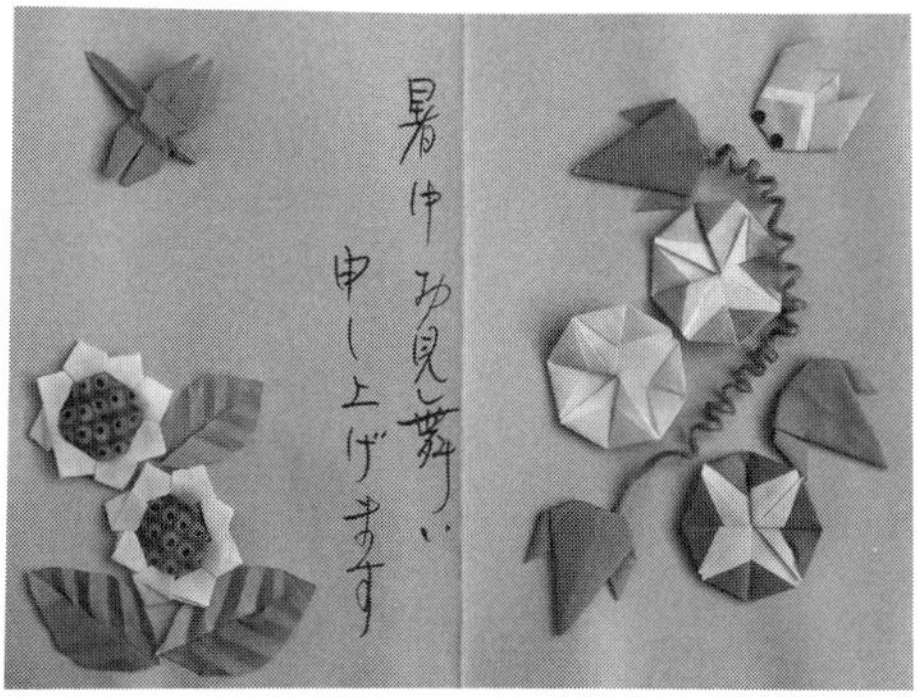

⑧⑤ 愛宕神社

日時　平成二十八年九月六日(火)
場所　愛宕神社
集合　愛宕神社社殿前
　　　日比谷線「神谷町」徒歩十分

【愛宕神社・男坂】間垣平九郎が馬で駆けあがった急勾配は、八十余段、海抜二十八m。江戸中で一番の見晴らしだった。今は、エレベーターで難なく運んでくれる。
【コース】愛宕神社境内散策～虎の門ヒルズ
昼食会場、句会場＝ヒルズ内「アーヴァングリルバー」

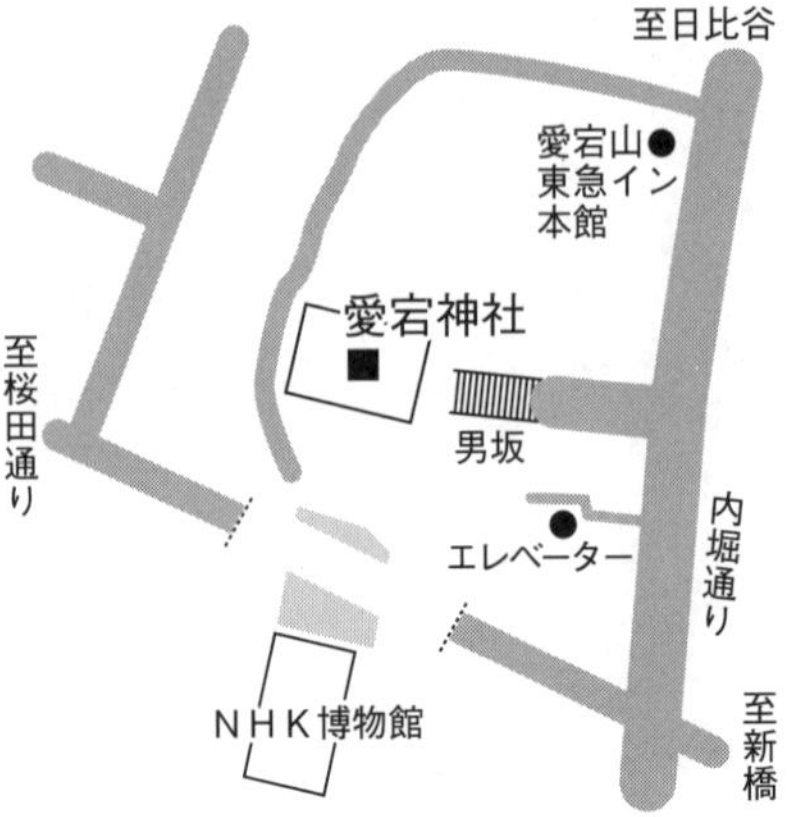

露けしや小さき池の小さき舟　市東　晶
秋高しビルより低き愛宕山　齋藤　博
秋暑しこはごはと見る下界かな　奥住　士朗
秋の蝉古社のしじまを損なはず　池辺　弥生
招き石撫でて福満つ残暑かな　柳内　恵子
街九月ビルの一つは真福寺　清水　初香
遅れたる街の燕の帰るとき　太田　邦子
さやけしや出世を祈る磴は急　坂野　たみ
カフェランチしやれた小鉢に新豆腐　清水　初香
捨て舟の動かぬ池や水澄める　坊野みどり
愛宕山朱塗りの門か秋の蝉　山中　知子
ビル街を見下ろす愛宕山は秋　高井　せつ
境内や秋蝶過ぐる風の綾　深沢　愛子
宝前の終の一声秋の蝉　坂野　たみ
水澄むや江戸一番の高き池　奥住　士朗
葵の紋愛宕守り継ぐ秋の蝉　山中　知子
二の鳥居人見下ろして秋の風　池辺　弥生
ビル風か野分の風か虎の門　清水　初香
澄む水の鯉に餌をやる親子づれ　榊原　精子
爽やかや鯉も池面の近く行く　佐藤　文子

愛宕社の残暑に焼ける招き石　齋藤　博
虎ノ門名のみ残りて街残暑　坂野　たみ
餌に寄れる葉月の鯉の赤と金　市東　晶
石段や間垣の声か秋の声　深沢　愛子
師を真似て二礼などして秋の宮　太田　邦子
徒歩禅と思ふ残暑の愛宕山　齋藤　博
水澄める神の池には鯉の色　佐藤　信子
秋日傘渡りきれない青信号　池辺　弥生
秋風や無血開城成りし地に　市東　晶
バーバリータオルで拭ふ残暑かな　柳内　恵子
白風や愛宕山にはエレベーター　伊藤　豊子
女坂ふと秋風と思ふ時　坊野みどり
秋暑し賽銭箱の葵紋　市東　晶
露の身や登りゆく人羨し見る　深沢　愛子
出世坂サラリーマンに九月来る　坊野みどり
虎ノ門ヒルズ涼しきランチかな　柳内　恵子
露の世や無血開城論議の地　正能　文男

【選者吟】　星野　高士

露の世の露の骸となりし蝉
秋風に隔てなかりし愛宕山
伸び盛りなる神木の秋の蝉
馴染みある寺の名多し秋の声
新涼や出世石段塵もなく

●高士ワンポイント講評

愛宕神社は、間垣平九郎が馬で駆けあがったことで有名だが、「秋高しビルより低き愛宕山」は、周りの高層ビルの林立で、「ビルより低き」愛宕山になった。秋高しとの対比が絶妙で、今昔の感があって面白い句になった。

㊱86 旧岩崎邸庭園

日時　平成二十八年十月四日（火）
場所　旧岩崎邸庭園
集合　旧岩崎邸庭園入口
　　　千代田線「湯島」徒歩七分

【旧岩崎邸庭園】英国ルネサンス様式を取り入れた国の重要文化財。木造二階建ての洋館と離れの撞球場は、鹿鳴館の建築家として名高いジョサイア・コンドルが設計した。書院造りの和館は、抹茶が楽しめる。
【コース】洋館～書院造りの和館～庭園～撞球場
昼食会場、句会場＝東天紅（中華コース）

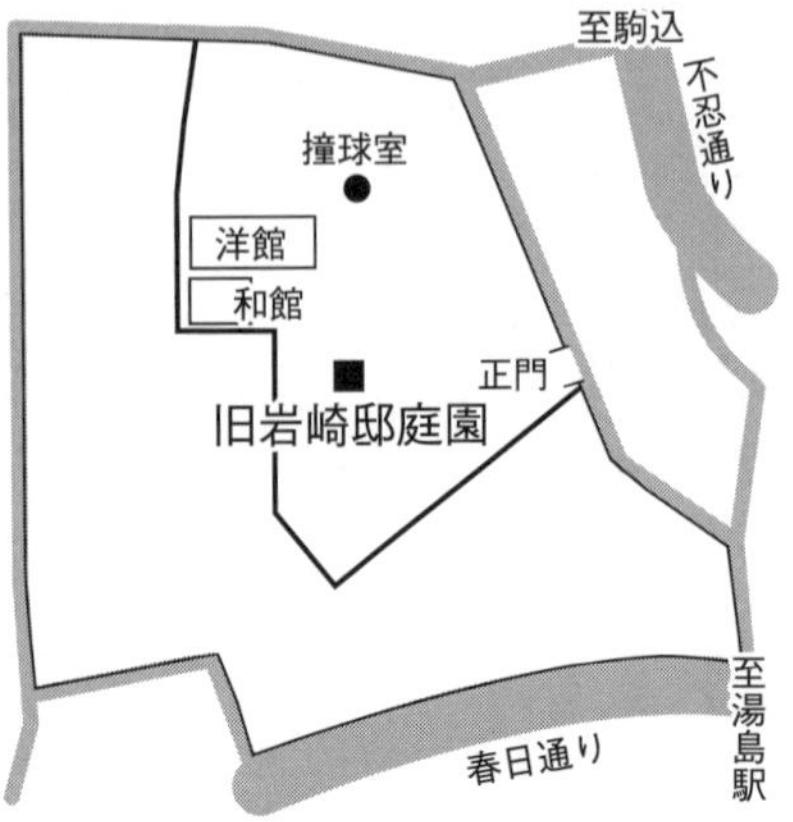

水の面を奪ひ上野の破蓮　寺川　芙由
広芝の風さらさらと秋の蝉　市東　　晶
古館昏き一隅秋の風　池辺　弥生
金風忌開かずの玻璃戸越しの空　寺川　芙由
木の実落つ課外授業の中学生　正能　文男
銀杏も東天紅の大皿に　永井　梨花
秋日濃く岩崎邸の釘隠し　永井　梨花
抹茶飲む岩崎邸にある秋暑　柳内　恵子
池端の廻り静かに黄落期　佐藤　信子
雲を背に洋館似合ふ秋高し　石井　陽子
やうやくに登る急坂椎拾ふ　深沢　愛子
風は秋天井高き古館　池辺　弥生
木斛の実の青々と風を呼ぶ　佐藤　文子
敗荷に日差し弾める池広し　坂野　たみ
先生は星野高士ぞ金風忌　清水　初香
玉砂利に紛れて木の実時雨かな　中村代詩子
銀杏を踏んで岩崎邸に入る　柳内　恵子
水澄むや蹲踞日差し燦々と　佐藤　文子
壁紙の金唐革に秋惜しむ　佐藤　信子
枯山水蜻蛉自在広き庭　佐藤　文子

大勢で巻頭を祝ぐ秋日和　永井　梨花
秋日濃し洋館和館繋ぐ廊　市東　晶
幹事さんに感謝志士の会は秋　太田　邦子
階段のかすかな軋み秋の声　正能　文男
東天紅の高きに登り池広し　榊原　精子
爽やかや書院造りの和館行く　佐藤　文子
四Sの話しは今も金風忌　佐藤　信子
敗荷や朽ちゆくものの沈みゆく　高井　せつ
栄華の威崩れてをらず秋の館　池辺　弥生
敗荷の暗さの池をのぞきたし　榊原　精子
旧邸の明治は褪せず秋のこゑ　市東　晶
扇置く日はまだ先と思ふ街　清水　初香
撞球室古りゆくままに秋の声　坂野　たみ
団栗はしきりに落ちて友はまだ　佐藤　信子
芝草を巡るばかりや秋の蝶　池辺　弥生
巻頭の二人に盃を掲ぐる秋　寺川　芙由
赤い羽根つけ善人の顔をする　奥住　士朗
素十忌の遠く近くの薄紅葉　市東　晶
壁紙は金唐革紙秋深む　柳内　恵子
広庭に代詩子の影か秋深む　正能　文男
広芝に影濃く去りぬ秋の蝶　坂野　たみ
食進み話はづみて菊の宴　榊原　精子

【選者吟】

開け放つ撞球室に秋の風　星野　高士
円卓の窓不忍の池の秋
秋暑き岩崎邸の石どれも
三菱の家紋に止まる赤とんぼ
池風に洋館和館秋の風

●高士ワンポイント講評

岩崎彌太郎の別邸だった旧岩崎邸庭園。この日は高野素十の金風居士つまり金風忌でした。「金風忌開かずの玻璃戸越しの空」は、洋館や和室にも立ち入り禁止の間や開かずの部屋があった。素十を恋う心持ちにも通ってくる。

㉗ 築地市場

日時　平成二十八年十一月一日㈫
場所　築地市場
集合　築地本願寺
日比谷線「築地」徒歩五分

【見納めの築地市場】当初の予定では、豊洲への移転が今月中にも実施される筈だった。小池都知事の登場で地下水の汚染問題などが発覚し、移転が当分見送りとなった。

【コース】築地本願寺～場外市場～波除神社～勝鬨橋～月島昼食会場、句会場＝サンシティー銀座

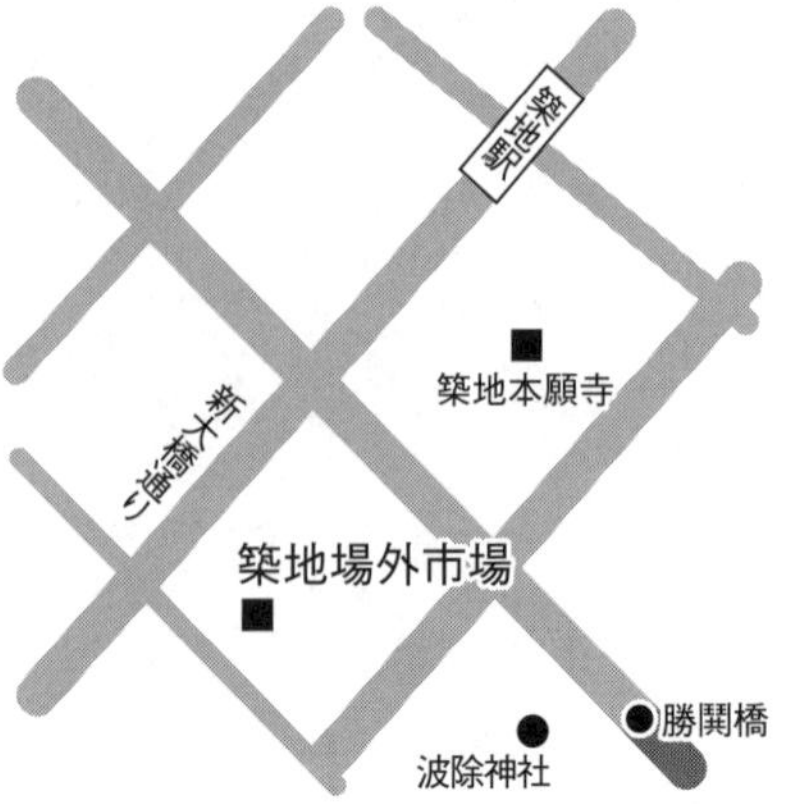

秋さぶや玉藻縁の殿下逝く　齋藤　博
築地守る塚一つづつ秋深む　坂野　たみ
寸土にも草の錦や佃路地　伊藤　豊子
参道は場外市場栗を買ふ　柳内　恵子
雑踏や松茸香る店の前　清水　初香
見歩きに波除神社神の旅　佐藤　信子
行秋や愛子居の極上昼餐　清水　初香
秋深し殿下薨去を惜しむ日々　深沢　愛子
神木の雨粒光り冬近し　坊野みどり
栗御飯二十余人のよき集ひ　佐藤　文子
留椀の木の子汁とはしめじかな　中村代詩子
秋の雨止み場外につい試食　市東　晶
行く秋の楽しき句会月島に　永井　梨花
栗銀杏おこわ句心ほどきけり　柳内　恵子
栗おこわ銀杏おこわ迷ひ箸　奥住　士朗
勝鬨橋ゆつくり渡る秋惜しむ　佐藤　文子
秋冷や利休鼠の雨止みて　正能　文男
冬近き風となりゆく街の音　坂野　たみ
右左松茸を売る香と共に　佐藤　文子
移転まだ為せず築地の神は留守　坂野　たみ

雨上がり晴海通りも冬近し　清水　初香
行く秋や耳に残れる競りの声　本田　岳凰
秋燕や大川端の空ゆける　佐藤　信子
父葬儀せし本堂や秋深し　太田　邦子
晩秋の光引き留め隅田川　永井　梨花
人波の築地場外暮の秋　深沢　愛子
荷足船十一月の喪を運ぶ　柳内　恵子
波除の塚それぞれに秋深む　本田　岳凰
雨上り紅葉且つ散る船溜り　坂野　たみ
木の葉髪勝鬨橋の風に遇ふ　中村代詩子
師より聞く殿下の薨去秋惜しむ　太田　邦子
秋時雨あとの賑はひ稲荷かな　福田　和香
こんな日に欲しくなるなり温め酒　奥住　士朗
闊歩せる築地界隈冬隣　本田　岳凰
無造作に鮭一本の値札かな　正能　文男
行く秋や人の背中を見てをりし　石井　陽子
沖雲の明るき方へ鳥渡る　坂野　たみ
神鈴の低く渡りて秋深し　坊野みどり
天竹の古き暖簾に秋惜しむ　奥住　士朗

【選者吟】

松茸の香り引き連れ人波に　星野　高士
渡る橋渡らぬ橋や神の留守
愛子居の十一月の卓布かな
宮様を偲ぶ今年の秋惜しむ
行秋や勝鬨橋の上の空

●高士ワンポイント講評

豊洲市場への移転が決まっていたが、小池都知事から待ったが掛かった。「波除の塚それぞれに秋深む」の句は、波除神社の塚に対する作者の挨拶句のように感じた。いろいろな思いを「秋深む」に重なるものがあるようだ。

⑱ 森下・桜鍋

日時　平成二十八年十二月六日（火）
場所　桜鍋「みの屋」
集合　都営地下鉄「森下」出口六番「五間堀」

【桜鍋・みの屋】木場で働く職人衆の間でも馬肉は即効薬として喜ばれた。吉原の蹴とばしは、その方面へ出かける時の強壮剤であった。馬肉・ネギ・しらたき・麩を入れて八丁味噌で味付けされた。
【コース】五間堀公園～森下公園。昼食会場、句会場＝みの屋

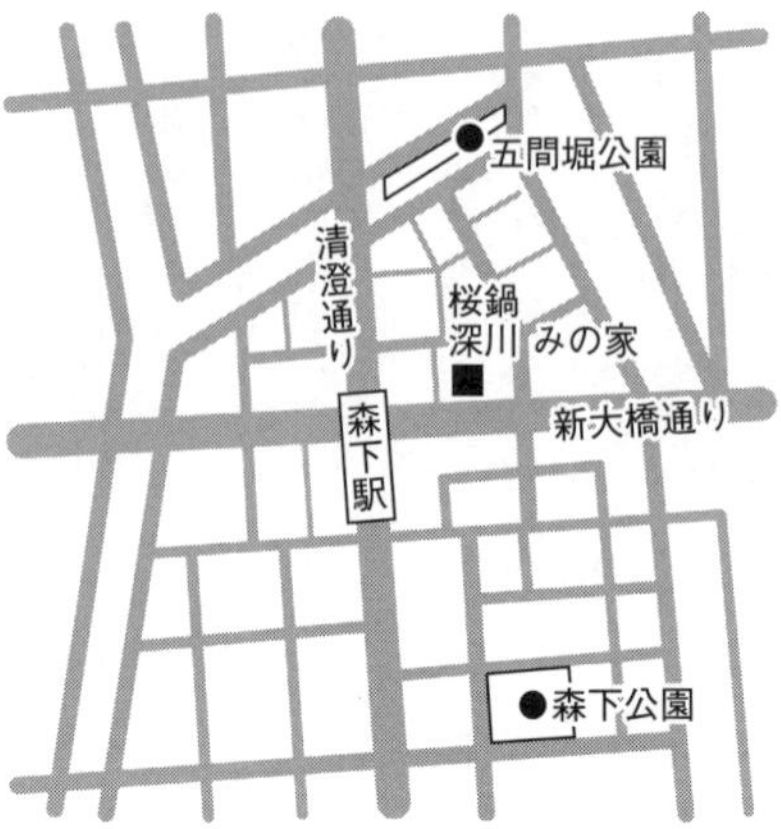

俳聖の町の端を歩す師走かな　寺川　芙由
初めてと言はず気取つて桜鍋　太田　邦子
差し向ひ小鍋仕立てや桜鍋　坂野　たみ
川風もどこか江戸の香桜鍋　坂野　たみ
深川の味や甘さや桜鍋　奥住　士朗
夕食は抜きと思ふも十二月　柳内　恵子
仁丹の苦さが気付け桜鍋　本田　岳凰
待ち人の来ぬ十一時落葉舞ふ　坊野みどり
スカイツリー墓を見下ろす寺師走　石井　陽子
五十畳ほどの座敷で桜鍋　中村代詩子
風に乗る柊の香や五間堀　柳内　恵子
味噌の香の追ひ込み座敷納め句座　清水　初香
公園が最後の舞台枯葉舞ふ　奥住　士朗
芭蕉庵までは辿れず日短　坂野　たみ
著ぶくれて悔ゆる歩みや風の道　池辺　弥生
徒花の戦も義士も十二月　齋藤　博
桜鍋追込座敷舌鼓　福田　和香
裸木の厠裏なるプラタナス　正能　文男
商標も古りし看板桜鍋　本田　岳凰
大熊手飾るみの屋に座を囲む　伊藤　豊子

池辺　弥生
太田　邦子
街師走前行く人を又抜きて
清水　初香
五間堀公園落葉掻く日なり
寺川　芙由
江戸の世の水路暗渠に枯木立
奥住　士朗
お見合の話けとばし桜鍋
池辺　弥生
鳩翔ちぬ音の残れる落葉踏む
正能　文男
皆勤の文子探しに冬の街
本田　岳凰
街師走路面電車の音幽か
寺川　芙由
日当りの屋根に整列鳩の冬
柳内　恵子
障子にも桜のすかし馬を食ぶ
太田　邦子
重ね着を次々に脱ぐ鍋料理
福田　和香
極月や履物預け鍋料理
正能　文男
バッカスに乾杯したき桜鍋
寺川　芙由
鍋奉行は彼女にまかせ桜鍋
榊原　精子
十二月吟行日和深川へ
伊藤　豊子
さくら鍋けとばす力なく哀れ
清水　初香
桜鍋電話番号八二九八と
本田　岳凰
極月の大江戸線の満ち干かな
福田　和香
冬の日や遊具の並ぶ水路跡
正能　文男
蹴飛ばしの語源は秘密桜鍋
正能　文男
真昼間の女流俳人さくら鍋

興味しんしん先づ覗く桜鍋　太田　邦子
笑ひ笑はれそれもよし年忘れ　榊原　精子
身の洞に刺さる節季の風のこゑ　坂野　たみ
橋いくつ越して深川桜鍋　奥住　士朗
志士の会恙なく会ひ納め句座　佐藤　文子

【選者吟】

桜鍋果てていきなり句座となる　星野　高士
桜鍋けふの予定は定まらず
待つ人のすでに来てをり桜鍋
遊具みな人に厭きたり空師走
追込みの席に馴染みて桜鍋

●高士ワンポイント講評

歳晩の桜鍋はむろん季題がぴったりだった。「桜鍋追込座敷舌鼓」は、全部が漢字で出来ている。追い込み座敷と言い、桜鍋を蹴飛ばしと言う隠語も威勢が良い。ただし、ランチタイムだったので、この後はカラオケで歌い納めをした。

⑧⑨ 小石川後楽園

日時　平成二十九年一月三日（火）
場所　小石川後楽園
集合　丸ノ内線「後楽園」徒歩五分

【名園のお正月】快晴の三ヶ日でどこも初詣はごった返す事だろう。水戸様の御屋敷は、ほどほどの人波であった。追い羽根、竹馬、福笑いなどがボランティア団体（?）の好意で正月遊びが楽しめた。

【コース】

昼食会場、句会場＝日中友好会館内「中華料理」

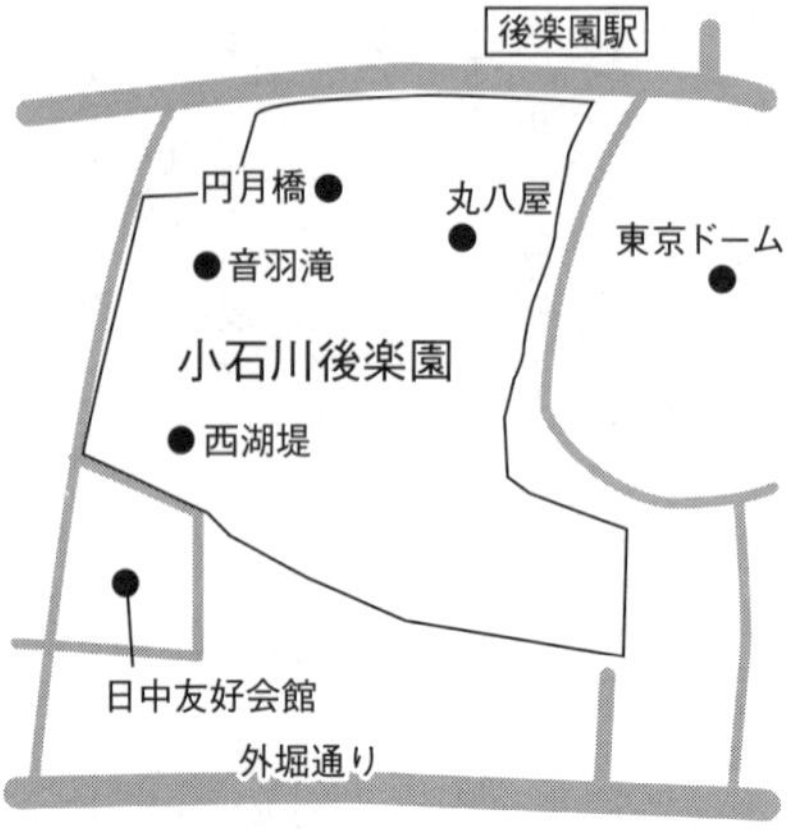

松原で正月遊び空真青　中村代詩子
初鴨の屯ろ蓬来島岩場　榊原　精子
大冬木園の神木かもしれぬ　池辺　弥生
水戸さまの名園こそが恵方かな　高井　せつ
初句会家にそろそろ飽きてをり　太田　邦子
覗きけり三日の朝の不老の井　中村代詩子
追羽根の音もどりけり小石川　奥住　士朗
大木の餅花揺らす風少し　柳内　恵子
家を出る楽しみもあり三ヶ日　奥住　士朗
雪吊や威儀を正して待つばかり　池辺　弥生
初雀群れて遊ぶはなほ楽し　佐藤　信子
三ヶ日の吟行に来る志　太田　邦子
高士師や幸福まとふ去年今年　高井　せつ
淑気満つ黄門さまの一つ松　坂野　たみ
園よりの東京ドーム初景色　正能　文男
晴れ漢なりし主宰に御慶述ぶ　中村代詩子
ドーム背に後楽園の三ヶ日　石井　陽子
竹馬も上手に乗れる正能さん　柳内　恵子
竹馬に乗れたのれたと四五歩かな　佐藤　信子
手毬唄ふと口ずさむ園の昼　高井　せつ

自づから大名屋敷淑気満つ　正能　文男
早梅の紅白に逢ふ田畑奥　榊原　精子
春著着て昨日と同じ顔のまま　奥住　士朗
初句会精鋭ばかり十四人　池辺　弥生
蝋梅や後楽園の日溜りに　佐藤　信子
縁起佳き女獅子舞やや年増　齋藤　博
ゆつくりと近づく鴨の水尾曳かず　池辺　弥生
福藁の匂ひ香し上屋敷　坂野　たみ
兄よりも先に師に会へ御慶述ぶ　太田　邦子
老松の庭に正月遊びして　佐藤　信子
対岸に蓬来島や明けの春　中村代詩子
眠さうな雁首だらけ初電車　奥住　士朗
天帝のごきげん日和三ヶ日　榊原　精子
雑煮腹減らしたき日の園歩く　正能　文男
初暦一番乗りを志士の会　太田　邦子
何処へか一声鳴いて初鴉　佐藤　文子

【選者吟】

羽子板の音は日和に消へ易し　星野　高士
円卓に待ちし料理も三日かな
恙なく御慶を述べてゐる池畔
蓬来の島に日射しの傾ける
獅子舞の太鼓は晴れを連れて来し

●高士ワンポイント講評

お正月の小石川後楽園は、猿回し、福笑い、竹馬、獅子舞など懐かしい演出があった。「水戸さまの名園こそが恵方かな」の句は、まさにその通りだった。人混みの初詣を避けて、名園の殿様気分に浸るのも良い気分だ。

⑨⓪ 須田町界隈

日時　平成二十九年二月七日（火）
場所　須田町界隈
集合　万世橋警察署
　　　ＪＲ「秋葉原」徒歩五分

【須田町老舗街】戦災を受けなかったため古き良き時代の雰囲気があり、藪そば・ぼたん・いせ源・竹むら・ショパンなどの名店が並ぶ。そして神田連雀亭も参入してきた。

【コース】神田連雀亭〜いせ源。昼食会場、句会場＝いせ源

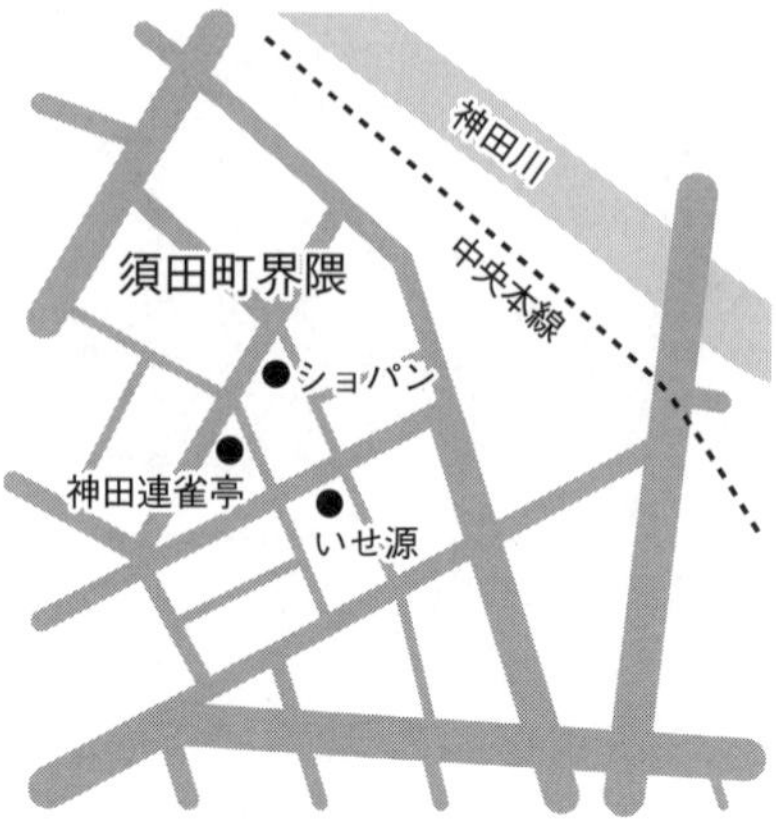

界隈に老舗いくつや凍ゆるむ　坂野　たみ
春寒し二ッ目修業如何許り　池辺　弥生
この町に馴染む寄席小屋春めけり　坂野　たみ
間を学ぶホ句に落語に春の町　寺川　芙由
鮟鱇の身を引き締めて光るもの　本田　岳凰
縄張は神田界隈浮かれ猫　佐藤　信子
料峭や暮しの隅に寄席もよき　清水　初香
いせ源の雑炊さはらないでとや　坊野みどり
鮟鱇の歯の語りをるもののあり　伊藤　豊子
下町の軒一尺に草青む　石井　陽子
二児の母多種多芸なり春の寄席　高井　せつ
じか箸の触れて親しき鮟鱇鍋　石井　陽子
鮟鱇鍋最後の仕上げ旨さ一　正能　文男
春寒し万世橋署出頭す　福田　和香
万世橋流るる水の二月かな　寺川　芙由
碧空の細切れの街冴返る　坊野みどり
冴返る来てよかりしや連雀亭　太田　邦子
早春やおひねり渡したき噺　柳内　恵子
春の寄席今日はつばなれしてをりぬ　齋藤　　博
寄席の春女二ッ目坊主刈り

集合も日当る路傍春浅し　佐藤　文子
須田町の寸土華やぐ梅の花　福田　和香
集合は万世橋署冴返る　清水　初香
火除け社に因む地名や春疾風　柳内　恵子
座布団を返せばあびし春の塵　柳内　恵子
鮟鱇鍋男三人あぐら掻き　齋藤　　博
肝をのせよく煮えてきし鮟鱇鍋　佐藤　信子
心足る鮟鱇食ふて寄席聞きて　永井　梨花
ワンコイン寄席も二度目や春の町　太田　邦子
いせ源に独活のかほりの柔かく　永井　梨花
二ッ目の夢春浅し次の峰　坊野みどり
はなし家も言葉噛むなり春の昼　高井　せつ
ふらここや窓を拭く人綱一本　齋藤　　博
つばなれといふ安堵知る春の寄席　寺川　芙由
梅東風や路地古るままに寄席親し　坂野　たみ
具足食ひあとは鮟鱇雑炊に　榊原　精子
須田町や強東風抜けてゆく矢来　福田　和香
風光りつつ流れつつ神田川　永井　梨花
高座の背開かぬ唐紙春浅し　齋藤　　博
寄席太鼓風のびやかに春浅し　池辺　弥生

微苦笑や旧正月の寄席三話　正能　文男
席亭を笑ひで満たし春灯し　本田　岳凰

【選者吟】

鮟鱇鍋どこかに笑ひ声ひそむ　星野　高士
昼寄席に二月礼者の二十人
いせ源の鮟鱇食ふて寄席聞きて
冴返るドアみな開けて電気街
二ッ目の声の響きも凍ゆるむ

●高士ワンポイント講評

先回に次ぐ神田連雀亭に行って、いせ源に寄った。「鮟鱇の歯の語りをるもののあり」の句は、店先に飾られた鮟鱇のグロテスクな顔、歯の気持ちになって詠ったのでしょう。作者のユーモア性が為せる技でしょう。

⑨① 水辺ライン・お台場

日時　平成二十九年三月七日（火）
場所　水辺ライン・お台場
集合　両国・水辺ライン発着所
　　　ＪＲ「両国」徒歩五分

【水辺ライン・お台場】船旅とホテルの食事がパックになっている。今回は、隅田川を下ってお台場で散策後に食事になるが、その後に句会が待っていた。
【コース】両国～晴海～レインボーブリッジ～お台場
昼食会場、句会場＝ホテルグランパシフィック「楼蘭」

引鴨とすれ違ひたる川下り　太田　邦子
楼蘭と云ふ名の店や霾ぐもり　正能　文男
戦なきお台場に今残る鴨　坊野みどり
魚河岸に青春有りし春の人　山中　知子
上げ汐のあとの引き汐子持鯊　奥住　士朗
春陰や下船急がず海の風　深沢　愛子
ウォーターフロントにある春愁ひ　正能　文男
三月は肩の力を抜くことに　深沢　愛子
船着きて春めく潮を濁らせて　池辺　弥生
木の芽風水辺ラインのホテルまで　永井　梨花
橋いくつ渡り春風女神像　坊野みどり
君じやなく春の隅田に抱かれて　山中　知子
春陰や行き交ふ船に手を振りて　清水　初香
春風に押されヒルトンニッコウへ　柳内　恵子
船おそふ飛沫も春の水らしく　高井　せつ
芽柳や船聖路加に近づきぬ　寺川　芙由
うたかたも春の色乗せ隅田川　奥住　士朗
尖塔も呑まれさうなる鳥曇　坂野　たみ
浜離宮素通りをする鳥曇　正能　文男
からつぽの心放ちて水の春　池辺　弥生

辷り出す水上バスや桜の芽　深沢　愛子
大川を六十分の旅のどか　高井　せつ
芭蕉翁望む隅田や春の波　山中　知子
春の川水尾長ながと荷足船　齋藤　博
台場跡遅日の鉄の黙深し　坂野　たみ
川端に翁の庵遠霞　奥住　士朗
春寒の相撲の町に乗船す　福田　和香
お台場で待ってゐる人春日燦　太田　邦子
春光の先へ誘ふ舟路かな　佐藤　信子
橋くぐる一瞬暗む春の水　高井　せつ
すべり行く船三月の隅田川　清水　初香
新しき街を水路に風光る　坂野　たみ
塔二つ隅田の春は水辺より　佐藤　信子
陽炎や築地大橋右顧左眄　齋藤　博
伸びやかに畳む波音残る鴨　坂野　たみ
海に出て春の舟旅もう終はる　柳内　恵子
水音の酔ひ醒ますらむ涅槃西風　太田　邦子
待合の両国河岸にある余寒　本田　岳凰
朝東風や武蔵下総つなぐ橋　奥住　士朗
砲台と知らず遊ぶ子浜うらら　坊野　みどり

絵構図に橋と首都高隅田春　石井　陽子

【選者吟】

水温み信玄餅の固結び　星野　高士
船旅といへど都心や春浅し
春昼やホテルを抜けて又ホテル
支流にも水門あけて暖かし
お台場に来て残り鴨残る鴨

●高士ワンポイント講評

両国から出航して水辺ラインのお台場まで行った。「木の芽風水辺ラインのホテルまで」は、この時の感じがぴったりだ。デッキに出ると少し寒いが、船内からウオーターフロントを俯瞰するように船が進んだ。お台場は、ホテルを抜けてもホテルだった。

⑨② 猿江恩賜公園

日時　平成二十九年四月四日（火）
場所　猿江恩賜公園
集合　公園入口「四阿」
　　　都営地下鉄「住吉」徒歩三分

【猿江恩賜公園】横十間川が流れ、江戸時代に幕府直轄の貯木場だった。公園として整備されミニ貯木場がある。下町の隠れた桜の名所でもある。花吹雪が舞い散る中の吟行だった。

【コース】野球場～テニスコート～ミニ貯木場。

昼食会場、句会場＝レストラン・モア

仮の世に生きて一会の花万朶　坂野　たみ
朝東風や潮路はるかに木場の跡　齋藤　博
おじやマップ余韻鎮めて桜狩　正能　文男
子供等の声花人となりにけり　柳内　恵子
蝌蚪すくひても目的は小えびてふ　榊原　精子
池淵の蝌蚪の未来を語るべし　高井　せつ
清明や鳥影交はす森の裾　寺川　芙由
角乗りは遠き日のこと蝌蚪群るる　伊藤　豊子
犬散歩連れ立ち歩く園四月　佐藤　文子
幸せは今年の花に会へしこと　高井　せつ
読みとれぬ碑文に添ひし花楓　坊野みどり
花疲れなき下町の親子かな　奥住　士朗
どの顔も笑顔となりぬ花の下　福田　和香
おほどかに猿江の桜さくらかな　佐藤　信子
スカイツリーに恥ぢらひ見せて花八分　山中　知子
亀鳴くや区民憩へる貯木跡　伊藤　豊子
白雲や声清明の空にとけ　清水　初香
蝌蚪大国少年の網襲ひくる　寺川　芙由
清明や園の吟行満ち足りぬ　深沢　愛子
昼食はティアラこうとう初蝶来　柳内　恵子

貯木場模したる池や残る鴨　正能　文男
貯木場の花時にある潦　本田　岳凰
袖触れて零して行きぬ小米花　齋藤　博
観桜や素直になりし昼の園　深沢　愛子
のどかさや下町歩き相撲部屋　石井　陽子
のどけしや人集まれば塵芥　清水　初香
父逝きて母逝きて尚桜満つ　福田　和香
江東の草芳しき一歩かな　永井　梨花
さくらいろパスタくるくる桜海老　清水　初香
風光る青一枚の空のもと　佐藤　文子
百千鳥老も病も忘れ佇つ　深沢　愛子
春愁や丸太ひしめく頃はるか　太田　邦子
ボール箱の底が食台花奉行　齋藤　博
ひらひらと頭でつかち蝌蚪の国　石井　陽子
ほどのよき川風匂ふ蝶の昼　坂野　たみ
地下鉄に馴染まぬ背広新社員　本田　岳凰
花の上にスカイツリーの空淡し　榊原　精子

【選者吟】　星野　高士

清明の木々に街音伝へ来る
人声は人声を呼び桜狩
観桜の途中の曲り角に池
さくら海老パスタそれぞれありし卓
花疲れとは言へ元気なりし人

●高士ワンポイント講評

都営新宿線の住吉で降りて猿江恩賜公園は、以前、貯木場があった場所だった。「のどかさや下町歩き相撲部屋」の句は、早く来て近くの相撲部屋に立ち寄っての俳句だという。気さくな下町らしさが窺える句だ。

⑨③ 柳橋

日時　平成二十九年五月二日(火)
場所　柳橋
集合　人形の「吉徳」ギャラリー
　　　JR「浅草橋」徒歩三分

【柳橋】神田川が隅田川へ注ぐ河口部に掛かる橋。花街として知られる。神田川の両岸に料亭が並び立っていたが、釣り船や屋形船が係留され、橋のたもとに佃煮屋が店を開いていた。
【コース】人形の「吉徳」～柳橋～佃煮屋～篠塚神社
昼食会場、句会場＝「月の井」

黒塀は春色の中柳橋　清水　初香
八十八夜昼は詮無き屋形船　齋藤　博
行く春の鍾馗の髭の憂ひかな　奥住　士朗
夏近しはどよき風の柳橋　深沢　愛子
柳橋とある稲荷や春惜しむ　正能　文男
かき揚げに昭和のにほひ暮の春　奥住　士朗
花街や逢ふも別れも橋暮春　坂野　たみ
下座の音の耳朶を操る夏隣　本田　岳凰
二川合ふ潮目のしるき夏隣　坂野　たみ
人形のここは老舗や春闌る　深沢　愛子
揺れ止まぬ女心や嫣柳　齋藤　博
神田川行き着くところ春惜しむ　正能　文男
見返ればスカイツリーと芽柳と　本田　岳凰
夏隣る両国近し場所を待つ　佐藤　信子
二つ川潮目くつきり夏近し　石井　陽子
浅利汁旨し月の井松花堂　榊原　精子
惜春や此処柳橋今昔　佐藤　文子
船宿の間口は狭し門柳　高井　せつ
武者人形命の温み伝ひくる　池辺　弥生
川二つ出会ひて春の潮境　本田　岳凰

欄干にかんざし飾る青柳　榊原　精子
神田川桜の余り風運ぶ　柳内　恵子
武者人形吉徳に聞く虚子縁　伊藤　豊子
色街にもし色あらば残んの花　奥住　士朗
吉徳と虚子の縁を知る五月　永井　梨花
好日や八十八夜の月の井　深沢　愛子
志士なれば春昼に来し柳橋　清水　初香
小松屋の藍の幟も暮の春　佐藤　信子
柳橋新橋分かつ柳揺れ　坊野みどり
月の井に八十八夜の客となり　本田　岳凰
川柳右岸に続く佃煮屋　坊野みどり
虚子の縁吉徳にあり武具飾る　坊野みどり
八十八夜君と別れぬ柳橋　山中　知子
行春や武者には遠き子と孫と　太田　邦子
橋いくつ川をつなぐや春はゆく　佐藤　文子
芽柳の分かつ明るさ川面にも　池辺　弥生
夏近し潮目の分かつ神田川　深沢　愛子
晩春の風嫋やかや柳橋　永井　梨花
惜春の街に士朗さんの歴史　太田　邦子
春蘭くや江戸に生人形の贅　寺川　芙由

【選者吟】　星野　高士

武具飾る虚子に所縁のある老舗
問屋街ランチタイムの蛍烏賊
佃煮を買ふ惜春の柳橋
黒塀に潮の香よぎり春惜しむ
人誘ひ夜へなびきし門柳

●高士ワンポイント講評

柳橋といえば粋な所だが、その名残のようなものもあるようだ。「武者人形吉徳に聞く虚子縁」の句は、集合場所に寄った場所での句。虚子が吉徳へ贈った書が、その場にあったのだ。不思議な縁と言う他はない。

⑭ 大宮盆栽村

日時　平成二十九年六月六日(火)
場所　大宮盆栽村
集合　東武・野田線「大宮公園」改札口

【大宮盆栽村】駅の北側の閑静な住宅街に「盆栽園」が十数件あり、外国人の盆栽ブームとさいたま市を中心にこの夏「盆栽世界博覧会」が開催される。「むさし野大宮」のメンバーも合流した。
【コース】漫画会館～盆栽園～盆栽村ミュージアム
昼食会場、句会場＝「東山」

盆栽に魅せられてゐるサングラス　佐藤　信子
涼しさや盆栽園の如雨露の柄　小林　靖子
松柏の青葉明りに佇みぬ　岩崎　好
辿りたる盆栽村の夏帽子　深沢　愛子
盆栽も十薬も命の一つ　清水　初香
染め付けの箸置きに影夏料理　小林　靖子
盆栽の根張りに梅雨の兆しかな　中島　勝彦
南風や心の遊ぶ漫画館　岩崎　好
六月の水滲む根や五葉松　鈴木　允子
傾れ落つ額紫陽花の盆仕立て　本田　岳凰
盆栽や心豊かな夏料理　深沢　愛子
苔玉に枝垂る一枝をゆらす南風　伊藤　豊子
盆栽の町にたわわな実梅かな　永井　梨花
まとまらぬ句を扨おきて夏料理　岩崎　好
水打ちて盆に朝の生まれけり　奥住　士朗
いと小さき盆器に一花未草　坂野　たみ
千の眼の見入る一鉢緑さす　本田　岳凰
植替の客土に座るさつきかな　齋藤　博
盆松は一日ならず夏の雲　山中　知子
盆栽村健脚称ふ夏木蔭　池辺　弥生

盆栽の松の一樹に万の朱夏　本田　岳凰
薫風や盆栽に青龍の顔　清水　初香
竹林の涼風受けて歩も弾む　深沢　愛子
水遣りも樹木の命六月来　永井　梨花
軽暖の中や盆栽村を歩す　正能　文男
盆栽や杉は杉なり木下闇　福田　和香
南風吹く幹千年の五葉松　禰津　時男

【選者吟】

曇り勝ちにも日が差して時計草　星野　高士

●高士ワンポイント講評

大宮の盆栽村へむさし野大宮の有志も一緒に吟行した。「盆栽の根張りに梅雨の兆しかな」の句は、上手い。根張りがしっかりしていて、梅雨に立ち向かうかのようにも取れる。盆栽の世界博覧会が、その後さいたま市を中心に開かれた。

盆栽のどこも草引く要のなし　坊野みどり
真柏のくねりたどりて青葉かな　寺岡　光子
箱庭や風は渦巻くこと知らず　小林　靖子
金魚飼ふ駅の向かひの喫茶店　奥住　士朗
盆栽の陰より現れし時計草　永井　梨花
黒南風や盆栽村をかち歩く　寺川　芙由
雲切れるあはひを高く夏の蝶　坂野　たみ
さつき垣重なる重さなかりけり　池辺　弥生
鳥声や盆栽村といふ茂り　鈴木　允子
盆栽に猫も倦みたる薄暑かな　奥住　士朗
緑蔭を曲がりて漫画会館へ　鈴木　允子
盆栽の宇宙のくぼみ木下闇　坂野　たみ
楽天居主待ちをる夏座布団　坊野みどり
一叢の未央柳が抱く巨岩　伊藤　豊子
六月の盆栽村を歩す真昼　柳内　恵子
梅雨兆す盆栽園の深庇　中島　勝彦
盆に彩すこし残して花あやめ　奥住　士朗
風も入れ岩がらみてふ額の花　小林　靖子
大宮に二十四名の声涼し　坂野　たみ
あめんぼう動かぬ時の水の色　清水　初香

盆栽の赤松にして薄暑かな
金魚見て盆栽を見て漫画館
額あぢさゐの盆栽に風ひとつ
道すがら地のものらしき夏の蝶

㊵ 銀座シックス

日時　平成二十九年七月四日（火）
場所　銀座シックス
集合　銀座シックス屋上庭園
　　　地下鉄「銀座」徒歩七分

【銀座シックス】銀座松坂屋を全面的に立て替えてお披露目したばかり。開店間もない店内は、人、人、人で溢れていたが、屋上庭園は子ども連れとお年寄りが休息中。

【コース】屋上庭園～銀ブラ。昼食会場、句会場＝がってん寿司

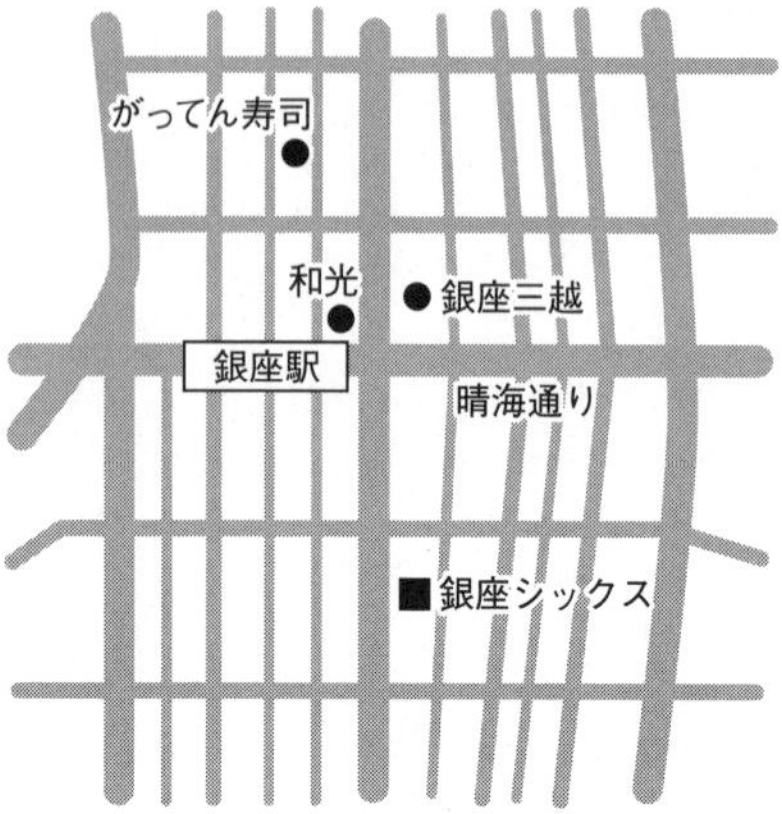

屋上に片蔭なくも水音あり　中村代詩子
天空の青芝に寝る少女かな　奥住　士朗
雨兆す雲はさておき茂るもの　中村代詩子
ユニクロの玻璃に直撃梅雨鴉　柳内　恵子
銀座馴れして梅雨蝶の十四階　高井　せつ
横文字の七夕飾り見て銀座　伊藤　豊子
目印は師の白髪とパナマ帽　寺川　芙由
ギンザシックス御土産にハンカチを　奥住　士朗
気にかかるパナマ帽ゆく銀座哉　山中　知子
ブルガリもシャネルも並ぶ梅雨の街　永井　梨花
天空の庭園露台街眼下　深沢　愛子
風少し動かして咲く額の花　池辺　弥生
七月の銀座シックス五句拾ふ　坊野みどり
炎天や廻るマネキン見下ろしぬ　福田　和香
蜘蛛の囲の引ける余地なき銀座かな　齋藤　　博
稲荷社の賽銭箱も梅雨湿り　坂野　たみ
土一升金一升を磨く梅雨　太田　邦子
屋上の庭園暑さ置きに来る　本田　岳凰
暑気払ひせるは銀座のがんこ亭　中村代詩子
先達の心いたゞく夏座布団　山中　知子

見渡せば銀座八丁梅雨湿り　正能　文男
江戸前の鮨や所望のひかりもの　本田　岳凰
銀ブラの途中七夕飾りかな　正能　文男
病葉を表に返しバスに乗る　太田　邦子
汗ぬぐひ行くは似合はぬ銀座かな　福田　和香
田辺とは違ふ青芝銀座かな　柳内　恵子
七月の銀座買ほうが買ふまいが　寺川　芙由
梅雨曇り雨意をはらみてビルを過ぐ　深沢　愛子
屋上の庭新しき五月闇　坂野　たみ
屋上の浜に遊べる素足の子　奥住　士朗
師の扇子無尽蔵の句さりげなく　正能　文男
銀座には合はぬお古のサングラス　太田　邦子
常よりも弾む銀座のアイスティー　深沢　愛子
端居して移らふ銀座俯瞰せり　坂野　たみ
炎帝の声も姿もなき銀座　奥住　士朗
再びのおのぼりとなりサングラス　齋藤　博
夏服にブレスレットは形見もの　中村代詩子
ビル狭間皇居の緑かけらほど　寺川　芙由
銀ブラや梅雨傘連ね行く真昼　清水　初香
青春や汲めど尽きせぬ銀座夏　池辺　弥生
水遊び揃ひの衣子ら達も　石井　陽子

【選者吟】

ご馳走になるも縁や梅雨の果て　星野　高士
ビル谷間から白南風の銀座歩す
水遊びする子に未来都市の空
青芝に一歩銀座も値踏みせり
屋上といへど銀座や梅雨晴るる

●高士ワンポイント講評

この時も、旧銀座松坂屋が全面改装された銀座シックスへ出かけている。新しいもの好きのコーディネーターの趣味が出ている。「ギンザシックス御土産にハンカチを」は、高価なハンカチだったに違いない。句としては破調の句だが、十七音に納まっていて見事だ。

⑯ 水辺ライン・葛西

日時　平成二十九年八月一日(火)
場所　水辺ライン・葛西
集合　両国・水辺ライン発着所
　　　ＪＲ「両国」徒歩五分

【水辺ライン・葛西】お台場コースとレインボーブリッジまでは同じだが、東京湾に出てからスピードが加わり、飛魚が船と併進してきた。俳句作りも、圧倒的に九十分の船旅を謳ったものが多かった。

【コース】両国～レインボーブリッジ～葛西臨海公園。昼食会場、句会場＝シーサイドホテル江戸川

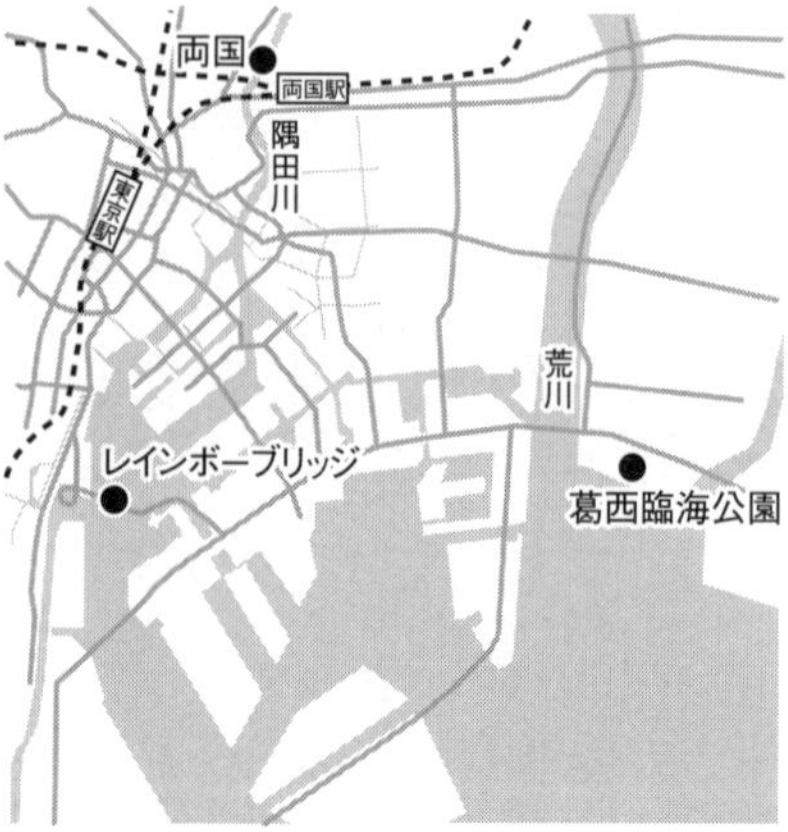

海神の朱の鳥居過ぎ夏惜しむ　寺川　芙由
夏痩の人はをらずの箸づかひ　佐藤　信子
転舵して海の展けし涼み舟　坂野　たみ
青鷺の拠点ここなる浜離宮　佐藤　信子
夏深し翁を偲ぶ隅田川　深沢　愛子
八月の潮路磯路に惜しむもの　坂野　たみ
夏服や一会の膝を船に組む　佐藤　信子
夏潮を蹴立てて向ふ葛西まで　深沢　愛子
船遊揺れゐる景に少し飽き　池辺　弥生
点々と海鵜浮かべて水晩夏　高井　せつ
途中寄り船は二時間海晩夏　清水　初香
少年は高きを目指しヨットの帆　奥住　士朗
飛魚の乗る気のジャンプ観覧車　齋藤　博
空腹をおして坂道蟬しぐれ　本田　岳凰
安房の句座でま見え晩夏の句座で会ふ　宮永　泰俊
見えて来し恐竜橋や舟遊　柳内　恵子
潮の香を鎖し舟遊び始まりぬ　寺川　芙由
飛行機もあごも飛びゆく東京湾　山中　知子
飛魚の跳びて潮打つ強さかな　奥住　士朗
遊船や水門開き潮流れ　石井　陽子

涼しさは寂しさに似て隅田川　齋藤　博
船遊平和の重み今さらに　池辺　弥生
水上バスよりの東京晩夏かな　佐藤　文子
お台場の橋見涼しくなりゐたる　佐藤　信子
日中韓呉越同舟船遊　齋藤　博
すれ違ふ鷺の番や川晩夏　深沢　愛子
すれ違ふ船に手を振る夏惜しむ　佐藤　文子
雲鎖す大東京に八月来　寺川　芙由
夏潮に乗って眺める築地かな　柳内　恵子
倉河岸や濁る瀬をゆく夏の果て　太田　邦子
秋近きおきつ潮風肌に消ゆ　柳内　恵子
船旅の臨海公園蝉時雨　齋藤　博
大川に航跡消ゆる夏惜しむ　宮永　泰俊
捨て小舟揺れて晩夏の音響く　太田　邦子
夜を待つスカイツリーや秋近し　清水　初香
不動心扇子の主に惑ひけり　山中　知子
雨意ふふむ風呼びやすき雲晩夏　坂野　たみ
秋近き松籟繋ぐ海の町　坂野　たみ
老医師を悼む聖路加夏果つる　正能　文男

【選者吟】
鷺見つめゐる水の面の晩夏かな　星野　高士
船降りてすぐ草いきれ蝉時雨
飛魚と別の航路を進むのみ
船窓を過ぎゆくものの秋近し
遊船や明治座を見て人を見ず

●高士ワンポイント講評

二度目の水辺ラインは、葛西臨海公園まで珍しく長い船旅のようであった。「飛行機もあごも飛びゆく東京湾」の句は、あごは言うまでもなく、「飛魚」のことで「飛行機」との取り合わせも良い。晩夏の雰囲気も充分に感じられた。

⑰ 国会議事堂

日時　平成二十九年九月五日(火)
場所　国会議事堂
集合　国会議事堂・面会室
　　　「永田町」徒歩七分

【国会議事堂】 恐れ多くも国会内を吟行し、議員食堂でランチを食べて会議室での句会が出来るとは。国会議員の紹介があれば、見学は出来る。それもこれも辣腕秘書のお陰である。議会は休会中であったが、急に解散風が吹く事に。

【コース】 面会所～議事堂正面玄関～参議院～衆議院～議員食堂～会議室

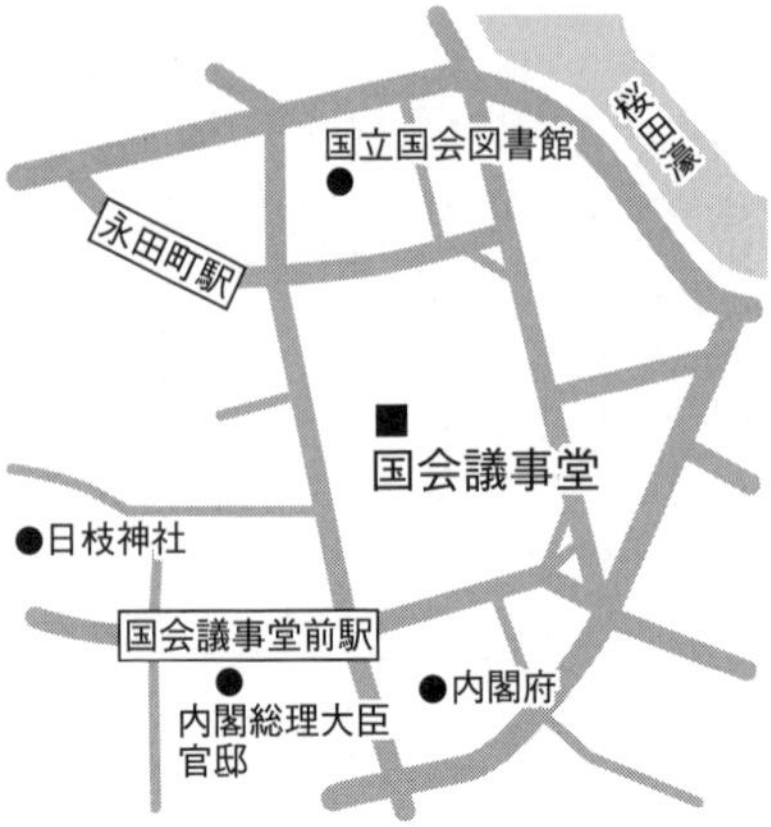

秋灯や議事堂の威に阿波の石　伊藤　豊子
諸先生留守の国会去ぬ燕　正能　文男
爽やかや女性衛視の片靨　奥住　士朗
銅像の一基空きたる秋思かな　正能　文男
永田町秋雲行きつ戻りつつ　坊野みどり
露けしや国の行方を誰も知らず　坂野　たみ
虫を聞く民の声聴く議員かな　太田　邦子
この国の要の塔や秋高し　坂野　たみ
国会弁当バッジを模した菊の飯　榊原　精子
秋風や影濃き廊に憩ふとき　池辺　弥生
議事堂の秋思溢るるばかりなり　高井　せつ
秋深み衛視敬礼永田町　永井　梨花
大天井絵硝子議会場秋思　清水　初香
秋冷や赤絨毯を踏みし時　福田　和香
ささやかな一葉の秋の永田町　佐藤　信子
願はくは平和の空の赤とんぼ　齋藤　博
万人の気鬱消えぬや秋椿事　太田　邦子
国会に結界もあり蚯蚓鳴く　奥住　士朗
新米は菊の御紋の形かな　柳内　恵子
天皇の御休所秋のこゑ　坂野　たみ

爽やかや品子議員の身の熟し　本田　岳凰
議事堂の秋灯続く長廊下　永井　梨花
議事堂のお庭を巡る草の花　佐藤　文子
秋暑し立法府まで地下鉄で　宮永　泰俊
壁耳を許さぬ国会秋の声　齋藤　博
議事堂のステンドガラス秋日濃し　深沢　愛子
議事堂を花鳥諷詠国の秋　坂野　たみ
大サービス国会吟行秋日和　榊原　精子
爽やかやイエローースーツ議員笑む　高井　せつ
議事堂に棲みつく虫の多種多様　太田　邦子
議事堂の水澄む鯉も紅白に　山中　知子
弁舌もさやか大臣待ち議員　寺川　芙由
水澄むや皇族室の広き窓　宮永　泰俊
議事堂の高き天井秋の声　正能　文男
秋灯す苦し答辨聴きし部屋　高井　せつ
秋灯を今日は点さぬ御座所かな　齋藤　博
仲秋や身も引締る議事堂内　深沢　愛子
赤絨毯秋冷潜むそこかしこ　伊藤　豊子
太柱大理石なる秋の冷　高井　せつ
金風や国会議事堂おもてもん　佐藤　信子
秋風の繋ぐ二院の政所　坂野　たみ
秋灯の議員会館なる句会　佐藤　信子

【選者吟】

爽やかや赤絨毯の踏み心地　星野　高士
秋灯の濃き議事堂の昇降機
露の世の議員食堂幕の内
議事堂の一歩一歩に秋の声
秋冷や時鳥てふ大理石

●高士ワンポイント講評

国会議事堂での句会を試みたのは、聞いたことがない。「銅像の一基空きたる秋思かな」は、当日の高点句で、ホールの一隅が空いていた。議員諸公の励みにもなっているとの事。戦後世代の政治家には未だこの空きを埋める該当者がいないのだという。

⑱ 三菱美術館

日時　平成二十九年十月三日（火）
場所　三菱一号館
集合　三菱一号館中庭
　　　ＪＲ「東京」徒歩七分

【三菱一号館】江戸城築城の折は、一面の芦ケ原であったが、一帯は首都の中心街に変貌した。三菱一号館は、往時を偲び赤レンガの重厚な記念館として美術館とした。

【コース】三菱美術館～丸の内仲通り～新丸ビル昼食会場、句会場＝「かこいや」

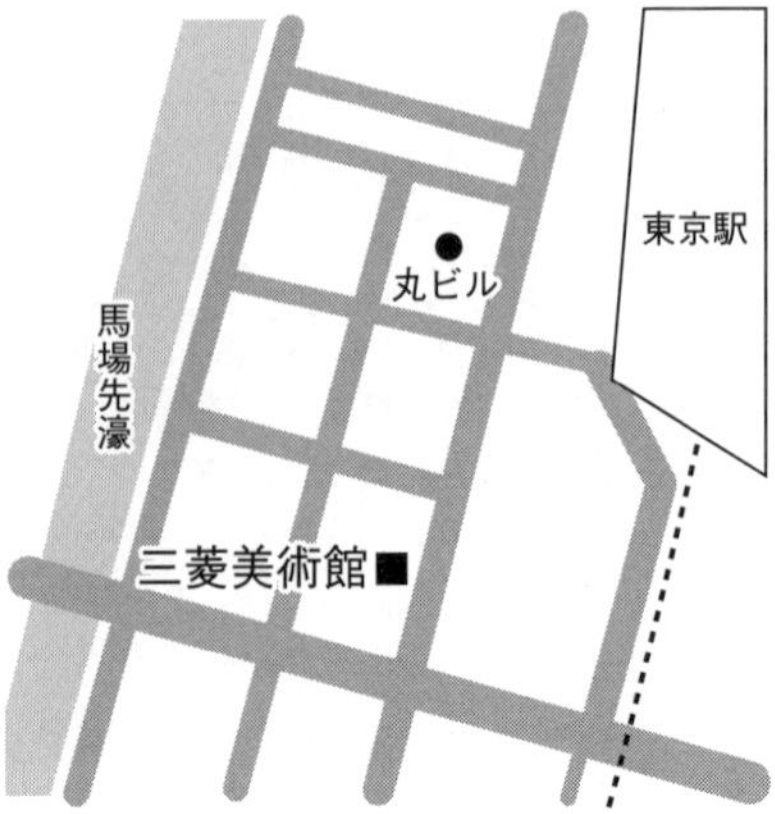

憩ふ時歩く時見る秋の薔薇　清水　初香
大手町有楽町も秋天下　佐藤　信子
秋麗やパリのにほひの店ばかり　奥住　士朗
丸の内玉藻縁やホ句の秋　深沢　愛子
お弁当膝に開きて薄紅葉　太田　邦子
秋風の縦横無尽大通り　本田　岳凰
ホ句の秋寂と三菱一号館　本田　岳凰
居酒屋の昼食旨し馬肥ゆる　深沢　愛子
丸の内寸土の樹々に小鳥来る　坊野みどり
目礼のミニスカポリス秋日和　山中　知子
赤レンガ園に十月桜かな　伊藤　豊子
丸の内ビルの谷間の秋薔薇　宮永　泰俊
秋灯や一日灯すミルクカフェ　石井　陽子
エリートは首をすくめずそぞろ寒　太田　邦子
水澄むや国の経済担ふ街　深沢　愛子
八千草をぐるり鉢巻ビル柱　齋藤　博
秋惜しむ丸ビル街の今昔　佐藤　文子
待宵を待てず昼餉と洒落込めり　本田　岳凰
金風や大内山に生れ来る　坊野みどり
爽やかや仲通り行く丸の内　清水　初香

銀行の本店裏やホ句の秋　宮永　泰俊
歴史的一号館や秋薔薇　榊原　精子
秋さぶや岩崎様の小さき庭　正能　文男
中庭の円形ベンチ小鳥来る　本田　岳凰
函館の旅の話と鮭ご飯　清水　初香
赤い羽根ビジネス街の昼休み　池辺　弥生
そびえたつ丸ビルにある秋思かな　柳内　恵子
秋色の濃き丸の内仲通り　寺川　芙由
津軽三味流る昼餉やホ句の秋　伊藤　豊子
ビル街の中の花野や心足る　深沢　愛子
丸ビルに生ききる余生ホ句の秋　山中　知子
高層に立つクレーンや末枯るる　正能　文男
駈け参じ思はず開く秋扇　佐藤　文子
中庭を引き締めてゐる秋そうび　伊藤　豊子
秋闌る東京駅や師に見ゆ　宮永　泰俊
遊び癖忘れまいぞやホ句の秋　奥住　士朗
散る木犀地に還りゆく丸の内　太田　邦子
スカイバス見送る側や秋高し　正能　文男
秋冷や昨夜の雨粒丸の内　清水　初香
丸の内に通うプライド冬支度　太田　邦子

【選者吟】

銀行の裏門小さしそぞろ寒　星野　高士
銀行と郵便局を抜けて秋
オーエルの内緒話に小鳥来る
中庭のどんなところも秋の声
爽やかに丸ビルの角次の角

●高士ワンポイント講評

三菱美術館は、丸ビル近くの旧三菱一号館でオアシスのような中庭がある。美術館は休館中だった。「丸の内ビルの谷間の秋薔薇」の句は、写生に徹した句である。昼時のサラリーマンが集まり、一句に秋の薔薇が上手く収まっていた。

⑲ 代々木上原

日時　平成二十九年十一月七日㈫
場所　代々木上原
集合　「代々木上原」徒歩十分

【古賀政男記念館】イスラム教会の後、不朽の作曲家・古賀政男記念館へ。懐かしのレコードやスイッチ一つで古賀メロデーが飛び出す仕掛けなど館内の温もりを享受した。

【コース】東京ジャーミー～古賀政男記念館。昼食会場、句会場＝ゴールデン・ファイヤー

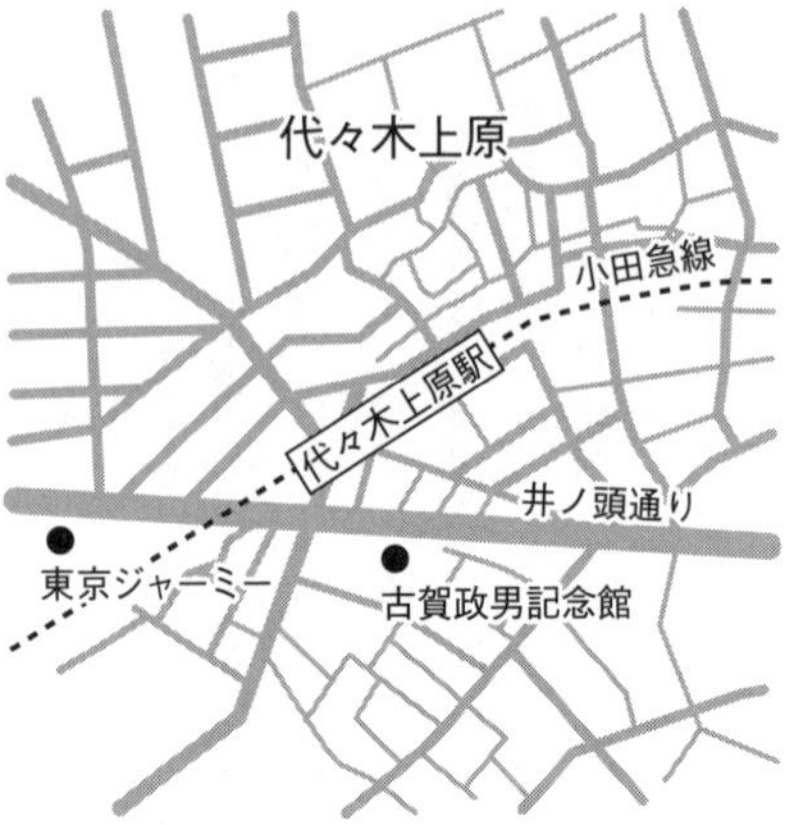

酒涙憂さをも忘る小春かな　伊藤　豊子
神と民繋ぐ尖塔今朝の冬　寺川　芙由
尖塔の空を掴みて冬に入る　永井　梨花
冬ぬくし山廬四方山話など　正能　文男
信仰に国境はなし狂ひ花　奥住　士朗
ナツメロにときめきもあり神の留守　深沢　愛子
鳴きさうなギターロボット冬日和　坂野　たみ
イスラムを少し学んで冬に入る　正能　文男
水色はドームに浮かび今朝の冬　宮永　泰俊
古賀メロディーなぜかなつかし冬日和　石井　陽子
映されしト音記号の障子かな　坊野みどり
北窓を塞ぎ正午の祈りかな　奥住　士朗
落葉にも小さな命潜みをり　池辺　弥生
昼食もイスラム一と日神の留守　清水　初香
銀翼やトルコブルーの冬の空　本田　岳凰
冬晴に尖塔光るモスクかな　福田　和香
木の葉髪と生きねばならぬ長寿国　太田　邦子
コーヒーはアラビア語なり石蕗の花　山中　知子
トルコ色背なに山茶花白に会ふ　坊野みどり
落葉舞ふ坂ジャーミーを振り返る　寺川　芙由

回教の神に礼拝神無月　太田　邦子
貴重なる十一月の日向かな　柳内　恵子
哀切の潜む館の古障子　伊藤　豊子
ジャーミーの神秘のモスク黒ショール　本田　岳凰
零れつゝ風に山茶花盛りなる　池辺　弥生
ウイグルの人マーブルの落葉掃く　太田　邦子
異教徒の拝殿にをり神の留守　坊野みどり
十一月一歩踏み出す志士の会　佐藤　文子
哀調の古賀メロディーや小六月　佐藤　信子
マスクして遠き異文化覗きけり　齋藤　博
立冬や師の影慕ひ歩む街　太田　邦子
駅前の名曲喫茶神の留守　宮永　泰俊
山茶花白色に迷ひのなかりけり　池辺　弥生
古賀メロディー聴きつつソファー日向ぼこ　清水　初香
冬晴やモスク無限にアラベスク　福田　和香
東京のモスクを訪ふも神無月　永井　梨花
外つ国の落葉掃く青年の黙　清水　初香
古賀メロディー天与の音に冬ぬくし　坂野　たみ

【選者吟】

イスラムの尖塔にまで冬日和　星野　高士
小春日や古賀メロディーの鳴る館
音楽も多作多捨なり神の留守
立冬や礼拝堂の塵貧し
額づけば分からぬ男女冬立つ日

●高士ワンポイント講評

この日は、イスラムの礼拝堂と古賀政男記念館に行った。相対する異文化交流でもあった。「イスラムを少し学んで冬に入る」の句は、丁度、その日が立冬でもあったため、「冬に入る」が利いている。古賀政男記念館も良かった。

⑩⓪ 佃・隅田川テラス

日時　平成二十九年十二月五日(火)
場所　隅田川テラス
集合　佃渡し跡
　　　大江戸線「月島」徒歩十分

【サンシティー納め句座】会員の特別な計らいで隅田川に面した高層のレストランを昼食会場、句会場に使わせて頂いている。一年の納め句座でもあり、志士の会二百回の節目の句座でもあった。
【コース】佃渡し跡〜隅田川テラス〜サンシティー銀座
昼食会場、句会場＝サンシティー銀座

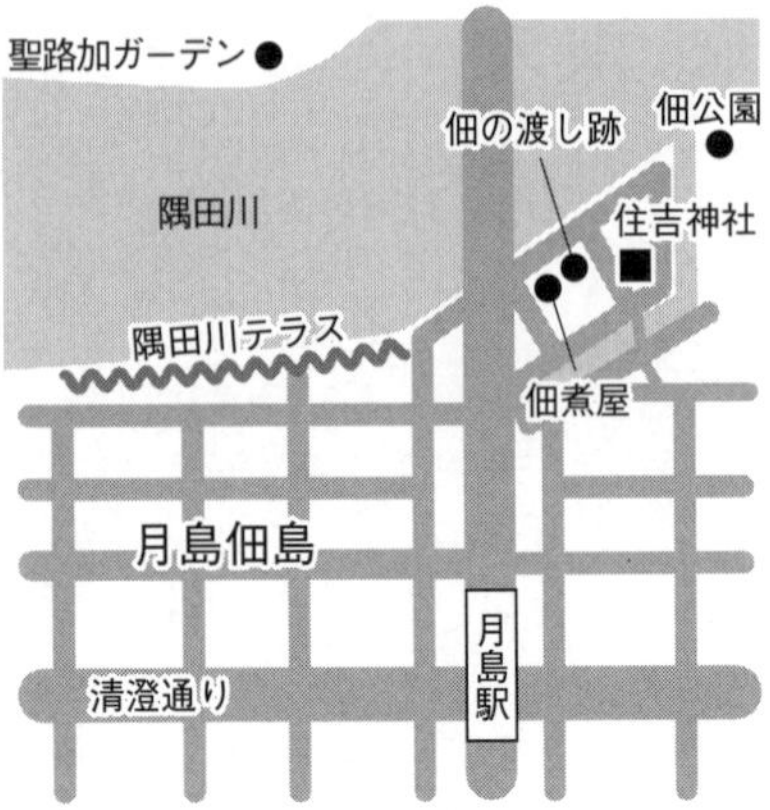

着ぶくれを三十階に解く至福　清水　初香
ともかくも米寿白寿と年忘れ　寺川　芙由
都鳥見てゐるだけで楽しくて　深沢　愛子
川波の泡消え浮びゆく師走　佐藤　信子
極月や大河を下にして句会　太田　邦子
人参の京かんざしや松華堂　柳内　恵子
船影へ鴨水尾を引き佃島　清水　初香
祝ぎの膳師走心を余所にして　坂野　たみ
極月の光を流す隅田川　柳内　恵子
冬日向曲がってみたき佃路地　池辺　弥生
改元を思ひ巡らし日記買ふ　伊藤　豊子
大根煮懐石べんたう座を占める　佐藤　文子
深沢様米寿ことほぐ冬日和　山中　知子
大川の波音抱く冬日和　坊野みどり
行年の月島にあり船着場　佐藤　信子
極月の句会宴や愛子居に　福田　和香
碧天へ桜の冬芽雀色　宮永　泰俊
嫋やかな刻を引きとめ都鳥　坂野　たみ
碇泊の小舟の間鴨一羽　佐藤　文子
俳諧の佃界隈師走晴　深沢　愛子

大川の流れ親しき十二月　正能　文男
朱の映ゆる佃小橋や浮寝鳥　高井　せつ
遊覧船去るを待ちをる都鳥　坊野みどり
愛子居に眼も口も福納め句座　清水　初香
銀杏散る佃の路地の地蔵尊　坂野　たみ
志士の会全員揃ひ納め句座　齋藤　博
牡蠣フライ始めましたと佃路地　正能　文男
流れ藻の速き瀬音や十二月　太田　邦子
冬うららビルに囲まる舟溜り　正能　文男
冬ざれの渡船場脇の佃煮屋　宮永　泰俊
稲荷社に冬芽ふくらみ夢もまた　池辺　弥生
川端に水仙点在日差し燦　佐藤　文子
米寿祝ぐ午餐の窓辺雪の富士　伊藤　豊子
荷足舟冬青空も乗せてをり　柳内　恵子
冬うららえぐりてみたき空の芯　奥住　士朗
京かんざしてふ名に人参添ふ料理　寺川　芙由
極月の波除神社我らのみ　清水　初香
下町の路地に似合ひの置火鉢　本田　岳凰
対岸の街の眩しき冬日和　坂野　たみ
冬うらら水満々と隅田川　佐藤　文子
喧噪を親しく聴きて着ぶくれて　本田　岳凰
渡船場や江戸の遺構も年の暮　宮永　泰俊
喜寿なれど米寿の高み追ふ師走　正能　文男
数へ日に数へきれずの馳走かな　柳内　恵子
漫ろ歩す墨堤長く冬暖　寺川　芙由
はるか先東京湾へ冬の川　石井　陽子

【選者吟】

大川の冬ざれの色なしとせず　星野　高士
川沿ひに行く極月の靴の底
著ぶくれてゐても言葉を選びたる
愛子居に祝ぎのグラスとなる師走
空の端を埋めるでもなく都鳥

●高士ワンポイント講評

この日は、会員の米寿祝いの会でもあった。「冬うらら水満々と隅田川」の句は、臨場感がある。隅田川の大きさ、そして満々の水を湛えて流れる。作者は、志士の会が発足して二百回の皆勤を果たした。卆寿を遥かに過ぎた方である。

あとがき

「東京ぶらり吟行日和」の百回分は、平成十三年四月から二十一年七月までを収め、二十二年九月に本阿弥書店から出版された。本書は、その続編として二十一年八月より二十九年十二月までの百回分を収録したものである。

前編は、発売後瞬く間に在庫がなくなり、会員の間でも品薄状態のまま持続している。今回は二匹目の泥鰌を狙った訳ではないが、出版化に至った最大の要因は、会員の誰よりも若くパワフルに活躍される星野高士先生の魅力に負う所が大きかった。

先生は、平成二十六年五月、玉藻一千号を機に主宰となられ、NHK俳句の講師や俳句甲子園などで常連の選者を務め、文字通り全国を股に駆けて活動され、玉藻の句会の数だけで月に二十を優に超えていて、大変に多忙なスケジュールである。先生は今や斯界にあって伝統俳句を守りつつ新しい息吹を果敢に取り入れて揺るぎない地位を築いている。

このような超売れっ子の高士先生の下で、毎月第一火曜日に毎回異なる集合場所に十一時に集まり、吟行そして昼食を挟んで句会に移る。毎回、二十名近くの参加者は卓上に並ぶ季節の料理を味わいながら、締め切り時間との戦いに思いを巡らし五句を投句する。映像やラジオでハイライトの場面も聞こえてくる。ライブのような臨場感の中にいる。

収められた百回の中で印象深い吟行場所は、昼間の新宿ゴールデン街の時計が止まったような不思議な空気感、そして国会議事堂での吟行は、衆議院本会議場や議員控室を案内され、議員食堂での昼食、さらに会議室での句会など国会での有史以来の快挙では、と自画自賛している。また、ミニバスの多用や二階建てのスカイバスやさらに水辺ラインとホテルの昼食がセットしたツアーも取り入れた。これらは、一瞬の光景を切り取る作句の鍛錬の場であると同時に、会員のニーズに対応した省エネコースを選択したためでもある。

ともあれ、出版化に際しては通算百一回から二百回までの会報を起こし、略図、吟行地の紹介、高士のワンポイント講評など版下一切を春日部ファミリー新聞の版元「ぷらすエム」が行った。校正に関しては会員で手分けして分担した。また、表紙の切り絵は、埼玉県久喜市を中心に活躍の北村Q斎氏にお願いした。東京四季出版の西井洋子社長には、製作コストを抑えた経緯を理解して頂き、ここに形を成した一書となったことを感謝しながら筆を置きたい。

平成三十一年二月

吟行コーディネーター　正能文男

編者略歴

星野高士（ほしの・たかし）

昭和27年８月17日、神奈川県生まれ。

　祖母星野立子に師事し、十代より作句。

句集『破魔矢』『谷戸』『無尽蔵』『顔』『残響』、著書『星野立子』

　　『俳句創作百科 美・色・香』『俳句真髄』

共著『立子俳句３６５日』他。編著『東京ぶらり吟行日和』

現在「玉藻」主宰、「ホトトギス」同人。

鎌倉虚子立子記念館長、日本伝統俳句協会員、国際俳句交流協会理事、俳句ユネスコ無形文化遺産登録推進協議会理事。朝日カルチャー講師、日本文藝家協会会員。

俳句四季大賞・新人賞、星野立子新人賞、俳壇賞、詩歌文学館賞選考委員他。

吟行コーディネーター略歴

正能文男（しょうの・ふみお）

昭和15年11月26日、東京都生まれ。

平成12年11月、読売新聞社メディア戦略局定年退職。平成12年４月「藤の実会」、同13年４月「志士の会」、同15年10月「さかえ会」を立ち上げ、それぞれ月１回の東京都内を中心に吟行会を催行。合計450回に及ぶ。玉藻同人。

同16年６月、「よみうりファミリー新聞春日部」編集責任者、同22年10月「春日部ファミリー新聞」編集長。著作『三枝安茂回顧録』

続《ぞく》・東京《とうきょう》ぶらり吟行日和《ぎんこうびより》

2019年３月５日　第１刷

編著者　志士の会・星野高士編

発行者　西井洋子

発行所　株式会社東京四季出版

〒189-0013 東京都東村山市栄町2-22-28
電話 042-399-2180　FAX 042-399-2181
shikibook@tokyoshiki.co.jp　http://www.tokyoshiki.co.jp/

印刷・製本　株式会社シナノ
制作・デザイン　株式会社ぷらすエム

ISBN978-4-8129-0789-4　C0095